하우스푸어 탈출기

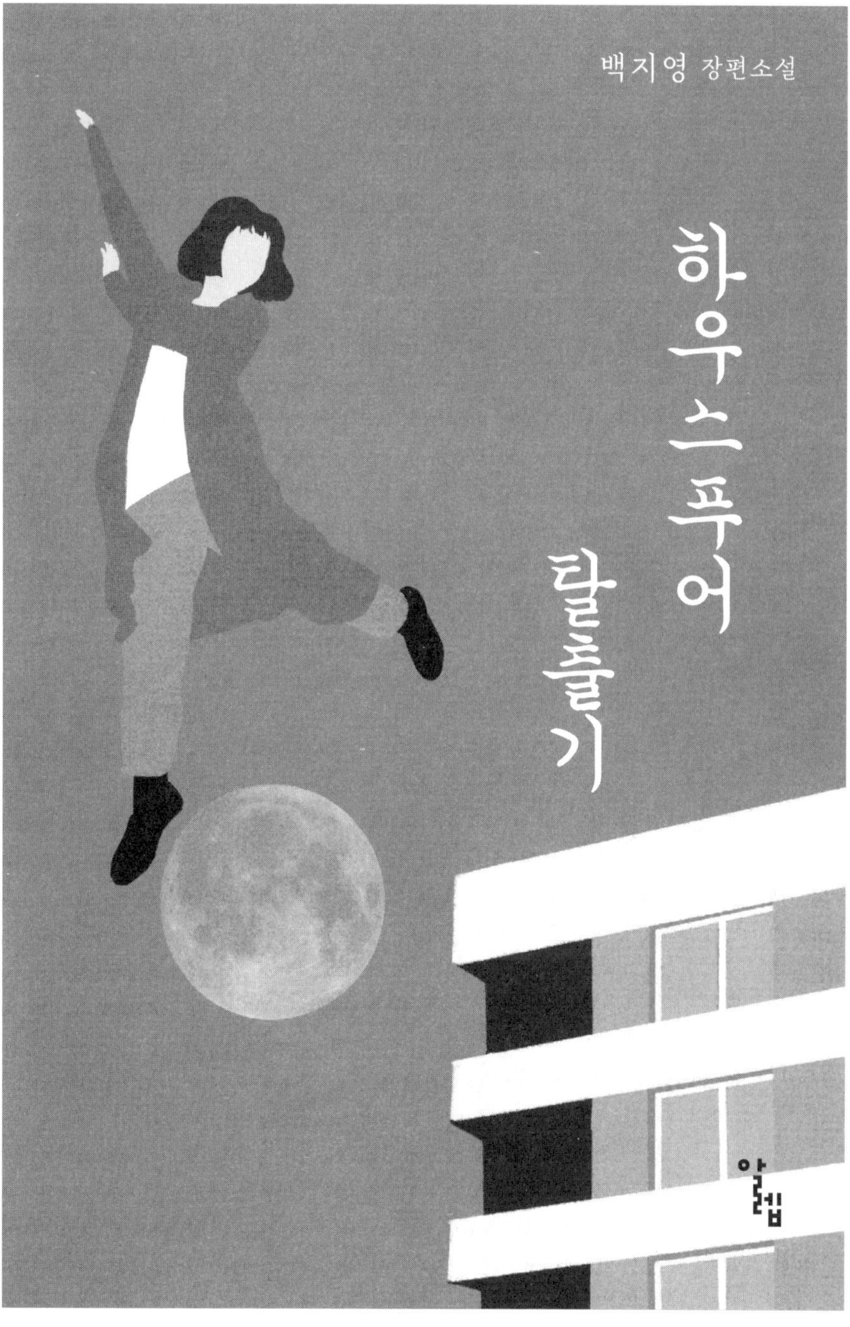
백지영 장편소설
하우스푸어
탈출기
알렙

# 차례

# 1장
## 나? 하우스푸어!

## 눈물의 점심시간

"언니도 웬만하면 같이 가요."

막 엉덩이를 드는데 익숙한 목소리가 파티션을 넘어왔다. 고개를 드니 역시나 승연이가 천진하게 웃고 있었다. 그냥 모른 체하면 어디가 덧나. 생긴 건 안 그런데 애가 눈치가 없어도 너무 없었다.

"아니야, 미안. 볼일이…… 먼저 갈게. 맛있게 먹어."

몸을 돌리는데 도망가다 들킨 듯 얼굴이 화끈거렸다. 하긴 도망가야 하는 건 사실이었다. 승연이야 그렇다 쳐도 진드기 같은 정희 언니에게 붙잡히면 꼼짝없이 사람들과 함께 점심을 먹어야 했다. 마침 정희 언니는 고개를 숙인 채 핸드폰을 들여다보고 있었다. 덕분에 무사히 사무실을 빠져나왔다. 엘리베이터 문이 열리자마자 다이빙하듯 안으로 몸을 날렸다.

여직원들은 근처 이태리 식당에 라코타치즈피자를 먹으러 가기로 했다. 전날 텔레비전에 소개된 맛집이라며 정희 언니가 출근하자마자 사람들을 부추겼다. 승연이도 봤다며 맞장구를 쳤다. 듣고 있던 김 부장은 피자는 질색이라며 인상을 찌푸렸다. 단짝인 최 대리는 따로 추어탕을 먹자고 했다. 특별한 날이 아니면 그렇게 매번 남자들과 여자들은 따로 점심을 먹으러 갔다.

모두들 점심시간이 되기만을 기다렸다. 나도 수시로 시계를 들여다봤다. 전날 부장이 만들어 오라는 백화점 판매 동향 분석을 얼추 마무리하고 나니 어느덧 열두 시에 가까워져 있었다. 부장에게 보고서를 올리고 자리에 앉자마자 우선 신발을 갈아 신었다. 핸드폰을 손에 쥐고 가방을 무릎 위에 올렸다. 이태리 식당이라니. 가면 피자만 먹겠는가. 파스타에 샐러드에 음료에 후식까지. 대충 따져봐도 각자 적어도 3만 원은 내야 할 것 같았다. 3만 원이라니. 텔레비전에 소개된 맛집이 아니라 미슐랭 쓰리스타라도 일주일 점심값을 하루에 털어버릴 수는 없는 노릇이었다. 그렇다고 추어탕 쪽으로 따라갈 수도 없었다. 그럴 땐 열두 시가 되기 전 사람들보다 먼저 사무실을 빠져나오는 게 상책이었다. 누구 한 명이 쏜다면 또 모를까. 아니 누가 쏜다고 해도 무턱대고 따라가면 늘 후회막심이었다.

요즘은 곧잘 각출을 하는 분위기였지만 얼마 전까지만 해도 돌아가면서 밥값을 내고는 했다. 그런데 처음엔 된장찌개로 시작한 메뉴가 내가 살 때면 이상하게 삼계탕이나 갈비탕이 되는 것이다. 매일 텔레비전만 보는지 그날도 정희 언니가 말했다.

"근처 식당이 어제 방송에 나왔는데 괜찮더라. 오늘은 우리 거기로 갈까?"

모두 선뜻 대답하지 못하고 서로 눈치를 봤다. 정희 언니가 추천하는 식당이라면 보통은 아니라는 걸 알기 때문이었다. 그럴 땐 그날 밥을 살 사람이 나서야 했다. 하지만 나는 그럴 수 없었다. 내가 잠자코 있자 정희 언니는 엉덩이를 들어 파티션 너머로 고개를 뺐다. 일일이 눈을 맞추며 인테리어가 참 이국적이라고 했다. 지중해를 옮겨온 듯해 해외여행을 간 것 같은 기분일 거라나. 그래도 반응이 미지근하자 연예인들도 많이 온다며 목소리를 높였다. 파티션 속의 눈들이 점점 반짝이는 것이 느껴졌다. 그런데 그 연예인이 다름 아닌 최근 미국에서도 인기가 급상승 중인 아이돌 그룹의 멤버 중 하나라는 것이다.

"그럼 가요!"

승연이와 아라가 동시에 손뼉을 치며 일어났다. 아니 그런 인기 그룹 멤버가 직장인들이 붐비는 점심시간에 나타날 리는 없을 텐데. 하지만 승연이와 아라, 미정이까지 모두 아이돌 공연이라도 보러 가는 듯 기대에 부푼 얼굴로 사무실을 나섰다.

나도 어쩔 수 없이 따라나섰다. 된장찌개, 냉면 다음이니 비싸봤자 돈가스 정도겠지, 아니 지중해풍 인테리어라면 스파게티 같은 걸까. 그래도 저녁도 아니고 점심인데 비싸봤자 얼마나 비싸겠는가. 하루쯤 인심 한번 쓰지 뭐. 그렇게 생각하니 마음이 편했다.

모두 기대에 부풀어 방송에 나왔다는 맛집으로 향했다. 예상과는 다르게 식당은 좁은 골목 안에 있었다. 생각보다 소박한 입구를 보자 다소 안심이 됐다. 방송을 탔기 때문일까. 일찍 나왔는데도 벌써 들어가지 못하고 문밖에서 몇 팀이나 기다리고 있었다. 슬쩍 안을 들여다보니 밖의 분위기와는 딴판이었다. 언뜻 봐도 내가 다니는 식당과는 남다른 포스가 느껴졌다.

"자리도 없는데 다른 데로 갈까?"

나는 시계를 찬 팔을 들어 보였다. 하지만 정희 언니는 회심의 미소를 띠었다.

"걱정 마! 이럴 줄 알고 내가 어제 예약해 놨어."

내 불안한 눈빛을 외면한 채 정희 언니는 개선장군마냥 앞장서 식당 안으로 들어갔다. 미리 예약을 해놨다니. 그녀는 계획이 다 있었던 모양이다.

소문대로 식당 안은 정말 산토리니를 그대로 옮겨온 듯했다. 여기저기 지중해의 풍경을 담은 사진이 걸려 있었고 천장은 파랗고 둥근 아치 모양으로 꾸며져 있었다. 테이블 사이사이에 서 있는 하얀 기둥은 인테리어는 물론 공간을 나누는 기능도 했다. 다른 자리와 분리된 느낌이 들어 일행들과 오붓하게 식사를 즐길 수 있을 것 같았다. 자리에 앉자 모두 주위를 두리번거리며 연방 감탄사를 터트렸다. 핸드폰을 꺼내 사진을 찍어대기도 했다. 하지만 나는 테이블 한편에 놓인 메뉴판부터 끌어왔다. 갑자기 눈이 어지러웠다. 대체 뭘로 만든 것들일까. 이름도 생소하기 짝이 없는 음식들에 값은 상상 초월이었다. 당황한 내 표정을 눈치챘는지 인테리어에 감탄하던 정희 언니도 메뉴판을 들여다봤다.

"좀 비싸네."

"그러게."

다들 메뉴판을 들여다보며 내 눈치를 봤다. 하지만 어제도 그제도 며칠 동안 얻어먹었으니 그냥 가자고 할 수도 없는 노릇이었다.

"그냥 편하게 골라요."

마침 웨이터가 주문을 받으러 왔다. 더는 시간을 끌 수 없었다. 내 말이 떨어지기 무섭게 다들 발음도 어려운 음식들을 척척 골라대기 시작했다. 이 사람들 뭔지나 알고 시키는 걸까. 아주 날 잡았구나.

그날 점심값으로 10만 원을 넘게 쓰고 얼마 후 나는 모임에서 빠졌다. 점심시간을 활용해 자기계발을 위한 공부를 해볼 생각이라는 핑계를 대면서였다.

그 후 점심은 편의점이나 빵집, 분식집 등에서 간단히 해결했다. 10분 이상 걸어 가능한 한 회사에서 멀리 떨어진 곳들을 애용했다. 자기계발을 하겠다며 말도 안 되는 핑계를 댔는데 편의점에서 쭈그리고 앉아 도시락 먹는 걸 회사 사람들이 본다면, 생각만 해도 먹은 밥이 그대로 튀어나올 것 같았다. 처음엔 어디서 어떻게 시간을 보낼지 몰라 방황하기 일쑤였다. 하지만 이제 단골 편의점도 생겼다. 2층에 도시락을 먹을 수 있는 곳이었다. 도시락을 편히 먹을 수도 있지만 창가에 앉으면 길 건너 아파트 단지가 한눈에 들어왔다. 빽빽이 들어선 아파트를 보며 밥을 먹으면 왠지 기분이 좋았다. 도시락을 먹으며 언젠가 들어갈 내 집을 상상했다. 일단 식탁은 창가에 놓을 생각이다. 아무리 혼밥이라도 예쁜 그릇에 담아 제대로 먹어야지. 좋아하는 음악도 틀어놓고 창밖 풍경을 감상하면서. 그런 상상과 함께 밥을 먹으면 편의점 도시락도 어느 맛집 못지않게 꿀맛이었다.

점심을 먹고 사무실로 들어가니 여직원들이 모여 티타임을 갖고 있었다. 언뜻 요즘 익선동이 뜬다는 말을 하는 것 같았다. 누군가는 디저트가 맛있는 집을 알고 있다고 했다. 얘기 끝에 금요일 퇴근 후 함께 가자며 몇 명이 약속을 잡았다.

나는 책상 위의 컵을 들고 슬쩍 탕비실 문을 열었다. 포트에 물을 끓이고 모카골드 한 봉지를 뜯어 컵에 쏟았다. 뜨거운 물을 넣으니 달콤한 향기가 콧속으로 스며들었다. 역시 커피는 믹스가 최고다. 빼빼로 과자도 하나 뜯어 입에 물었다. 여직원들은 믹스는 살이 찐다며 손도 대지 않았다. 다들 손에 커피 전문점 로고가 박힌 컵을 들고 있었다. 탕비실을 나오자 달콤한 모카골드 향기는 원두커피 향에 아쉽게도 묻히고 말았다.

"오늘 커피 맛있다. 난 커피머신 하나 살까 봐. 이런 커피 집에서도 마실 수 있게."

"요즘엔 그렇게 비싸지 않고 좋은 것도 많이 나오던데요."

정희 언니 말에 커피머신 얘기로 화제가 옮겨졌다. 갑자기 커피머신 얘기는 왜 하나 했더니 남편 자랑을 위한 밑밥인 모양이었다. 정희 언니 남편은 재테크의 달인으로 월급쟁이들의 신화였다. 회사에 다닐 때부터 일찍이 갭 투자에 뛰어들어 집을 열세 채 소유하고 있으며 서른 채를 가지는 게 목표라고 했다. 하지만 부동산에 몰빵하는 게 불안해 수익을 주식에 분배해 투자했는데 마침 주식까지 폭등했다나. 그래서 커피를 좋아하는 남편에게 선물이라도 하고 싶다는 것이다. 꿈 같은 얘기에 승연이, 아라, 미정이는 놀라 입을 벌린 채 한동안 말을 잇지 못했다.

"언니는 좋겠어요. 남편이 재테크 귀재라서."

입을 연 건 미정이가 먼저였다.

"언니, 저도 노하우 좀 알려주세요!"

승연이도 거들었다.

"너는 외동이라 부모님 재산 물려받을 텐데 머리 아프게 뭘 그런데 신경을 쓰니?"

정희 언니는 승연이를 보며 나무라듯 눈을 흘겼다.

"그럼 저한테 알려주세요. 노하우!"

아라가 눈을 반짝이며 끼어들었다.

"어린 애들이 벌써부터 난리네."

"저는 물려받을 유산도 없으니 나이 들어 집이라도 가지려면 그런 노하우라도 전수받아야 하지 않겠어요?"

아라의 말에 순간 분위기가 어색해졌다. 평소 단짝이라 승연이가 아라 같고, 아라가 승연이 같았는데 듣고 보니 물려받을 재산이 있는 승연이와 없는 아라는 처지가 하늘과 땅 차이였다.

"그러니까 다들 나한테 잘해. 세상에 공짜가 어딨니?"

어색한 분위기를 털어내려는 듯 정희 언니가 너스레를 떨었다.

"네!"

승연이 아라, 미정이까지 대답과 동시에 서로 건배를 하듯 커피컵을 부딪혔다. 대화는 다시 커피머신으로 옮겨졌다. 이태리 산이 좋으니, 기계는 독일제라느니. 언제 봐도 참 죽이 잘 맞는 사람들이었다.

그나저나 집에서 커피머신으로 커피를 내려 먹다니. 나도 내 집에 들어가면 커피머신도 하나 들여놔야지. 내 집에 앉아 커피를 마시는 모습을 상상하자 입에 문 과자가 훨씬 더 고소했다.

자리에 앉으려는데 마침 부장이 문을 열고 들어왔다. 습관적으로 꾸뻑 고개를 숙였다. 다시 고개를 드니 평소 인사를 하건 말건 지나치던 부장이 어쩐지 나를 빤히 내려다보고 있었다. 그것도 아주 살벌한 눈으로. 내가 무슨 잘못을 한 걸까. 나는 무슨 일이냐는 듯 눈을 동그랗게 떴다. 부장은 정말 모르겠냐는 듯 가뜩이나 주름진 얼굴을 있는 대로 구기며 인상을 썼다. 나는 그래도 영 모르겠다는 듯 눈만 끔벅였다. 부장의 얼굴이 더욱 험악해졌다. 눈을 아래로 떠 내 몸을 천천히 내려다봤다. 그제야 입에 빼빼로를 물고 있는 걸 깨달았다. 얼른 입에 문 과자를 손가락으로 빼 허리 뒤로 가져갔다.

"사무실에서 그런 거나 물고 다니고. 나이가 몇이야? 일을 좀 그렇게 열심히 해봐!"

부장은 삿대질을 하며 목소리를 높였다. 사무실은 순간 얼어붙었다. 얼어붙은 공기를 가르며 삿대질을 하려 뻗은 손을 아래로 내린 부장은 씩씩대며 내 손에 들린 빼빼로 봉지를 뺏어 책상 밑 휴지통에 던져버렸다. 조금 전까지 커피 얘기에 신나서 떠들어대던 정희 언니, 미정이, 승연이와 아라는 허둥지둥 각자의 자리로 흩어졌다.

정말 어처구니가 없었다. 출출할 때 먹으라고 탕비실에 놓아둔 과자 좀 먹은 게 그렇게 잘못인가. 나는 부장을 황당한 눈으로 바라봤다. 최대한 억울하다는 듯 슬픈 눈을 만들려 노력했다. 그런데 부장은 '그래, 잘못이다. 그것도 죽을죄야' 하듯 나를 여전히 쏘아봤다. 아니 쏘아보는 데서 그치지 않았다. 이제 그만 자리에 앉으려는 나를 붙잡아 세워놓곤 한바탕 잔소리를 퍼부었다. 오전에 올린 보고서의 허술함을 시작으로 그렇게 지난 몇 달 동안 벌어진 실수와 저조한 실적들이 모두 나 때문에 벌어진 일인 양 뇌까리더니 분을 삭이지 못하겠다는 듯 씩씩대며 자리에 앉았다. 부장의 서슬에 사람들 모두 파티션에 몸을 숨긴 채 숨을 죽이고 있었다.

"너는 눈치 없이 사무실에서 하필 빼빼로를 먹냐?"

위로라도 할 줄 알았는데 자리에 앉자 정희 언니의 핀잔이 쏟아졌다. 하필 빼빼로라니. 빼빼로가 대체 어때서. 아, 또 옆 나라 애들이 독도를 가지고 헛소리를 한 건가. 이번엔 독도뿐이 아닌 울릉도까지 자기네들 땅이라고 우겼나. 그래서 일본 상품 불매운동이라도 시작된 걸까. 물론 일본이 원조라는 오명을 쓰고 있긴 하지만 빼빼로는 엄연한 대한민국의 국민 과자인데. 이런 내 마음을 알았는지 정희 언니는 한심하다는 듯 고개를 절레절레 흔들었다.

"부장 금연하잖아. 밥 먹다가 젓가락만 입에 물어도 담배 생각난다며 난리인데 대놓고 빼빼로를 입에 떡하니 물고 있으니 뚜껑이 팍 열린 거지."

맞다. 금연. 부장은 얼마 전부터 금연을 시작했다. 언젠가 간부회의가 있다며 사장실에 다녀오더니 뜬금없이 금연을 하겠다며 주먹을 꼭 쥐었다. 무슨 결심을 했는지 사십 년 애연가의 삶을 청산한 사장이 담배 냄새가 난다며 곁에 앉지 못하게 했다는 것이다. 안 그래도 승진을 못하고 있는 부장은 지금의 자리도 지키지 못할까 하는 걱정에 인생의 낙이라던 담배를 끊겠다고 나선 것이다.

그제야 조금 전 상황이 이해가 됐다. 하지만 그렇다고 까마득한 후배들 앞에서 그렇게 면박을 주다니. 하필 오늘따라 탕비실에 빼빼로가 있을 게 뭐람. 아니 버터링에 초코하임에 그 많은 과자들 중에 군이 빼빼로를 집어 들 게 뭐냔 말이다. 부장에게 잘 보여도 시원치 않은 이 시국에 다른 것도 아닌 과자 하나로 눈 밖에 날 일을 또 하고 말았다니. 생각하니 내 처지가 한심해 눈물이라도 날 것 같았다. 눈치가 없으면 운이라도 있든가. 하필 부장이 그때 딱 들어올 건 또 뭐람.

그런데 그저 눈물이 날 것 같았을 뿐이었는데, 정말 주책맞게 닭똥 같은 눈물이 블라우스 위로 툭 떨어졌다. 당황한 나는 얼른 일어나 화장실로 달려갔다. 이 상황에서 눈물까지 보이면 정말 창문 열고 뛰어내리고 싶을 것 같았다.

화장실로 뛰어들자 꾹꾹 누르고 있던 눈물이 기어이 터지고 말았다. 그건 부장의 면박 때문은 아니었다. 남들은 이태리 식당에 갈 때 편의점 도시락으로 끼니를 때워야 하는 현실, 다른 직원들이 커피 전문점에서 산 커피를 원두 향 폴폴 풍기며 우아하게 마실 때도 탕비실에 기어들어가 믹스 커피에 감격해야 하는 현실. 빼빼로 한 봉지를 횡재한 듯 들고나와선 나이도 한참 어린 후배들 앞에서 면박이나 당하고. 생각하니 내 인생이 마치 눈물 없이 볼 수 없는 신파극 같았다. 나는 그렇게 파노라마처럼 스치는 일련의 일들로 서러워 눈물을 흘리다가 휴지에 시원하게 코를 풀었다. 그러자 조금 진정이 됐다.

그런데 코를 푼 휴지를 휴지통에 넣고 숨을 깊게 내뿜을 때였다. 긴 한숨에 맞물리며 물 내리는 소리가 났다. 순간 오싹 한기가 끼쳤다. 안에 사람이 있는지 확인도 안 하고 눈물, 콧물 다 쏟았단 말인가. 아, 이런 젠장. 하지만 도망갈 틈도 없이 세면대 바로 옆 칸의 문을 열고 미정이가 나왔다. 조금 전까지 분명 사무실에 있었는데 몸도 무거운 애가 화장실엔 언제 온 걸까.

**18**

"언니, 뭐 그까짓 거 갖고 울고 그래요."

손을 씻으며 미정이는 거울로 내 얼굴을 힐끗거렸다. 물을 잠그고 손을 턴 미정이는 부른 배가 버거운지 몸을 뒤로 젖혀 허리를 폈다.

"아니 부장 때문이 아니라, 요즘 속상한 일이 이것저것 많아서."

어차피 우는 것도 들켰겠다, 나는 그런 말까지 해버렸다.

"그래도 언니는 나보다 나아요. 나는 이제 식구도 하나 늘 텐데, 집도 없이. 그런데 언니는 혼자인데 집도 있고, 성공한 거예요."

정희 언니가 갭 투자 어쩌고 하며 떠벌릴 때 왠지 미정이 표정이 좋지 않다 싶었는데 그제야 언젠가 들었던 말이 생각났다. 얼마 전 광고를 보고 집을 계약했는데 돈을 보내고 난 후 실물이 존재하지 않는다는 걸 알았다는 것이다. 인터넷에서 꿈에 그리던 집을 보곤 빨리 계약하지 않으면 잡을 수 없다는 말에 속아 덥석 계약부터 했는데 사진에만 있는 집이었다니. 다행히 계약금으로 보낸 돈은 얼마 안 됐지만 사진만 보고 속은 게 어이없어 병이 날 지경이라는 얘기를 들었는데. 그런 애를 옆에 두고 갭 투자가 어쩌고 주식이 어쩌고 자랑질을 하다니. 게다가 미정이는 다음 주면 출산 휴가를 갈 예정이었다. 말이 휴가지 갔다 오면 자리가 온전히 남아 있을지 아무도 장담하지 못했다. 그동안 출산 휴가를 갔다가 돌아오지 못한 여직원들이 한둘이 아니었다. 그들은 처음엔 억울해하며 부당함을 호소했다. 소송을 하겠다고도 했다. 하지만 다시 돌아온 사람도, 소송을 한 사람도 보지 못했다. 그저 육아에 전념하다가 애가 어느 정도 크면 다른 일자리를 찾았다는 소식이 들리곤 했다.

요즘엔 출산 휴가를 다녀왔다고 바로 자리를 없애거나 하지는 않았다. 하지만 미정이는 다시 돌아올 수 있을지 늘 걱정이었다. 자기 일도 머리 아플 텐데, 그래도 나를 위로하고 싶은지 미정이는 내 집 얘기를 꺼냈다.

"맞아! 집!"

갑자기 정신이 번쩍 들었다. 나는 벽에 걸린 휴지를 뜯어 코를 한 번 더 풀었다. 주머니를 보니 핸드폰이 있었다. 내가 전화를 걸려 번호를 찾자 미정이는 먼저 들어가겠다며 문을 열고 나갔다.

번호를 찾아 누르자 신호가 갔다. 오늘도 안 받으면 집에 가서 며칠이고 죽치고 있을 작정이었다.


## 집세 받는 날


통화음은 길게 이어졌다. 그렇게 끊었다 다시 걸길 몇 번, 사무실에 돌아와 급한 일을 처리하고도 한참이 지나 인내심이 한계에 다다를 때쯤. 그제야 컬러링이 끊기며 잠에서 깬 목소리가 느릿느릿 핸드폰을 넘어왔다.

"저, 집세 내는 날짜가 지나서요."

주체할 수 없는 화가 목까지 치받쳤다. 하지만 내 목소리는 어쩐지 달달 떨려 나왔다.

"아, 집세······."

아, 집세라니. 아직도 잠에 절은 목소리엔 어이없다는 듯한 뉘앙스의 날숨이 섞여 있었다. 집세 따위로 단잠을 깨웠냐는 걸까. 나도 모르게 주먹이 꼭 쥐어졌다.

"제가 여행을 좀 다녀오느라고요."

여행. 핸드폰을 건너오는 말투는 마치 그 중요한 일을 하고 온 내게 집세 따위로 단잠을 깨웠느냐는 듯했다. 다급한 나와는 달리 여자는 잠에서 깰 의지 없이 여전히 건성이었다.

"오늘 안으로 보내주시면 안 될까요?"

그러고 싶지 않았는데 나는 어느새 저자세가 돼 있었다.

"제가 지금 자는 중이라. 일어나서 준비하고 나가도 은행 문 닫을 시간이에요."

여자는 오히려 귀찮아 죽겠다는 듯 목소리에 화가 섞여 있었다.

"그냥 온라인 같은 거로 보내시면······."

"전 그런 거 안 해요."

여자는 내 말을 단칼에 잘랐다. 마치 내가 해서는 안 될 말이라도 했다는 듯 목소리가 서늘하기 짝이 없었다.

아니 이 IT 강국 대한민국에서 아직도 굳이 은행에 가서 돈을 부치는 사람이 있다니. 그것도 호호 할머니도 아닌 나보다 나이도 어린 여자가 말이다.

"예전엔 했었는데, 한 번 피싱을 당해서."

여자는 자신이 절대 집세를 내기 싫어 그러는 게 아니라는 걸 말하고 싶은 듯 전에 당했다는 피싱에 대해 길게 설명했다.

"그럼 내일 일찍 보내주세요."

준비하고 나가도 은행 문 닫을 시간이라니 어쩌겠는가. 나는 한숨과 함께 체념을 섞어 말했다.

"어쩌죠? 내일 아침 일찍 지방에 내려가야 하는데……."

하마터면 소리를 지를 뻔했다. 이 여자가 정말 나랑 한번 해보자는 거야, 뭐야. 어느덧 여자는 잠에서 깨 본래의 목소리가 돼 있었다. 그 조근조근한 말투가 더 신경에 거슬렸다.

"저도 급한데요, 지금 하루 이틀 지난 것도 아니고."

여자는 잠시 말을 끊었다. 그 침묵 속에 이 여자 되게 귀찮게 구네, 하는 마음이 느껴졌다.

"오세요, 그럼. 집으로."

이건 또 무슨 말일까. 문 닫을 시간이라 은행에도 못 간다더니.

"생각해 보니 집에 찾아놓은 현금이 있네요."

세상에, 집에 현금을 쌓아놓고도 여태 집세를 안 냈다는 거야, 지금?

"네, 고마워요. 퇴근하고 들를게요. 그럼."

고맙다고 할 생각은 없었는데, 나도 모르게 그렇게 말해 버렸다. 하지만 아쉬운 건 나니까.

"죄송한데, 오실 때 두통약 좀 사다주시겠어요?"

전화를 끊으려는데 그 조근조근한 목소리가 내 귀를 붙잡았다.

이건 또 무슨 말일까. 설마 내게 심부름을 시키려는 건가. 뭐라고 한 소리 하고 싶은데 말문이 막혀 입에선 헛바람만 튀어나왔다.

"실은 몸이 좀 안 좋아서요. 사러 갈 기운이 없는데 어차피 오실 거면……."

"알겠어요, 그럴게요."

에고, 이놈의 집주인 신세. 하지만 어차피 돈을 받아야 하니까, 나는 자꾸 치받치는 울화통을 애써 삭이며 마음을 다독였다. 돈만 준다면 두통약이 뭐 대수겠는가.

"오늘 저녁 회식 있는 거 알지? 한 명도 빠지지 말라고."

퇴근 시간을 얼마쯤 남겼을까. 부장의 목소리가 사무실에 울렸다. 책상을 정리하던 나는 화들짝 놀라 옆에 있는 정희 언니를 바라봤다. 언니는 거울을 보며 립스틱을 다시 바르는 중이었다.

"오늘 회식 있어요?"

립스틱 뚜껑을 닫던 눈이 동그래졌다.

"모르나 넌? 엊그제 다 같이 점심 먹을 때 나온 얘긴데."

가방을 쥔 손에 힘이 풀렸다.

"이따가 탬버린이라도 힘껏 흔들어서 부장이랑 풀어."

정희 언니는 의자를 끌어와 내 귀에 속삭였다.

"어쩌죠? 저 일이 있는데……."

정희 언니는 안됐다는 듯 고개를 흔들며 의자를 끌어 다시 자리로 돌아갔다.

나갈 차비를 마쳤는지 사람들이 하나둘 자리에서 일어났다.

"죄송합니다. 저는 일이 있어서요."

회식에도 빠지는데 먼저 나오면 안 될 것 같아 문 앞에서 일일이 눈을 맞추며 인사했다. 점심때도 저녁 회식에도 겉도는 나를 다들 못마땅해하는 눈빛이었다. 특히 부장은 또 너냐, 너 자꾸 거슬린다, 하듯 한참을 쏘아본 후에야 사무실을 나섰다. 하지만 아무리 눈총이 따가워도 나는 오늘 꼭 돈을 받아야 했다. 내일 아침 일찍 지방에 가야 한다지 않은가. 만약 오늘 돈을 못 받으면 연체비를 내야 했다. 부장의 눈총이야 나 죽었소 하고 몸으로 때우면 그만이지만 연체비는 몸으로도 마음으로도 그 무엇으로도 때울 수 없었다.

벨을 누르자 누구냐고 묻지도 않고 문이 열렸다. 그때까지도 누워 있었는지 여자는 흐트러진 머리를 후드티로 가리고 있었다.

"세보세요."

간단한 눈인사 후 여자는 들고 있던 봉투를 내밀었다.

"맞겠죠, 뭐."

말은 그렇게 했지만 나는 받아든 봉투에서 돈을 꺼내 꼼꼼히 셌다.

"맞네요."

오랜만에 현금을 손에 쥐니 기분이 한결 나아졌다. 간만에 집주인 기분도 났다. 봉투를 가방에 넣으려는데 오다가 산 두통약이 보였다.

"이거……."

가방에 봉투를 넣고 약을 꺼내 내밀었다.

"고마워요."

여자는 그제야 얼굴에 미소를 약간 지었다. 하지만 곧 굳은 표정이 됐다.

"저 아무래도 이사를 가야 할 것 같아요. 그래서 겸사겸사 오라고 했어요."

갑자기 가슴이 덜컥 내려앉았다.

"왜요?"

여자는 인상을 찌푸리며 손가락으로 위를 가리켰다. 안 그래도 소란하다 싶었는데, 천장에서 누군가 악쓰는 소리가 낙수처럼 떨어지고 있었다.

"제가 신경이 예민해요. 집에서 하는 일도 많고. 그런데 저렇게 밤이고 낮이고……. 도저히 살 수가 없네요. 경비실에 몇 번 말해봤는데 그때뿐이고요."

부부 싸움인가. 처음엔 여자 소리 같더니 남자 소리도 들리는 것 같았다.

"일단 제가 한번 올라가서 말해 볼게요."

여자는 뜻대로 안 될 걸 하듯 작게 한숨을 쉬었다.

"그럼 일단 가보시고 출장 갔다 와서 다시 연락드릴게요."

여자는 까딱 고개를 숙여 보이곤 곧 문을 닫았다.

천천히 계단을 올라 소리가 나는 문 앞에 섰다. 악다구니는 밑에서 들을 때보다 더욱 그악스러웠다. 문에 귀를 붙이니 뭔가가 부딪치고 깨지는 소리도 들렸다. 그런데 악, 소리와 함께 갑자기 문 안이 조용했다. 그악스럽던 악다구니가 사라지자 세상이 다 조용한 것 같았다. 누군가 맞아 죽기라도 한 걸까. 심장이 떨리고 다리가 후들거렸다. 누가 죽은 건 아니라도 지금은 소음에 항의할 때가 아닌 것 같았다. 나는 얼른 발을 돌렸다. 하지만 곧 멈췄다. 여자가 이사를 가겠다지 않는가. 그러니 어떡해서든 소음을 해결해야 했다.

부들부들 떨리는 손을 뻗어 벨을 눌렀다. 조용했다. 다시 한번 눌렀다.

"누구세요?"

그제야 안에서 날카로운 목소리가 현관문을 넘어왔다. 뒤이어 굵은 저음의 욕설도 들렸다. 나는 대답도 못하고 가만히 서 있었다. 이제라도 그냥 돌아갈까 가방을 움켜쥐는데 갑자기 벌컥 문이 열렸다.

"누구세요?"

문을 연 여자는 경계의 눈빛으로 쏘듯이 나를 봤다.

"안녕하세요? 저, 밑에 집에서 왔는데요, 죄송한데 좀 조용히 해주실 수 없을까요. 너무 시끄럽다고……"

긴장한 탓에 머릿속에 떠도는 말을 쉴 새 없이 내뱉었다. 말을 하고 나니 숨이 찰 지경이었다. 여자는 잠시 내 얼굴을 들여다봤다. 뭔가 슬픔이 담긴 눈이었다.

"알겠어요."

여자는 순순히 알겠다고 했다. 알겠다니. 조용히 하겠다는 뜻인

가. 그런데 너무 순순히 알겠다고 하자 왠지 이상했다. 분명 경비실에 알려도 아무 소용 없다고 했는데. 그러고 보니 여자의 표정과 말투엔 영혼이 들어 있지 않았다. 나를 보는 듯 피하는 듯한 초점 없는 눈이 불안으로 흔들리고 있었다.

"빨리 안 들어와?"

그때였다. 안에서 거친 남자의 음성이 튀어나왔다.

"들어가요!"

여자는 불안한 눈으로 나를 슬쩍 바라보곤 빠르게 몸을 돌렸다. 나는 문을 닫으려는 여자의 손을 얼른 움켜잡았다. 불시에 손을 잡힌 여자의 상체가 문밖으로 끌려 나왔다. 덩달아 소매가 올라가며 드러난 손목에 피멍이 들어 있었다. 예사로운 상처가 아니었다. 그러고 보니 조금 전 뭔가 깨지고 부서지는 소리가 들렸던 것 같았다.

순간 아침에 본 뉴스가 생각났다. 폭력 남편에게 감금돼 있던 주부가 고지서를 들고 방문한 검침원의 기지에 목숨을 구했다는 이야기였다. 이혼 후 따로 살던 남편이 쳐들어와 남편 행세를 하는 바람에 아무도 여자가 위험에 처한 걸 몰랐다고 했다. 하지만 고지서를 들고 방문한 검침원이 문을 연 여자가 불안해하는 걸 눈치챘고 고지서만 줘도 되는 일을 검침을 해야 한다며 집 안으로 따라 들어갔다. 남자는 태연히 거실에서 텔레비전을 보고 있었는데 결혼사진 같은 게 보이지 않아 의심스러워 경찰에 신고했고 그렇게 위험에 처한 여자를 구할 수 있었다.

손목의 피멍과 불안한 눈빛, 거친 욕을 쏟아내는 집 안의 남자.

"무슨 일 있어요? 혹시 도움이 필요하세요?"

나는 손목을 놓지 않으려 애쓰며 낮게 속삭였다. 눈이 휘둥그레진 여자는 잡힌 손을 빼려 했다.

"뭐라구요?"

여자는 고개를 반쯤 돌려 안의 동정을 살폈다. 다시 마주한 그녀의 눈은 조금 전보다 한층 더 요동쳤다.

"그냥 가세요, 얼른."

역시 내가 제대로 짚었구나 싶었다. 여자는 힘을 줘 내게서 손을 뺐다. 하지만 나는 다시 낚아챘다. 위험에 처한 사람을 모른 척할 수는 없었다. 아무리 돈 없고, 빽 없고, 회사에선 구박받고, 세입자에게도 무시당하며 살지만, 사람 도리는 하고 살아야 한다는 게 나의 신념이었다. 만약 위험에 처한 여자를 모른 척한다면, 이 봉다미 인생에 두고두고 커다란 수치로 남을 게 뻔했다.

뿌리치려는 여자와의 실랑이가 몇 번인가 이어질 때였다. 갑자기 반쯤 열려 있던 문이 활짝 열리며 쿵 소리와 함께 벽에 부딪쳤다. 수염이 덥수룩한 남자의 얼굴이 젖혀진 문 안에서 튀어나왔다.

"밖에서 뭐 해?"

남자는 말은 여자에게 하며 눈은 나를 노려봤다. 남자의 서슬에 얼른 여자의 손을 놨다.

"뭐요? 또 뭐요, 대체?"

뭔가 말을 하고 싶은데 침만 꿀꺽 소리를 내며 넘어갔다.

"조용히 하라고 왔대."

여자가 문밖으로 나오려는 남자를 안으로 밀었다.

"아니 그렇게 사정 좀 봐달라고 해도 너무들 하네. 이거 한두 번도 아니고 자꾸 올라와서 지랄들이야!"

남자의 거친 음성이 복도를 쩌렁 울렸다. 사정? 무슨 사정? 아니 때리고 부수고 할 사정이 뭐가 있어 이렇게 당당할까. 나는 놀라고 기막혀 말문까지 막혀버렸다. 그때였다. 안에 또 누가 있는 걸까. 조금 전 들었던 같은 목소리의 거친 욕설이 흘러나왔다. 이어서 뭔가 부서지는 소리도 났다.

"내가 말할게. 당신은 들어가서 쟤 좀 달래요."

여자는 헐크로 변하기 직전인 남자를 안으로 욱여넣었다.

"아니 한두 번도 아니고 그렇게 우리 사정 얘기를 했는데. 우리 애가 매일 그러는 것도 아닌데. 진짜 너무하네요. 그렇게 조용히 살고 싶으면 산속에 들어가서 살든가."

여자가 말을 하는 사이에도 안에서는 뭔가 깨지고 부서지는 소리가 났다. 여자는 나를 잠시 원망 가득한 눈으로 쏘아보더니 짜증을 내며 문을 닫아버렸다.

문소리와 함께 소음이 사라진 복도에 덩그러니 남자 몽둥이로 흠씬 두들겨 맞은 듯 정신이 멍했다. 휘몰아친 폭풍을 온몸으로 맞은 기분이었다. 갑자기 참고 있던 한숨이 길게 뿜어져 나왔다. 내 한숨 소리와 함께 복도엔 연이어 문 닫히는 소리가 들렸다. 다른 집들도 문을 열고 지켜보고 있었던 모양이었다.

그때까지도 뭐가 뭔지 상황 파악이 안 됐지만 일단 그곳을 빨리 벗어나야겠다는 생각뿐이었다. 엘리베이터를 기다리지도 못하고 계단을 내려왔다. 시간이 얼마쯤 된 걸까. 한밤중인 듯한데 배달 오토바이들이 분주한 걸 보면 그렇게 시간이 많이 지난 건 아닌 모양이었다.

오토바이가 실어 나르는 음식 냄새에 허기가 느껴졌다. 빵이라도 사먹어야겠다 생각하던 순간 누군가 알은체했다. 경비 아저씨였다.

"어쩐 일이에요?"

온 지 얼마 안 돼 몇 번 안 봤는데도 아저씨는 나를 알아봤다.

"그 집 아들이 좀 아파요. 정신적으로 문제가 있는가 보더라고. 그래서 그 부부들 고생이 이만저만이 아니야. 그런데 그렇게 난리피울 때 말고는 괜찮아요. 이웃들도 사정을 다 아니까 참기는 하는데 가끔씩 술 취하면 와서 항의하는 사람들도 있고. 아무튼 보면 짠하다니까."

아저씨는 안타깝다는 듯 말끝에 혀를 찼다. 그제야 상황 파악이 된 나는 괜한 짓을 했다는 생각에 머리통을 쥐어박고 싶었다. 내가 그렇게 자책하는 사이 아저씨는 인사를 하곤 쓰레기장 쪽으로 걸음을 옮겼다.

빵집을 찾았는데 부동산만 자꾸 눈에 띄었다. 나는 상가 입구 눈에 보이는 부동산의 문을 열었다. 여자가 정말 이사를 가겠다고 하면 어쩌나 걱정이 돼 그냥 지나칠 수가 없었다.

"요즘 세입자 찾기가 어려워요. 월세도 떨어지고. 이 동네는 그래도 나은 편인데도 그러네요."

여자가 집을 나가겠다고 하고 세입자를 못 구하면 정말 큰일이었다. 오늘같이 귀찮게 할 때도 있지만 여자는 별 말썽도 없고 세도 나름 잘 내는 편이었다. 그동안 세입자들 때문에 겪은 골머리를 생각하면 정말 돈는 건 소름이요 나오는 건 한숨뿐이었다.


## 위험한 세입자

그때도 어찌 된 일인지 오랫동안 맞춤한 세입자가 나타나지 않았다. 다달이 세를 받아야 하는 상황이라 빈집을 볼 때마다 피가 말랐다. 그런데 어느 날 부동산에서 연락이 왔다. 드디어 알맞은 사람이 나타났다고 했다. 반가운 마음에 회사에 반차를 내고 달려갔다. 부동산의 유리문을 열어젖히자 담배 냄새와 커피 냄새가 온몸으로 달려들었다. 하지만 안에는 쿰쿰한 냄새와는 어울리지 않는 우아한 정장 차림의 노부인이 다소곳이 앉아 있었다. 혼자 조용히 쉴 집을 찾고 있던 부인은 내 집을 보니 마음에 쏙 든다고 했다.

"그럼요, 혼자 살기는 정말 딱이죠!"

부동산 사장은 말하며 내게 최고의 세입자라는 듯 눈을 찡긋해 보였다. 나도 마음에 들었다. 나이에 맞지 않게 우아하고 교양 있고 무엇보다 돈도 좀 있어 보여 세가 밀릴 것 같지도 않았다.

그런데 그런 사람이 왜 월세를 얻으려는 걸까. 의심하는 내 마음을 눈치챘을까.

"아들, 며느리랑 같이 사시는데, 종일 같이 있으니까 불편하고 다니는 병원 근처고 해서 가끔 쉬러 오시는 집으로 얻으시는 거라……."

부동산 사장은 목소리에 힘을 줬다. 그거야 내 알 바 아니고. 나야 뭐 세나 잘 받으면 그만이었다. 사장은 다시 한번 쉬러 오는 집이라며 그녀의 경제적 여유를 강조했다.

부인한테는 매월 집세를 받으러 가야 했다. 근처에 거래하는 은행이 없으니 수고스럽지만 연락하면 직접 받으러 오라고 했다. 그거야 어렵지 않았다. 비록 들어가 살 수는 없지만 나도 그렇게라도 내 집에 가끔 가보는 것도 나쁘지 않았다.

그녀는 집세를 받으러 갈 때마다 친절히 맞았다. 들어오라고 해 차를 끓여 주기도 했다. 그저 쉬러 오는 집이라더니 세간살이가 정말 조촐했다. 그래서인지 휑한 벽에 걸린 커다란 십자가가 무척 인상적이었다. 부인은 독실한 크리스천인 것 같았다. 말끝에 자주 아멘을 붙였고, 내가 무교라고 하자 마치 길 잃은 어린양을 보듯 안타까워했다.

집세는 언제나 깨끗한 봉투에 담겨 있었다. 안에는 돈과 함께 성경 구절을 적은 메모가 들어 있었다. 주로 하느님을 믿지 않거나 회개하지 않으면 벌을 받는다는 내용이었다. 부인은 나를 어떻게 해서든 하느님의 품으로 인도하겠다는 마음을 먹은 것 같았다. 나를 보면 늘 회개한 사람들만 갈 수 있다는 천국에 대해 어제 보고 온 사람처럼 열심히 설명했다. 아침마다 할렐루야로 시작해 아멘으로 끝나는 문자를 보내기도 했다. 집세를 받아 들고 집을 나서기 전엔 늘 간절한 기도 후에야 돌려보냈다. 아니 간절하다 못해 처절했다. 머리를 조아린 채 내 건강과 결혼과 출산에 대해서도 기도했다. 민망해 결혼과 출산을 하기엔 늦었다고 알려주자 성경에 나오는 누군가는 여든이 넘어서도 애를 낳았다며 더 처절하게 그런 은총이 내게도 내려지기를 빌었다. 나는 빨리 부인의 손에서 벗어나고 싶었지만 나를 위해 기도한다는데 뿌리치고 나올수 없어 눈을 꾹 감고 있었다. 부인은 기도 끝에 눈물을 흘릴 때도 있었다. 우리 엄마도 나를 위해 그렇게 처절한 기도는 못할 것 같았다. 하지만 고마운 마음은 들지 않았다. 처음엔 우아하고 교양 있어 보였는데 볼 때마다 눈빛이 오묘한 게 어떤 땐 섬뜩하기도 했다.

이 짓도 못해먹겠다 싶었지만 그래도 집세는 꼬박꼬박 잘 냈으니 돈을 받는 날 하루쯤 잠시 불쌍한 어린양이 되겠다고 마음먹었다. 부인이 내 손을 잡고 기도를 할 때는 눈을 꼭 감고 속으로 손담비의 〈미쳤어〉를 불렀다. 이유는 알 수 없었다. 기도를 할 때면 나도 모르게 머릿속에 그 노래가 맴돌았다. 속으로 노래를 부르니 부인의 기도도 어렵지 않게 참을 수 있었다.

그런데 웬일인지 집세 내는 날이 지났는데도 부인에게서는 돈을 받아가라는 연락이 없었다. 전화도 받지 않았다. 집으로 찾아가 오랫동안 벨을 눌러도 묵묵부답이었다. 혹시 몰라 경비 아저씨를 찾아 물었다.

"그 사모님, 병원에 있을 거예요."

"병원이요? 어디가 편찮으세요?"

나는 문병이라도 가야 하나 싶어 걱정스럽게 물었다. 그런데 뭔가 말을 하려던 아저씨의 입에선 풋, 헛웃음이 튀어나왔다. 하지만 곧 웃음을 거두며 고개를 절레절레 흔들었다.

"말도 마요. 하마터면 큰일 날 뻔했다니까."

말하려다 말고 아저씨는 손을 들어 가슴을 쓸어내렸다. 얼마 전 자살 소동이 있었다는 것이다.

"저번에 못 봤어요? 뉴스에도 나왔는데."

그러고 보니 본 것도 같았다. 이 아파트에서 있었다는 자살 소동. 지인들에게 잘 있으라는 문자를 보내고 잠적했으나 알고 봤더니 식음을 전폐한 채 집 안에 있었다는 외로운 노인. 다행히 119가 문을 따고 들어가 아사 직전에 발견해 병원으로 옮겼다던가. 그래, 그때 기사를 보며 여기 내 아파트가 있는 곳이네 했는데. 그런데 그저 내 아파트가 있는 곳인 줄 알았지 그게 내 집이라고 누가 상상이나 했겠는가.

다행히 며칠 후 퇴원한 노부인은 늦었지만 통장으로 돈을 보냈다. 이후엔 어쩐지 다달이 미리 통장으로 집세를 보냈다. 내 집에서 죽을 마음을 먹었다니. 집세를 받으러 가면 한 소리 할 작정이었는데. 월세라도 밀리면 핑계 김에 내보낼까 하는 마음도 잠깐, 회사 일에 치이고 집세를 받으러 갈 일도 없어 자살 소동은 머릿속에서 깨끗이 지워져 갔다.

통장으로 넣어주던 집세를 받아가라며 다시 연락이 온 건 몇 달이 지난 어느 날이었다. 지인이 지리산에서 사온 꿀이 있는데 양이 많아 나눠 주고 싶다는 것이다. 괜찮다고 사양했는데도 좋은 집에서 잘 살고 있으니 명절을 앞두고 인사하는 게 도리라며 바쁘면 자신이 회사 근처로 오겠다고 했다. 야근이 며칠째 계속되던 때라 나는 그럼 일요일에 가겠노라고 했다.

뭘 준다는데 나라고 빈손으로 갈 수 없어 시장에 들러 사과 한 봉지를 샀다. 덜렁덜렁 검은 봉지를 흔들며 아파트 근처에 다다랐을 때였다. 갑자기 요란한 사이렌 소리와 함께 소방차와 앰뷸런스가 차례로 아파트 입구로 들어섰다. 불이라도 났을까. 걸음을 빨리했다. 내 앞을 지나쳐 들어간 차들은 단지 내로 들어선 지 얼마 안 돼 곧 사이렌을 멈췄다. 하지만 걸음을 옮길수록 주변은 더 소란스러웠다. 왠지 불길해 뛰기 시작했다. 손에 든 사과 봉지가 덩달아 출렁였다. 몇몇 사람들이 나와 같은 곳을 향해 달리고 있었다. 불안한 나와는 달리 다들 재미있는 구경거리를 보러 가는 표정이었다. 얼마쯤 가니 사람들이 모여 북적거리고 있었다. 경찰차도 있고 카메라를 들고 열심히 촬영하는 사람들도 보였다. 누군가 베란다의 난간을 붙잡고 고래고래 소리를 지르고 있었다. 설마,

아니겠지. 눈으로 층수를 세며 사람들이 둥그렇게 모인 곳으로 다가갔다.

"자, 진정하시고, 사모님! 원하시는 게 뭔지 말씀하세요!"

나는 얼른 소리가 나는 곳을 바라봤다. 경찰이 확성기를 치켜들고 있었다.

"이리 와! 빨리 오란 말이야! 안 그러면 천벌을 받으리라! 네 이놈!"

아, 천벌. 나는 그만 다리에 힘이 풀리고 말았다. 아무리 아닐 거라 부정하고 싶어도 너무나 귀 익은 말투였다. 그녀는 늘 '천벌을 받지 않으려면'이라고 했다. 천벌을 받지 않으려면 밥도 잘 먹어야 하고 쓰레기도 함부로 버려서는 안 됐다. 그녀가 집세를 꼬박꼬박 잘 내는 것도 천벌을 피하기 위해서였다. 집세를 받으러 온 내게 대접을 잘하는 것도 그 천벌을 받지 않기 위함이었다.

덜덜 떨리는 고개를 겨우 치켜들었다. 언젠가 봤던 노란색 투피스를 입은 노부인이 베란다의 난간을 붙잡고 있었다. 한 발을 밖으로 빼고 나머지 한 발은 난간의 중간에 올려 무슨 퍼포먼스를 하는 듯한 자세였다. 자세는 위태로웠지만 그 특유의 우아함은 잃지 않았다.

"누구요? 누구를 부를까요?"

경찰이 확성기를 대고 다시 한번 소리쳤다. 곁에 있는 사람들 말로는 아까부터 누군가를 찾는 것 같다고 했다. 요한인지 요셉인지 아무튼 요 자로 시작하는 이름이라는 것이다. 혹시 요 자로 시작하는 다른 이름이 있을까. 사람들은 머리를 굴리며 가끔씩 서로 눈을 맞췄다. 하지만 베란다의 난간을 붙잡은 부인은 이후엔 누군가를 자꾸 오라고만 했지 이름은 말하지 않았다.

"지금 가족들이 오고 있어요. 그러니까 얼른 안으로 들어가세요!"

하지만 그녀는 오히려 안쪽 난간에 걸친 발을 들어 올리는 시늉을 했다. 노란색 정장이 허공에서 크게 출렁였다. 사람들 속에서 놀란 비명이 터져 나왔다.

"내가 가족이 어딨어? 다 필요 없으니까 와서 천벌이나 받으라고 해!"

나는 확성기를 든 경찰에게로 달려갔다.

"선생님, 제발 저분 좀 살려주세요!"

팔을 움켜잡자 경찰은 확성기를 입에서 떼고 나를 돌아봤다. 나는 이미 눈물범벅이 돼 있었다.

"아, 가족이세요?"

나를 본 경찰이 반색했다.

"아, 아니요……."

나는 심장이 벌렁거려 말조차 나오지 않았다. 경찰이 나를 돌아본 잠깐 사이 베란다의 그녀는 다시 한번 더 누군가를 오라며 소리쳤고 안쪽의 발을 들어 올리는 시늉을 했다. 역시나 노란 정장이 한 번 더 출렁이자 다시 사람들의 비명이 쏟아졌다.

"아저씨! 빨리 불러요! 안 그러면 뛰어내린다잖아요!"

경찰은 잡힌 팔을 빼며 나를 흘겨봤다.

"가족도 아닌데 방해하지 말고 저리 가 계세요."

확성기를 잡은 경찰의 말이 떨어지기 무섭게 곁에 서 있던 또 다른 경찰이 내 팔을 붙잡았다. 나는 잡힌 팔을 뿌리치고 다시 확성기 경찰의 소매를 부여잡았다.

"아저씨! 저, 저 집 주인이에요! 흑흑…… 저 아줌마 우리 집에서 죽으면 어떡해요! 흑흑…… 나도 한 번 못 살아본 집인데……. 으앙!"

나는 그만 바닥에 주저앉아 통곡하고 말았다. 사람들은 영문도 모른 채 다가와 별일 없을 거라며 우는 나를 달랬다. 그사이 소방대원들이 에어매트를 설치했다.

그렇게 얼마쯤 목 놓아 울었을까. 웅성대는 사람들을 헤치며 중년의 남녀가 헐레벌떡 뛰어왔다. 부인의 아들과 며느리라고 했다.

"사모님! 여기 아드님이 오셨네요!"

경찰은 확성기를 아들에게 넘겼다. 모두 아들의 말을 기다리며 숨을 죽였다.

"엄마!"

하지만 아들이란 사람은 그렇게 한마디를 던진 채 더 이상의 말은 하지 않았다. 그저 베란다를 빤히 올려다볼 뿐이었다. 순식간에 주위는 쥐 죽은 듯 조용해졌다. 그때였다. 조금 전까지도 빨리 와 천벌을 받으라던 부인이 밖으로 빼고 있던 발을 안으로 슬쩍 들여 넣었다. 곧 안쪽에 걸쳐 있던 다른 발도 바닥으로 내렸다. 사람들이 안심하며 가슴을 쓸어내릴 때였다.

"왔니? 아범아! 올라와서 밥 먹어! 찌개 끓여놨다!"

우아하면서도 나긋한 목소리가 단지 내에 메아리쳤다. 어느 때보다 편안하고 부드러운 말투였다. 순간 모두 얼음이 됐다. 저마다 조금 전까지 난간을 붙잡고 뛰어내리겠다던 사람 입에서 나온 말이라곤 믿기지 않는다는 얼굴이었다.

"요한인지, 요셉인지라며?"

"그러게. 요한인지 요셉인지가 아범이었나?"

그 와중에 여기저기서 그런 말이 오갔다. 아들의 이름이 분명 요한이나 요셉일 거라고도 했다.

"혹시 아드님 성함이 뭐예요?"

누군가의 목소리가 사람들 사이를 비집고 튀어나왔다. 사람들의 눈총에 아들은 어쩔 수 없이 시몬이라고 말했다. 아들의 말에 다들 허탈한 표정으로 어깨를 늘어뜨렸다. 더 허탈한 건 뒤이어 알려진 자살 소동의 이유였다. 처가에 일이 있어 아들과 며느리가 며칠 동안 들여다보지 않자 벌인 일이라고 했다. 황당하기 짝이 없었지만 그래도 별 탈 없이 끝났으니 다행이라며 사람들은 바닥에 주저앉은 나를 일으켜 세웠다.

그런데 그 후로도 우아한 부인의 황당하기 짝이 없는 크고 작은 자살 소동은 계속됐다. 주로 아들이 자신의 마음을 알아주지 않을 때 벌이는 습관적 소동인 모양이었다. 혼자 키웠다더니 그녀는 아들에 대한 집착이 남다른 것 같았다. 아들이 며칠만 들여다보지 않아도 약을 먹었다며 병원에 입원했고 그런 어머니에게 질려 모진 말이라도 하면 기어코 베란다 난간을 기어올랐다. 한두 번도 아니고 내 집에서 자살 소동이라니. 나는 아들을 만나 제발 어머니를 어떻게 좀 해보라고 사정했다. 하지만 아들은 자신도 일이 있는데 어머니 비위만 맞출 수 없지 않느냐며 오히려 내게 자주 들여다봐 달라고 했다. 왜 내가 들여다봐야 할까. 의아해하는 내게 시몬이라는 이름의 아들은 갑자기 눈물을 터트렸다. 점잖아 보이는 중년 남자가 눈물까지 흘리다니. 나는 얼떨결에 자주 들여다보겠노라 약속하곤 서둘러 자리를 떴다.

나는 그 후로 시간 날 때마다 찾아가 불편한 건 없는지 난방은 잘되는지 이것저것 살폈다. 사정을 알고 나니 볼 때마다 부인이 참 외롭게 보이기도 했다. 그 외로움에 종교에 집착하고 아들에게 집착하는 것 같아 마음이 짠했다. 하지만 그런 마음이 들다가도 갈 때마다 회개를 해야 한다며 무릎을 꿇리는 통에 들던 정도 뚝뚝 떨어지기 일쑤였다.

그 후 바쁘다는 핑계로 한동안 부인에게 가지 않았다. 집세도 아들이 통장으로 보내줘 꼭 가야 할 일도 없었다. 부인에게도 딱히 연락이 없었다. 그런데 오랜만에 부인은 전화를 걸어와 아들이 출장을 가 집세를 직접 줘야 한다며 퇴근 후 들르라고 했다. 나는 알겠노라 전화를 끊고 퇴근 후 집세를 받으러 갔다.

왜일까. 엘리베이터에서 내리니 내 집 앞에 사람들이 모여 있었다. 잔뜩 화가 난 얼굴로 벨을 누르며 문을 두드리기도 했다. 뭔가 불길해 빨리 자리를 피해야겠다 싶어 몸을 돌릴 때였다.

"저분이 집주인이에요. 마침 잘 오셨네."

역시나 경비 아저씨는 용케 나를 알아봤다. 아저씨는 내게 빨리 와보라며 손짓했다. 쭈뼛쭈뼛 문 앞에 선 나는 사람들이 몰려온 이유를 알 것 같았다. 똑같은 문들이 일렬로 늘어선 복도식 아파트. 그런데 이 집에도 저 집에도 그다음 집 문에도 붉은 글씨로 회개하라고 쓰여 있었다. 누구 짓인지 듣지 않아도 알 것 같았다. 맞벌이 부부가 대부분인 주민들은 퇴근하자 자신의 소중한 집이 낙서 테러를 당한 것을 보곤 경악을 금치 못했다. 누구 짓인지는 사람들도 짐작한 모양이었다. 몰려온 사람들은 화가 나 벨을 누르고 문도 두드렸다. 하지만 이웃들의 분노, 어이없음, 황당함은 아랑곳없이 안에서는 풀 오케스트라의 반주에 맞춘 찬송가가 울려 퍼지고 있었다.

"집주인이세요? 남의 집에 이게 무슨 짓입니까?"

한 남자가 손가락으로 자신의 집인 듯한 문을 가리켰다. 회개하라는 붉은 글씨 말고도 남자가 가리킨 문 앞엔 균형이 잘 맞는 십자가도 그려져 있었다. 유독 그 집에만 십자가가 그려진 이유를 곧 알았다. 십자가 위에 '불자의 집'이라고 쓴 명패가 붙어 있었다.

나는 사람들에 떠밀려 벨을 눌렀다. 역시나 안에서는 찬송가만 울려 퍼졌다. 내가 어쩔 수 없다는 듯 돌아보자 험악한 눈총이 쏟아졌다. 사람들의 등쌀에 다시 벨을 눌렀다. 벨로는 안 돼 목소리를 높여 내가 왔음을 알렸다. 풀 오케스트라의 반주에 맞춰 들리던 찬송가가 잦아드는가 싶더니 드디어 꿈쩍 않던 문이 열렸다.

"사모님. 이거 사모님이 하셨어요? 이렇게 해놓으시면 어떡해요? 이렇게 하시면 안 돼요!"

나를 보곤 반색하던 부인의 얼굴이 곧 굳어졌다. 긴 숨을 내뿜으며 화를 참는 것 같더니 실패한 듯 내 눈앞으로 손가락이 찌를 듯 날아왔다.

"이 한통속 악마야! 너도 회개해!"

그렇게 또 그놈의 천벌 이야기가 시작됐다. 거기서 그치지 않았다. 주변에 모인 사람들은 아랑곳없이 여태 결혼을 못한 것도 죄가 많아 그렇다고 했다. 죄가 많아 남자도 없고 자식도 없이 쓸쓸히 늙어 죽을 거라고. 나같이 죄 많은 인간은 죽어서도 편치 않을 거라며 눈까지 부릅떴다. 처음엔 부글거리는 속을 꾹꾹 눌러 애써 참았다. 하지만 나는 그만 참지 못하고 소리쳤다.

"아줌마, 방, 아니 집 빼요!"

순간 주위는 찬물을 끼얹은 듯 조용해졌다. 천벌을 받으라며 소리치던 부인도 입을 다물고 나를 물끄러미 바라봤다. 그렇게 얼마쯤 있었을까. 몰려온 사람들 틈에서 박수가 터져 나왔다. 갑자기 울컥 눈물이 나려 했다. 내가 그런 말을 할 수 있다니. 내 입. 이 봉다미 입에서 방을, 아니 방도 아닌 집을 빼라는 말이 나오다니. 말하고 나니 감동의 물결이 휘몰아쳤다. 마치 오십 년은 묵은 체증이 확 뚫리는 기분이었다.

하지만 그녀는 한동안 나가지 않고 버텼다. 찾아가면 문도 열어주지 않았다. 그럼에도 밤낮없이 찬송가를 틀어놓는 통에 이웃들이 어떻게 좀 해보라며 전화번호는 어떻게 알았는지 수시로 전화를 걸어 닦달했다. 나는 어쩔 수 없이 아들을 찾아갔다. 아들은 자신도 어머니 고집은 어쩔 수 없다며 난감해했다. 나는 손사래를 치는 아들 앞에 무릎을 꿇었다. 눈물을 흘리며 그 집이 어떤 집인지 내가 그동안 겪었던 일들을 기억나는 대로 읊어댔다. 점점 통곡이 되고 있는 눈물이 먹혔는지 아들은 어머니를 설득하겠다고 했다. 한동안 아들 말도 먹히지 않는 것 같더니 어느 날 이사를 가겠다며 연락이 왔다. 아들 회사 근처에 집을 얻어줬다고 했다. 그래도 이사를 간다는데 얼굴은 봐야 할 것 같아 짐이 나가는 날 부인을 찾아갔다. 우아한 정장 차림에 유난히 단정한 머리를 한 노부인은 어느 때보다 나를 반겼다. 내가 보증금이 든 봉투를 건네자 그녀도 봉투를 내밀며 집에 가 펴보라고 했다. 그녀는 우아하게 손을 흔들며 아들의 차에 올랐다. 나도 손을 흔들어 보였다. 차가 떠나고 올려다보니 이웃들 몇이 내려다보고 있었다. 차가 사라진 후 손에 든 봉투를 열어봤다. 그동안 미안했다며 상품권 같은 거라도 넣었나 은근히 기대가 됐다. 사이즈도 딱 상품권이었는데 봉투 안엔 성경 구절이 적힌 카드가 들어 있었다.

부인을 보내자 정말 홀가분한 마음이었다. 걸음을 걸을 때마다 날아갈 것 같았다. 하지만 어찌 된 일인지 세입자가 나타나지 않았다. 전세로 하겠다며 보러 오는 사람은 있었지만 월세가 아니면 대출 이자를 갚을 수 없었다. 그저 두 달인데도 야금야금 예금의 일부가 빠져나가자 내 몸의 일부가 빠져나가는 느낌이었다. 하루하루 초조하고 불안해 병이 날 지경이었다. 그런데 다행히 부동산에서 연락이 왔다. 월세를 좀 내리면 올 사람이 있을 것 같다고 했다. 이대로 시간이 가는 것보다 세를 내리는 것이 나을 것 같았다.

"그렇게 해주세요."

그렇게 나는 전보다 더 허리띠를 졸라매야 했다.


## 폭풍 전야

지난해부터 소문이 무성하더니 울산의 물류 창고에서 사무직 충원 요청이 들어왔다고 했다. 울산에서 직원이 필요하면 현지에서 새로 뽑으면 될걸. 잊을 만하면 사람의 애간장을 녹이며 꼭 직원을 내려보내는 것이다. 그럴 때마다 나는 언제나 1순위였다. 일단 부양해야 할 처자식이 없었고 회사 사정을 알 만큼 경력도 충분했으며 회사가 봤을 땐 꼭 서울에 있어야 하는 특별한 이유도 없기 때문이었다. 그동안 운이 좋았는데. 이번엔 또 어떻게 피해야 할지 막막했다. 정희 언니도 오래전에 다녀왔고 최 대리는 울산에서 서울로 올라온 케이스였다. 다른 부서 사람들도 갔다 올 사람들은 갔다 온 것 같은데. 아무리 생각해도 이번엔 정말 피할 수 없을 것 같았다. 정희 언니는 자신도 파견 근무 후 과장으로 승진했다며 아예 자원하는 게 어떻겠냐고 속도 모른 채 염장을 질렀다.

다른 사람들 역시 이번엔 내가 갈 거라 생각하는 모양이었다. 그렇게 나만 보면 쥐 잡듯 하던 부장이 얼마 전부터 실수를 해도 다음에는 신경을 좀 더 쓰라며 웃기만 했다. 부장이 나를 보고 웃다니. 정말 불길하기 짝이 없었다. 벌써 통보가 온 걸까. 부장은 뭔가 알고 있을까. 혹시 이 인간이 나를 추천한 거 아니야?

만약 울산으로 가게 되면 큰일이었다. 우선 방을 따로 얻어야 하는데 울산으로 간다고 회사에서 방을 얻어주거나 월급이 오르는 것도 아니었다. 그런데 나는 방을 얻을 만한 여유가 없었다. 또 식구들과 떨어져 지내야 하니 생활비도 훨씬 많이 들 텐데. 안 그래도 빠듯한 살림에 생활비까지 늘어나면 정말 큰일이었다.

폭풍 전의 고요라던가. 하루가 멀다 하고 후배들 앞에서 구박받고 창피당하던 내 일상이 너무 조용히 흘러갔다. 부장은 물론 선배고 후배고 심지어 다른 부서 사람들까지 나만 보면 억지로라도 웃어 보였다. 뜬금없이 책상에 커피가 놓여 있을 때도 있었다. 그럴 때마다 정말 소름이 돋다 못해 온몸에 한기가 끼쳤다.

대책을 세워야 하는데. 부장은 힘이 없을 테니 팀장에게 가 무릎이라도 꿇을까. 하지만 아직 발령이 난 것도 아닌데. 괜히 그랬다가 말 나온 김에 네가 가라 하면 어쩌나. 하루하루 초조하고 불안하기 짝이 없었다. 난 그저 내 집 하나 지키며 사는 것밖에 다른 욕심 없는데, 그것 하나 지키는 게 왜 이리 힘이 드는지.

"너도 참 딱하다. 그놈의 집은 왜 사서 그렇게 궁상을 떨며 사니? 들어가 살지도 못하면서."

처음 집을 샀을 땐 대단하다고 부러워하던 친구들은 이제 나만 보면 한심하다며 혀를 찼다.

"야, 너 얼굴 좀 봐. 너 그러다가 큰일 나는 거 아니야?"

울산 발령 문제로 신경을 썼더니 아닌 게 아니라 거울을 볼 때마다 나도 화들짝 놀라기 일쑤였다. 며칠 새 십 년은 늙은 것 같았다. 이렇게 신경 쓰다간 정말 내 명까지 못 살고 죽는 건 아닐까. 그러니 어떡해서든 울산 발령은 피해야 했다. 그래야 내 집을 지킬 수 있었다. 나는 반드시 내 집을 지켜야 했다.

집은 어려서부터 내 유일한 꿈이었다. 엄마 집도, 아빠 집도, 우리 집도 아닌 말 그대로 내 집. 집에 집착하는 나를 보면 친구들뿐 아니라 엄마까지 늘 고개를 절레절레 흔들었다. 도저히 이해가 안 간다는 얼굴이었다. 꼭 이해시키겠다 생각한 건 아니었다. 그래도 내가 왜 집에 그렇게 목숨을 거는지 엄마가 알기는 해야 할 것 같았다. 그래서 절레절레 고개를 흔드는 엄마에게 그건 어릴 때부터 셋방살이의 설움을 겪은 탓이라고 했다. 딸한테 셋방살이의 설움이 한이 됐다니. 엄마 입장에선 가슴에 사무칠 말 같았다. 그래서 딴에는 최대한 조심스럽게 말했다. 엄마를 배려해 조금 미안한 표정도 지었다. 하지만 내 말을 들은 엄마는 대뜸 소리쳤다.

"기집애야! 니가 셋방살이 설움이 뭔지나 알아?"

갑자기 욱하고 가슴 저 밑바닥에서 험한 말이 튀어나오려 했다. 너무 기막혀 뒷목을 싸쥐고 그대로 쓰러질 것 같았다. 간신히 마음을 추스르며 못마땅해 죽겠다는 엄마에게 최대한 사근사근한 목소리로 다시 말했다.

"내가 모른다고 생각해? 내가 한번 말해 볼까요?"

그러지 않으려 했는데 나도 모르게 눈을 부릅떴다. 그제야 싸늘한 분위기를 느꼈는지 엄마는 잠시 저자세가 됐다. 하지만 역시나더 크게 눈을 부릅떴다.

"니가 겪은 건 설움도 아니야, 이년아!"

엄마는 침을 한번 소리 나게 삼키곤 곧 자신이 겪은 셋방살이설움을 줄줄 읊어대기 시작했다. 화장실 가는데도 주인집 눈치를보느라 변비가 생겼다는 둥, 오빠 하나만 낳고 그만두려 했는데주인집 눈총에 불을 일찍 꺼야 해 내가 생겨버렸다는 둥, 그렇게말도 안 되는 말로 엄마는 내 입을 틀어막으려 했다.

물론 엄마가 말하는 공동 화장실이라든가 불을 끄라며 밤마다야단이었다는 할머니 집은 알지 못했다. 하지만 나도 셋방살이의설움이라면 겪을 만큼 겪었고 할 말이 많다. 어느 날은 내 설움의시작이 어디일까 진지하게 생각해 봤다. 아무래도 그 설움의 시작은 다락동 복개천 병태네 집 별채에 세 들어 살 때인 것 같았다.

# 2장
# 하우스푸어의 기원

## 수수깡집

다른 때보다 서두른 것 같은데. 웬일인지 병태 녀석이 벌써 마당에 나와 있었다. 녀석이 나를 기다릴 때도 있다니. 일찍 일어나 상이라도 받은 걸까. 녀석은 한 손에 과자 봉지를 들고 입에는 커다란 사탕을 물고 있었다. 사탕이 요리조리 움직일 때마다 통통한 볼이 불쑥불쑥 튀어나왔다. 꼭 두꺼비 같았다.

병태네 마루 끝 조그만 항아리엔 늘 과자나 사탕이 가득했다. 병태 아빠가 퇴근할 때 사오거나 가끔 들르는 미제 아줌마들이 가져오는 것들이었다. 병태 엄마는 녀석이 말을 잘 들을 때마다 항아리에서 과자나 사탕 등을 하나씩 꺼내주곤 했다. 녀석이 손에 들고 있는 건 엊그제 미제 아줌마가 가져온 것이었다. 녀석은 새

**50**

과자를 먹어보려 제 엄마를 끊임없이 졸라댔다. 하지만 병태 엄마는 항아리 뚜껑을 열 생각을 하지 않았다. 대신 말을 잘 들으면 주겠다며 녀석의 애간장을 녹이고 있었다. 녀석이 먹으면 나도 어떻게든 얻어먹어 볼까 했는데. 그런데 드디어 새 과자를 얻는 데 성공한 모양이었다.

녀석이 보이자 나는 얼른 고개를 돌렸다. 돼지 같은 놈. 녀석은 늘 과자 따위로 나를 이겨먹으려 했다. 새 과자가 생기면 집 안에서 먹는 법 없이 꼭 들고나와 내 앞에서 먹었다. 처음엔 멋모르고 과자를 보며 군침을 흘렸다. 녀석의 입속에 과자가 들어가는 걸 넋 놓고 바라봤다. 먹다 사레가 들려 캑캑댈 때면 부엌으로 달려가 물도 떠다 줬다. 평소라면 어림없었지만 과자에 홀려 나는 그런 어이없는 일까지 하고 말았다. 그렇게까지 했는데 설마 혼자 먹지는 않겠지. 그런데 녀석은 군침을 흘리는 나를 히죽대며 바라만 봤다. 설마 하는 내 기대를 뭉개며 먹어보라는 말도 없이 과자 한 봉지를 홀딱 먹어치웠다. 그렇게 몇 번 당한 후엔 녀석이 과자를 들고 있을 땐 얼른 고개를 돌리곤 모른 척했다.

그러자 오히려 녀석이 안달을 했다. 녀석은 내가 과자에 관심을 보이길 바랐다. 물론 굳은 다짐에도 나도 모르게 군침을 질질 흘릴 때도 있었다. 하지만 곧 마음을 다잡았다. 이를 악물고 절대 과자엔 눈도 주지 않았다. 그러면 몸이 단 녀석은 먼저 먹어볼래, 하며 말을 걸었다. 내가 싫다고 하면 녀석은 기어이 먹이고야 말겠다는 듯 입에 넣은 과자의 맛을 묘사하기 시작했다. 처음엔 설탕

가루가 혀끝에서부터 목 안까지 단맛을 퍼트리다가 씹으면 어금니부터 퍼지는 진한 땅콩 맛이 머리까지 고소해지는 느낌이랄까. 곰도 부리는 재주가 있다더니. 녀석은 맛을 표현하는 데는 정말 탁월했다. 아무리 어금니를 악물어도 녀석이 맛을 묘사할 땐 저절로 군침이 돌았다. 내가 먹는 것 같은 착각이 들 정도였다. 하지만 나는 어금니를 더 악물곤 역시나 관심 없는 척 바라봤다. 그러면 녀석은 거의 울상이 됐다. 그제야 나는 선심 쓰듯 말했다.

"그럼 어디 한번 줘봐."

받아 든 과자를 입속에 넣어 일단 혀끝에 닿는 맛을 음미하곤 천천히 씹기 시작했다. 녀석은 마치 내가 맛없다고 할까 봐 두려운 듯 초조하게 바라봤다.

과자는 맛있었다. 세상 어느 과자가 맛이 없을까. 게다가 녀석이 먹는 과자는 동네 가게에서 파는 것이 아닌 미제 아줌마가 가져온 이른바 물 건너온 것들이었다. 하지만 내 표정은 녀석을 감동시키지 못했다. 처음엔 녀석의 기대에 어깃장을 놓으려는 마음이 컸다. 하지만 진심으로 과자는 나를 감동시키지 못했다. 녀석의 말로 내 머릿속에선 이미 과자 맛이 부풀려질 대로 부풀려진 상태였다. 하지만 실제로 먹은 과자 맛은 내 상상력을 따라오지 못했다.

마당에서 과자 봉지를 흔들며 서 있는 녀석을 보자 하마터면 또 군침을 흘릴 뻔했다. 하지만 내겐 과자 따위에 한눈을 팔 여유가 없었다. 양손에 수수깡집이 들려 있었기 때문이었다.

전날 선생님은 만들기 숙제를 내주셨다. 잘 만든 건 방학 때까지 사물함 위에 진열해 준다고 했다. 바람개비나 안경, 수수깡으로 만든 건 뭐든 받아준다고 했지만 그런 것들을 만들고 싶지는 않았다. 고민 끝에 나는 집을 만들기로 했다. 처음엔 『톰 소여의 모험』에 나오는 오두막을 만들 생각이었다. 하지만 어쩌다 보니 이층집이 됐다. 예상보다 큰 집이 되는 바람에 수수깡이 모자라 문방구를 두 번이나 더 갔다 와야 했다.

"뭐를 만드는데 그렇게 바빠?"

아무래도 그렇게 큰 걸 만드는 건 나뿐인 모양이었다.

"내일 보여줄게요!"

나는 서둘러 문방구를 나섰다.

"기대할게!"

왕자문방구 아저씨는 문 앞까지 나와 친절하게 손을 흔들었다.

드디어 집이 완성됐다. 나는 책상에 놓인 수수깡집 앞에서 한참이나 꼼짝 않고 서 있었다. 이걸 진짜 내가 만들다니. 몰랐는데 내가 아무래도 손재주가 있는 모양이었다. 찬찬히 들여다보고 있자니 괜히 눈물이 나려고 했다. 아무리 봐도 너무 잘 만든 것 같았다. 이걸 학교에 들고 가면 무슨 일이 벌어질까. 교실 문을 여는 순간 커다래질 선생님의 눈과 입이 보이는 듯했다. 아이들 속에서 터질 박수 소리도 들리는 것 같았다. 그러면 산수 시간마다 문제를 틀려 혼이 나 쌓였던 설움도 한순간 사라질 것만 같았다. 그러니 과자가 아니라 더한 것도 그 순간만큼은 관심 밖이었다.

"병태, 오늘은 일찍 나왔네."

내 뒤를 따라 나오던 엄마가 알은체를 했다. 그때까지도 볼이 터지게 사탕을 빨던 녀석은 엄마를 보자 두꺼비 같은 볼이 출렁이도록 인사를 했다. 우리가 나오는 소리를 들었는지 병태 엄마도 나왔다. 잠시 엄마들의 잔소리가 이어졌다. 우리 엄마가 차 조심하라고 하면 병태 엄마는 끝나면 딴짓 말고 곧장 오라며 눈을 부라렸다. 물론 나도 병태도 귀담아듣지 않았다. 하지만 엄마들은 듣든 말든 매일 같은 말을 반복했다. 잔소리는 누군가가 선생님 말씀 잘 들으라는 말을 해야 끝이 났다.

"선생님……."

병태 엄마가 갑자기 입을 닫았다. 엄마는 무슨 일이냐는 듯 병태 엄마를 바라봤다. 둘의 잔소리가 사라지고 조용해진 마당은 참으로 어색했다. 불안하기까지 했다. 더욱 불안한 건 병태 엄마의 눈이 병태가 아닌 나를 보고 있다는 것이었다.

"다미야, 그건 뭐니?"

고개를 숙여 병태 엄마가 가리킨 곳을 바라봤다. 내 손에 수수 깡집이 들려 있었다. 병태 엄마도 나도 우리 엄마까지. 수수깡집에 모아졌던 눈이 약속이나 한 듯 병태 쪽으로 날아갔다. 나와는 달리 녀석의 손엔 과자 봉지만 달랑 들려 있었다.

"이거 숙제인데요?"

내 말이 떨어지기 무섭게 커다래진 병태 엄마의 눈이 다시 화들짝 병태에게로 날아갔다. 녀석은 그때까지도 입안에 사탕을 굴리며 천진하게 눈만 깜박였다. 병태 엄마의 혀 차는 소리가 마당을 울리는가 싶더니 곧 야무진 손이 녀석의 뒤통수를 후려쳤다.

"내가 왜 오늘은 그냥 넘어가나 했다. 너 숙제 했어, 안 했어?"

녀석은 결국 울음보를 터트렸다. 아침부터 과자를 들고 설치더니 정말이지 쌤통이었다. 가방을 메느라 구겨진 블라우스 깃을 펴주며 엄마는 고개를 절레절레 흔들었다. 수시로 내 염장을 질러대 얄밉긴 했지만 새삼 녀석이 있어 다행이었다. 녀석과 함께 있을 땐 내가 꽤나 모범생처럼 보였다.

처음엔 훌쩍거리기만 하더니 녀석은 아예 목 놓아 울고 말았다. 그렇게 해서라도 더 이상 혼이 나는 걸 막겠다는 심산일 게 뻔했다. 눈치도 보이고 마냥 기다릴 수만은 없었다. 나는 엄마와 눈짓을 주고받으며 살금살금 대문 쪽으로 발을 옮겼다. 그런데 그때까지 녀석을 노려보던 병태 엄마가 갑자기 녀석을 밀치며 달려와 내 앞에 섰다.

"잠깐!"

나는 앞을 막고 선 병태 엄마를 물끄러미 올려다봤다. 어느 틈에 낚아챘는지 그녀의 손엔 병태 손에 있던 과자 봉지가 들려 있었다. 병태 엄마는 내 눈앞에 과자 봉지를 달랑달랑 흔들었다.

"다미야, 그거 우리 병태 주면 안 될까? 넌 또 만들면 되잖아. 저번에도 선생님한테 혼나서 이번에도 숙제 안 해가면 병태는 선생님한테 맞을지도 몰라. 넌 빨리 만들 수 있지?"

병태 엄마의 입가엔 세상에서 가장 친절한 사람이 지을 법한 웃음이 걸려 있었다. 손에선 여전히 달랑달랑 과자 봉지가 흔들렸다. 하지만 이마까지 찢겨 올라간 눈매와 드러난 흰 이, 웃는 모습이 마치 마귀할멈 같았다.

'이런 얍삽한 년!'

하마터면 나도 모르게 소리칠 뻔했다. 엄마는 곧잘 병태 엄마를 향해 그렇게 혼잣말을 했다. 집주인만 아니면 요절을 내도 몇 번은 냈을 거라며 주워섬기는 걸 본 적이 한두 번이 아니었다. 그때는 엄마가 괜히 그러는 줄 알았다. 병태 엄마는 엄마보다 젊었고 예뻤고 집주인이었으니까. 엄마가 샘을 내는 거라고 생각했는데, 하지만 그제야 엄마가 사람을 제대로 봤음을 깨달았다. 아무리 집주인이지만 어떻게 그런 말을 할 수 있을까. 정말 너무 어이가 없고 기가 찼다. 말문이 막혀 대답도 못하고 엄마를 바라봤다. 우리 엄마로 말할 것 같으면 자칭 정의의 사도로 불의는 절대 못 참는 성격이었다. 언젠가는 셈이 흐린 '맛나 떡볶이' 할머니를 대신해 제값을 치르지 않은 중학생들의 집까지 쫓아가 돈을 받아다 준 적도 있었다. 제아무리 집주인이라도 이런 막돼먹은 말을 하다니. 참고 넘길 엄마가 아니었다.

역시나 엄마는 입을 꼭 다물곤 눈을 반쯤 찢어 잠시 허공을 봤다. 나와 오빠가 머리채를 잡고 싸울 때 나오는 모습이었다. 아니 손까지 파르르 떠는 걸 봐선 그때보다 더 화가 난 게 틀림없었다. 엄마가 너무 화를 낼 것 같아 걱정이 될 정도였다. 우리들을 빗자루로 두들겨 패듯 병태 엄마도 패면 어쩌나 가슴이 조마조마했다. 엄마는 불안해하는 내 눈을 잠시 내려다봤다. 곧 뭔가 결심한 얼굴이 됐다.

"그래, 꼭 집 같은 거 만들어야 되는 건 아니라며. 그거 병태 주고 넌 빨리 들어가 다시 만들어."

갑자기 눈앞이 핑 돌았다. 머리가 어지러웠다. 온몸에 힘이 빠져 하마터면 들고 있던 수수깡집도 놓칠 뻔했다. 이게 대체 무슨 말일까. 몇 시간을 끙끙대며 만든 내 집이었다. 혹시나 망가질까 잠도 제대로 못 잤는데. 그런 집을 병태에게 주라니. 내가 정말 제대로 들은 걸까. 병태 엄마의 말보다 몇십 배는 더 어이없고 기가 막혔다. 하지만 엄마 말이 끝나기 무섭게 병태 엄마는 내 손에서 수수깡집을 낚아챘다. 대신 내 손엔 과자 봉지가 쥐어졌다. 어느새 울음을 그친 병태 녀석은 어리둥절한 얼굴로 나와 제 엄마를 번갈아 바라봤다. 병태 엄마는 멀뚱히 서 있는 녀석의 등짝을 한 번 후려치곤 녀석을 끌고 얼른 대문 밖으로 나가버렸다.

두 사람이 사라지자 엄마가 말했다.

"뭐 해. 빨리 들어가 다시 만들지. 어제 수수깡 남은 거 있잖아."

엄마는 내 눈을 보지도 않고 손으로 책가방을 멘 등을 안쪽으로 밀었다. 나는 조금 끌려가다간 엄마 손을 뿌리쳤다. 그제야 엄마는 나를 내려다봤다. 나는 보란 듯 손에 들린 과자 봉지를 바닥에 팽개쳤다. 엄마가 뭐라고 말하는 것 같았지만 나는 도망치듯 대문을 박차고 뛰어나갔다.

"다미야! 그냥 가면 어떡해!"

왈칵 눈물이 쏟아졌다. 평소라면 말을 안 듣고 가는 내게 엄마는 그렇게 부르지 않았다. 저놈의 기집애가 진짜, 야, 너! 이따가 봐. 그런데 엄마는 다시 한번 나를 불렀다. 다미야, 하고. 목소리도 야단칠 때와는 딴판이었다.

나는 엄마가 왜 그랬는지 알았다. 병태 엄마가 얼마 전부터 방세를 올려달라고 했기 때문이었다. 엄마는 사정 좀 봐달라고 했다. 면목 없다며 눈물도 훔쳤다. 만약 수수깡집을 주지 않고 버티면 엄마가 더 곤란해질 게 뻔했다. 비록 엄마가 원망스러웠지만 그렇다고 이해되지 않는 것도 아니었다. 수수깡집은 아니지만 바람개비나 안경 정도는 얼마든지 만들 수 있었다. 하지만 그건 단순히 아무렇게나 만든 장난감이 아니었다. 언젠가 살고 싶은 집을 상상하며 만든 내 집이었다. 그런 집을 병태에게 뺏기다니. 생각하면 할수록 자꾸 눈물이 났다.

"이거 가져!"

흐르는 눈물을 막 손등으로 닦고 났을 때였다. 갑자기 눈앞에 뭔가가 불쑥 뛰어들었다.

"마지막 남은 거니까 넌 공짜로 줄게."

고개를 드니 우주문방구 곰보 아저씨가 수수깡 비행기를 들고 있었다. 지붕 위에 달린 프로펠러가 손이 움직일 때마다 팔랑거렸다. 아이들이 공작 숙제를 받은 다음 날이면 아저씨는 숙제를 만들어 아이들에게 돈을 받고 팔았다. 어떤 날엔 그림 숙제도 팔았다. 보기와는 다르게 아저씨는 손재주가 있는 것 같았다. 아니 그림이고 만들기고 딱 아이들이 만든 것처럼 보이니 손재주가 없는 걸까. 아무튼 숙제를 하기 싫은 아이들은 아예 용돈을 타 숙제를 사기도 했다. 아저씨의 주요 고객은 숙제는 받는 즉시 까맣게 잊는 병태 같은 녀석들이었다. 아마 제 엄마에게 혼나지 않았다면 녀석은 마음 편히 비행기나 헬리콥터를 사가지고 당당히 학교에 갔을지도 몰랐다.

"이거 비싸게 팔던 거야."

수수깡을 십자 모양으로 붙인 날개와 핀을 꽂아 만든 프로펠러. 너무 조잡해 안 팔리고 남은 것일 게 뻔했다.

프로펠러가 팔랑대는 비행기를 보니 다시 설움이 밀려들었다. 내 수수깡집과는 비교도 안 되게 엉성하기 짝이 없었다. 그런 것을 들고 아저씨는 세상 인자한 웃음을 웃고 있었다.

"안 가져가면 선생님한테 혼날 텐데."

정말 받기 싫었는데. 하지만 안 그래도 속상한데 숙제를 안 했다고 선생님께 혼까지 나면 더 울고 싶을 것 같았다. 내가 그대로 붙박혀 있자 아저씨는 다가와 손에 든 비행기를 내밀었다. 그래도 망설이자 내 손을 끌어다 쥐여줬다.

나는 얼른 몸을 돌려 뛰기 시작했다.

"너 이제부터 왕자문방구 가면 안 된다!"

뒤에서 곰보 아저씨가 소리쳤다. 깡마른 몸과 긴 머리, 곰보가 박힌 얼굴까지. 그래서 아저씨 별명은 ET였다. 반면 왕자문방구 아저씨는 얼굴도 잘생기고 목소리도 좋았다. 나는 조금 멀어도 왕자문방구를 애용했다. 그런데 결국 이렇게 코가 꿰이는구나. 겨우 참았던 눈물이 터지려고 했다. 이를 악문 채 뛰기 시작했다.

조회 시간 선생님은 교실을 돌며 숙제 검사부터 했다. 책상 위에 놓인 것들을 보며 여기저기서 감탄과 웃음소리가 터져 나왔다. 그중엔 바람개비도 있었고 안경도 있었다. 집과 자동차, 비행기도 있었다. 선생님은 잘 만든 아이들에겐 칭찬을 했다. 어설픈 솜씨를 보면 야단 대신 웃음을 터트렸다.

내 책상 위 비행기를 보곤 머리를 슬쩍 쓰다듬었다. 선생님이 드디어 병태 앞에 섰다. 나도 모르게 꼴깍 침이 넘어갔다. 녀석의 책상 위엔 내가 만든 수수깡집이 놓여 있었다. 아무리 둘러봐도 그렇게 크고 잘 만든 집은 없는 것 같았다.

"어이구, 웬일이냐. 고생했네, 우리 병태."

수수깡집을 본 선생님이 역시나 병태 머리도 쓰다듬었다.

"너희들 모두 잘 만들어서 모두 다 진열해 놓기로 했다. 사물함 위든 창틀이든 마음에 드는 곳에 올려놓고, 대신 망가뜨리는 놈이 있으면 혼날 줄 알아!"

그렇게 내가 만든 수수깡집도 곰보 아저씨의 비행기도 모두 사물함 위에 올려졌다. 병태 녀석은 선생님 말이 떨어지기 무섭게 달려가 수수깡집을 가장 가운데 자리에 떡하니 올렸다. 제가 만든 것도 아닌데 가장 좋은 자리를 꿰찬 녀석은 연신 싱글벙글이었다. 사물함 가운데 자리를 차지한 수수깡집을 보니 기분이 이상했다. 뭔지 억울해 속이 상했지만 내 수수깡집을 방학 때까지 볼 수 있어 다행이었다.

## 씁쓸한 과자 맛

덜떨어진 놈 같으니라고. 남의 것으로 칭찬받고도 기분이 좋은
걸까. 병태 녀석은 학교가 끝나자 아이들을 끌고 떡볶이를 먹으러
갔다. 미안해서인지 아니면 양심이 없어서인지 내겐 말도 없이 다
른 아이들만 끌고 교실 문을 나섰다. 가자고 해도 안 갔을걸. 애들
을 끌고 무슨 개선장군마냥 가는 꼴을 보자니 도시락 먹은 것까지
올라오려고 했다. 떡볶이 먹고 배탈이나 나라. 나는 병태 패거리
를 피해 교문 앞 횡단보도를 건넜다.

"다미야! 봉다미!"

누군가 부르는 소리에 돌아보니 옆 반 박정은이었다. 어디서부
터 따라왔는지 갈래머리를 휘날리며 뛰어오는 중이었다. 그제야
주변을 둘러봤다. 아무래도 병태 무리와 마주치기 싫어 한없이 걸
었던 모양이었다. 아니 집에 가기 싫었다. 병태 녀석도, 병태 엄마
도 꼴 보기 싫었다. 무엇보다 엄마를 보기가 싫었다. 그렇게 나는
어느덧 천마아파트까지 와 있었다.

"니가 여기는 웬일이야? 너 여기 안 살잖아."

가는 사람 불러놓고 한다는 소리하고는. 아파트 사람도 아니면
서 왜 여기서 얼쩡거려. 뭐 그런 뜻일까. 토끼같이 크게 뜬 눈에
왠지 올라간 입꼬리가 영 거슬렸다.

"그냥 지나가던 길이야. 심부름 갔다가……."

나는 그냥 생각나는 대로 둘러댔다.

"그래? 난 여기 살아. 저기 103동이 우리 집이야."

안 그래도 평소 입성이 복개천 아이들과는 다르다 싶었는데. 역시나 아파트에 사는 아이들은 뭐가 달라도 다른 것 같았다. 지나다니는 사람들도 달랐다. 어쩐지 부터 나는 사람들 틈에서 유독 내 블라우스만 후줄근해 보였다.

"그런데 넌 어디 가?"

바쁘다며 돌아설 참이었는데. 평소 메고 다니던 미키마우스 책가방이 아닌 손에 들린 커다란 가방이 눈에 띄었다.

"피아노 학원."

가방에 그려진 검은 줄이 그러고 보니 건반인 모양이었다. 무거운지 정은이의 어깨가 한쪽으로 기울어져 있었다.

"학원 가는 길에 놀이터에서 잠깐 놀고 있는데 니가 보이잖아."

그 애의 손가락이 가리킨 놀이터엔 그네와 미끄럼틀 시소 사이를 아이들 몇이 뛰어다니고 있었다.

놀이터를 보자 갑자기 정은이가 너무 부러웠다. 아파트에 사는 것도 부러웠고 집 근처에 놀이터가 있는 것도 부러웠다. 무엇보다 집 말고 갈 데가 있는 게 가장 부러웠다.

"그래, 그럼 잘 가."

부러운 마음을 들킬까 봐 얼른 몸을 돌렸다.

"봉다미! 다미야!"

당장 이놈의 동네에서 벗어나고 싶은데, 눈치 없는 박정은은 또 나를 따라왔다.

"같이 안 갈래? 우리 학원. 오늘 친구 초대하는 날이거든."

매달 마지막 금요일은 친구를 초대해 간식도 먹고 피아노도 함께 치는 날이라고 했다. 같이 갈 아이를 찾고 있었던 걸까. 난 피아노 못 친다고 해도 괜찮다며 내 손을 덥석 잡았다. 어차피 집에 가기도 싫은데 잘 됐다 싶었지만 나는 잠시 생각하는 척했다.

"그래, 알았어. 가줄게."

말이 떨어지기 무섭게 정은이는 함박웃음을 지어 보였다.

나는 그날 피아노 학원이란 곳을 처음 가봤다. 피아노 학원뿐이 아닌 학원이란 곳도 처음이었다. 교실에 있는 오르간은 쳐봤지만 피아노 앞에 앉은 것도 처음이었다. 건반 위에 손을 올리자 차갑고도 따뜻한 것이 느낌이 좀 이상했다. 왠지 가슴이 콩닥거렸다.

"너도 배우면 잘하겠다."

피아노 선생님은 차가운 얼굴과는 달리 목소리는 무척 따뜻했다. 친절하게 악보와 건반을 꼭꼭 짚어가며 한 옥타브의 음계를 가르쳐주곤 말했다.

"엄마한테 말씀드려. 너도 배우고 싶다고."

나도 모르게 고개를 끄덕였다. 그녀는 웃으며 머리를 쓰다듬었다. 갈 때는 손에 사탕을 한 움큼 쥐여줬다.

정은이와 헤어져 한참을 걸었는데도 손끝에 아직도 건반의 느낌이 남아 있었다. 갑자기 피아노가 너무 배우고 싶었다. 하지만 엄마한테 말할 용기가 나지 않았다. 우리 동네도 학교가 끝나면 학원에 다니는 아이들이 있었다. 주로 주산 학원이나 미술 학원이지만 모두 주인집 아이들이었다.

나는 손에 쥔 사탕 하나를 까 입에 넣었다. 혀를 움직일 때마다 딸기 맛이 입안에 가득 고였다. 나머지 사탕은 주머니에 넣었다. 사탕은 오래 안 가 입안에 옅은 단맛을 남긴 채 사라졌다. 시간이 더 흐르자 입 안에 남아 있던 딸기 맛도 더 이상 느껴지지 않았다. 집이 보이는 골목에 들어서자 건반의 느낌도 사탕의 달콤함처럼 아득했다.

"야! 너 왜 이제 와?"

있는 힘을 다해 천천히 걸었는데. 고개를 드니 어느새 집 앞이었다. 어둑어둑한 골목은 평소보다 더 음산해 보였다. 집 앞에 나와 있던 엄마는 나를 보자 잔소리부터 늘어놨다. 그때까지 기다린 게 화가 나 못 견디겠다는 표정이었다.

"누가 기다리래?"

그런데 아무래도 내가 야단맞을 상황이 아닌 것 같았다. 엄마를 보니 울컥 또 눈물이 나려 했다.

"기다리긴 누가 기다려!"

더 이상 건드렸다간 기어이 울음을 터트리고 말 거라는 걸 알았을까. 엄마는 잔소리를 멈추고 내 어깨에 있던 책가방을 받아 들었다.

"얼른 씻고 밥 먹어."

엄마는 부엌에서 물을 가져와 대야에 부어줬다. 바닥이 찌그러진 양은 대야에선 모락모락 김이 피어올랐다.

밥상엔 소시지부침이 올라와 있었다. 뭐라고 한 마디만 더하면 피아노 학원에 갔던 걸 말해야지. 피아노 학원에 가고 싶다고. 나도 보내달라고 해야지. 그러면 엉뚱한 소리를 한다며 정말 한 대 쥐어박힐 수도 있었다. 그러면 머리통은 많이 아프겠지만 엄마 마음도 편치 않을 게 뻔했다. 하지만 소시지가 놓인 밥상을 보고 알았다. 엄마도 내게 미안해한다는 걸.

결국 피아노는 입도 뻥긋하지 못했다. 엄마는 내가 밥을 풀 때마다 소시지를 집어 숟가락에 올려줬다. 소시지를 먹으며 나는 어딘가 남아 있을지 모를 딸기 맛 사탕의 달콤함을 애써 지워버렸다. 달콤하진 않았지만 오랜만에 먹는 소시지는 맛이 좋았다.

"넌 숙제했어? 안 했어?"

오빠는 일찌감치 저녁을 먹어치우곤 텔레비전 앞에 앉아 연속극을 보고 있었다. 소시지부침의 반도 더 먹어치우곤 그새 또 뭔가를 입에 욱여넣는 중이었다. 하지만 엄마가 잔소리를 시작하자 엉기적 몸을 일으켰다. 엉덩이를 든 오빠가 먹던 과자 봉지를 내 손에 쥐어줬다. 말 안 해도 순순히 과자를 봉지째 넘기다니. 웬일일까 싶었지만 나는 얼른 과자 하나를 꺼내 입에 넣었다. 이건 무슨 과자일까. 한 번도 맛본 적 없는 맛이었다. 웨하스처럼 가볍지만 바삭한 것이 씹으면 씹을수록 고소하면서도 달콤했다.

그런데 다시 과자를 한 움큼 쥔 순간이었다. 나는 얼른 들고 있던 과자 봉지를 바닥에 팽개쳤다. 그건 아침에 병태 녀석이 들고 있던 것이었다.

"나쁜 새끼야! 이걸 먹으면 어떡해!"

나도 모르게 튀어나온 말에 순간 몸이 움찔했다. 오빠에게 무슨 말버릇이냐며 엄마가 쫓아올 것 같았다. 하지만 부엌에서 상을 치우느라 다행히 엄마는 듣지 못한 모양이었다. 잘못한 걸 아는지 오빠도 꿈쩍하지 않았다. 씩씩대며 노려보던 나는 바닥에 팽개쳐진 과자 봉지를 다시 끌어와 손에 들었다. 팽팽했던 봉지는 이미 홀쭉해져 있었다. 내가 먹지 않으면 오빠가 다 먹어치울 게 뻔했다. 나는 속으로 알고 있는 욕을 있는 대로 퍼부으며 과자를 씹고 또 씹었다. 오빠와 병태, 병태 엄마를 떠올리며 먹다 보니 처음 맛과는 달리 과자 맛이 씁쓸하기 짝이 없었다.

## 엄마의 집

엄마는 늘 조금만 참으라고 했다. 셋방살이 설움도 이제 얼마 안 남았다고. 그렇다고 그 말을 대놓고 하진 않았다. 들릴 듯 말 듯 언제나 혼자 중얼거렸다. 그건 누구에게 하는 말이 아닌 엄마 자신에게 하는 말 같았다. 병태 엄마의 비위를 맞춰야 할 때, 병태 아빠가 버릇없다며 오빠에게 눈을 부라릴 때, 아빠의 얄팍한 월급 봉투를 마주했을 때.

"나라고 뭐 처음부터 이렇게 산 줄 아니?"

늘 뭔가를 속으로만 삭이던 엄마가 어느 날 말하곤 화들짝 고개를 돌렸다. 얼떨결에 속마음을 들켜 꽤나 당황한 표정이었다. 겨우 마음을 추스른 엄마는 평소처럼 들릴 듯 말 듯 또 혼잣말을 했다.

"이렇게 살 줄은 나도 몰랐어."

외갓집은 마당이 넓고 산이 둘러싸 주변 경치가 좋았다고 했다. 엄마는 시집오기 전까지 내내 넓은 마당이 있는 집에서 빼어난 경치를 보며 살았다. 엄마는 결혼을 해서도 셋방살이 같은 건 꿈도 꾸지 않았다. 친정에서 멀지 않은 곳으로 시집온 엄마는 역시나 산과 개천이 흐르는 경치와 함께 너른 앞마당은 물론 작은 뒷마당까지 있는 집에서 아들딸 낳고 죽을 때까지 살 거라 생각했다.

하지만 시집와 보니 아빠 집은 마당이 넓은 집 외에 재산이라곤 끼니를 해결할 논밭 정도가 전부였다. 그걸로 밥은 먹고야 살겠지만 젊은 새댁의 눈엔 미래가 보이지 않았다. 물려줄 재산도 없이 시골집 하나만 덜렁 깔고 앉아 이제 뒷방 늙은이가 된 할아버지와 할머니는 미래 아빠, 엄마의 모습 같았다.

결혼 후엔 아빠도 도시로 가고 싶어 했다. 아니 아빠는 진작 서울로 가고 싶었다. 혼자 떠나기엔 용기가 없었을 뿐. 그렇게 누가 먼저랄 것도 없이 둘은 의기투합했다. 서울로 가겠다고 하자 예상대로 할아버지와 할머니는 펄쩍 뛰었다. 금지옥엽 키운 외동아들을 떠나보내다니. 이제 며느리 수발 받으며 손자, 손녀 재롱 볼 일만 남았다고 생각했던 시골 노인들에겐 날벼락이 아닐 수 없었다.

할머니는 그날로 식음을 전폐하고 드러누웠다. 하지만 아빠도 지지 않았다. 술을 진탕 먹고선 다짜고짜 무릎을 꿇었다. 여기서는 더 이상 희망이 없다고 했다. 그래도 할아버지와 할머니는 완강하게 등을 돌렸다. 아빠는 울먹이기 시작했다. 자식들은 자신같이 살게 하고 싶지 않다고 했다. 하나 있는 자식 학교도 제대로 못 보낸 부모는 되기 싫다며 말끝에 눈물을 뚝뚝 흘렸다.

아빠 말에 할아버지 눈에도 눈물이 고였다. 할아버지는 아빠를 학교에 보내지 않았다. 아빠는 중학교에 들어간 지 얼마 안 돼 장티푸스를 앓았다. 고열에 시달리고 설사를 하고. 할아버지는 다 큰 아들을 읍에 있는 병원까지 몇 날 며칠을 업고 다녔다. 겨우 회복한 후에도 아빠는 한동안 기운을 차리지 못했다. 학교 갈 시기를 놓치자 할아버지는 아예 아빠를 집에 눌러앉혔다. 농사지으며 살 거라 학교는 필요 없다고 생각했을까. 어쩌면 할아버지는 끝까지 아빠를 곁에 두고 싶었을지도 몰랐다. 공부를 많이 해서 머리가 커지면 곁에 둘 수 없다고 생각했을 수도. 평소 말없이 착하기만 하던 아들 말에 할아버지와 할머니는 가슴을 찔린 듯했다. 그렇게까지 말하는 데야 아들, 며느리를 더는 말릴 수가 없었다.

하지만 취직자리를 알아봐준다는 먼 친척 말만 믿고 온 서울살이는 생각보다 더 험난했다. 알아봐준다는 취직자리는 그저 단순 노동에 가까운 것들뿐이었다. 하지만 배운 것 없이 홀로 일거리를 찾기에 서울은 그리 녹록지 않은 곳이었다.

서울로 올라와 엄마는 다락동 언덕배기 단칸방에 터전을 잡았다. 엄마의 셋방살이는 그렇게 처음 시작됐다. 하지만 그래도 시골집보다는 낫다고 생각했다. 무엇보다 미래를 꿈꿀 수 있어 좋았다. 당장이야 어려워도 둘이 같이 벌면 집 하나 못 살까. 자신감이 넘쳤던 것도 잠시. 자리도 잡기 전에 오빠가 생겨버렸다. 시간이 지나 복개천 지금 동네로 내려왔을 땐 이미 뱃속에 내가 자라고 있었다. 엄마는 그렇게 두 아이에 치이며 셋방살이를 전전했다. 어린애 둘을 데리고 남의집살이를 하는 건 공중 곡예를 하는 것과 같다며 엄마는 늘 한숨을 쉬었다.

수수깡집은 빼앗겼지만 그래도 병태 엄마는 한동안 방세를 올려달라는 말은 하지 않았다. 사물함 위 병태 이름이 붙은 수수깡집을 보면 불쑥불쑥 울화통이 치받쳤지만 곰보 아저씨 비행기에도 내 이름이 붙어 있으니 그저 엄마 한숨이 줄어 다행이라 여길 생각이었다.

하지만 어느 때쯤부터 엄마는 다시 한숨을 쉬기 시작했다. 날짜를 보니 할아버지 생신날이 가까워지고 있었다. 지난 할머니 생신날에도 엄마는 며칠 전 미리 시골로 내려갔다. 이것저것 시장을 봐서는 혼자 끙끙대며 머리에 등에 어깨에 바리바리 싸 들고 버스를 탔다. 일요일 날을 잡아 하는 생신 잔치는 일 년에 두 번 봄가을로 치러졌다. 엄마가 먼저 내려가면 오빠와 나는 아빠와 함께 토요일 저녁 터미널로 가 시외버스를 탔다.

생신날이면 시골 마을엔 동네잔치가 벌어졌다. 며칠 동안 장을 봐 바리바리 싸가지고 갔는데도 엄마는 시골 장들을 돌아 또 바리바리 사서 동네잔치를 했다.

생일상을 본 동네 어른들은 저마다 며느리를 잘 보았느니, 아들이 서울 가 성공을 했느니, 칭찬을 아끼지 않았다. 한복 저고리를 같은 색으로 맞춰 입은 할아버지와 할머니는 모처럼 입에서 웃음이 끊이지 않았다.

그렇게 생일을 치르고 나면 우리 집 살림은 적지 않은 타격을 입었다. 그래도 두 분 생신상을 소홀히 할 수는 없었다. 할아버지와 할머니가 수시로 서운함을 표출했기 때문이었다. 지난번엔 홍어무침이 빠졌다며 할머니의 핀잔이 이만저만이 아니었다. 할아버지 생신날엔 어떻게 해서든 홍어무침을 상에 올려야 한다며 엄마는 깊은 한숨을 또 쉬었다.

"아줌마, 자요?"

한숨을 푹푹 쉬던 엄마가 엉거주춤 일어나 문을 열었다. 문틈으로 병태 엄마의 얼굴이 보였다. 나는 얼른 일기장에 눈을 박았다.

"이거 좀 드셔봐요. 새콤달콤한 게 제법 맛있네."

병태 엄마는 문틈으로 사과가 담긴 소쿠리를 들이밀었다.

"그냥 먹지, 뭘 가져와."

엄마는 반쯤 열렸던 문을 마저 열어 소쿠리를 받았다.

병태 엄마 친정은 사과가 많이 나는 곳이라고 했다. 그래서 가끔 사과가 상자째 부쳐져 오곤 했다. 사과가 오는 날엔 병태 엄마는 몇 개씩 들고 와 우리 방 문틈으로 밀어 넣었다.

"고마워. 잘 먹을게."

병태 엄마는 사과만 밀어 넣고 돌아섰다. 엄마는 병태 엄마가 보이지 않을 때까지 문밖으로 고개를 빼고 내다봤다. 방문을 닫는 엄마 입에선 조였다 풀린 호스처럼 또 한 번 한숨이 뿜어져 나왔다. 방세 얘기를 하면 어쩌나 걱정했던 모양이었다.


## 병진이 언니

내겐 못된 계모처럼 굴었지만 엄마는 병태 엄마의 비위는 잘 맞췄다. 병태 엄마는 동네 아줌마들과 잘 어울리지 못했다. 약간 철이 없기도 했고, 후처라며 아줌마들이 뒤에서 늘 쑥덕대기 때문이었다. 우리야 뒤늦게 이사를 와 사정을 잘 모르지만 다들 병진 언니 엄마를 알고 있었다. 어른들의 말로는 병진 언니 엄마와 정이 없던 병태 아빠는 끊임없이 바람을 피웠다고 했다. 병진 언니 엄마가 있을 때부터 병태 엄마와 딴 살림을 차렸다고. 그 때문에 병진 언니는 상처가 깊은 모양이었다.

병진 언니는 어릴 때부터 동네에 소문난 천재였다고 했다. 안 그래도 똑똑한데 꼭 성공하겠다며 공부에 대한 욕심이 남달랐던 모양이었다. 병진 언니 엄마는 선천적으로 몸이 약했다. 게다가 바람을 피우는 남편 때문에 늘 속앓이를 해야 했다. 병진 언니는 엄마의 유일한 기쁨이자 희망이었다. 아버지에게 받은 상처로 슬퍼할 때마다 엄마를 꼭 호강시키겠다며 고사리 같은 손가락을 걸었다고 했다. 약속대로 병진 언니는 늘 전교 1등을 놓치지 않았다.

전국에서도 상위권을 유지했다. 언니는 서울대 합격도 따놓은 당상이었다. 하지만 안 그래도 며칠 전부터 시름시름 하던 엄마가 대학 시험을 앞두고 쓰러졌다. 그 와중에도 병태 아빠는 어디서 뭘 하는지 집에 들어오지 않았다. 그래도 시험 보러 가는 딸 얼굴은 봐야겠다 생각했을까. 전날 밤 병태 아빠는 엿을 한 꾸러미 사 들고 집에 들어왔다. 하지만 그것이 가는 생명줄을 잡고 있던 병진 언니 엄마의 손을 놓게 한 걸까. 다음 날 새벽 병진 언니 엄마는 까무라쳐 정신을 차리지 못했다.

"너는 시험 보러 가라."

병태 아빠는 간만에 아빠다운 얼굴로 도시락을 손수 싸 병진 언니를 시험장으로 보냈다. 울며불며 안 가겠다고 버티던 병진 언니는 늘어진 엄마가 병원으로 실려 가는 걸 보곤 무슨 마음을 먹었는지 시험장으로 달려갔다. 사정을 듣고 몰려온 이웃들이 데려다주겠다고 해도 막무가내여서 혼자 보냈다며 이웃들은 수시로 안타까워했다. 이웃들은 대신 병원에 쫓아갔다. 병진 언니 엄마는 이웃들의 바람에도 병원에 도착한 지 얼마 안 돼 숨을 거뒀다.

아무리 천재라도 엄마를 병원에 보내놓고 보는 시험을 제대로 치를 수 있을까. 당연히 서울대에 갈 줄 알았던 병진 언니는 시험을 망쳐 후기대에 가야 했다. 재수를 하겠다고 했지만 여자가 대학만 가도 어디냐며 병태 아빠가 절대 허락하지 않았던 모양이었다.

머리를 단정히 묶고 두꺼운 책과 노트를 품에 안고 다니는 병진 언니는 멀리서 봐도 왠지 빛이 났다. 하지만 얼굴엔 늘 그림자가 드리워져 있었다. 제 누나인데도 병태는 병진 언니를 무서워했다. 하긴 나도 그랬다. 언니가 어려워 마주치면 꾸벅 인사만 하곤 말 한 마디 하지 못했다. 하지만 속으로는 멋져 보이는 언니가 왠지 좋았다.

언니는 학교에서 공부를 하고 아르바이트를 하느라 집에선 잠만 잤다. 평소엔 집에서 사는지조차 모를 때가 많았다. 잠결에 어렴풋이 수돗가에서 물소리가 들리면 병진 언니가 들어왔나 보다 짐작할 뿐이었다. 하지만 아침에 일어나면 언니는 보이지 않았다. 빨랫줄에 빨아놓은 언니 옷만 널려 있었다.

병태는 숙제를 안 해 선생님께 또 혼이 났다. 나는 맹세코 이르지 않았다. 그런데 병태 엄마가 어디서 들은 걸까. 이번엔 단단히 화가 난 모양이었다. 병태 녀석이 또 혼이 나는지 안채가 무척 소란스러웠다. 마침 문을 열고 들어오는 엄마도 고개를 절레절레 흔들었다.

"인정머리 없는 인간 같으니……."

무슨 일이냐고 물어보려는데 안 그래도 소란하던 안채 쪽에서 기어코 누군가의 울음소리가 터져 나왔다.

"야! 어디 가?"

뻗쳐오는 엄마 손을 간신히 피해 나는 육상 선수처럼 문턱을 뛰어넘었다. 언젠가도 집안에 이런 분위기가 흐르던 적이 있었다. 병태 아빠가 잔뜩 술에 취해 들어온 날이었다. 그때도 나는 엄마 손을 피해 얼른 밖으로 뛰쳐나갔다. 마당에 서자 놀라운 광경이

펼쳐졌다. 얼굴이 벌건 병태 아빠가 눈앞의 밥상을 발로 차 들어 엎었다. 바닥에 엎어진 그릇들도 손에 잡히는 대로 집어 던졌다. 마당에 선 내 앞으로도 밥그릇과 국그릇이 차례로 날아왔다. 뒤이어 김치그릇도 날아왔다. 더 있다간 살림살이들이 모조리 다 날아올 것 같았다.

병태 엄마는 울며불며 병태 아빠를 뜯어말리느라 야단이었다. 곁에 있던 병태 녀석도 울고불고 그런 난리가 없었다. 정말 큰일이 날 것 같았는데. 아침에 일어나니 병태 엄마는 언제 그랬냐는 듯 생글거리며 출근하는 병태 아빠 배웅을 했다. 알 수 없는 실망감이 밀려들었지만 전날 살림이 날아다니고 병태 엄마가 악을 쓰고, 병태 놈이 꺼이꺼이 울어대는 광경은 정말이지 두고두고 생각해도 재미난 볼거리였다. 그런데 그런 구경거리가 또 벌어질 모양이었다. 안채의 소란에 신이 난 나는 엄마의 손을 피해 총알같이 튀어나와 마당에 섰다.

뭔가 깨지고 부서지고 울고불고 악쓰는 소리가 들려야 했는데. 안채에선 그저 우는 소리만 들렸다. 울음소리도 전과 달랐다. 낮고 작지만 보다 서러웠다. 문틈으로 보니 우는 건 병진 언니였다. 병태 엄마가 우는 건 종종 봤지만 병진 언니가 우는 건 처음이었다. 늘 있는지도 모르게 조용하던 언니가 무슨 일일까. 슬쩍 들어가 병태 녀석을 꾀어 물어볼까. 한 발짝 걸음을 옮길 때였다. 쩍 하는 소리와 함께 등짝이 불이 붙은 듯 화끈댔다.

"안 들어가! 들어가 빨리!"

엄마는 내 등짝을 한 번 더 후려치곤 소를 몰 듯 방 안으로 밀어 넣었다. 얼마 후 울음소리는 그쳤다. 울음소리가 사라진 집 안은 쥐 죽은 듯 고요했다. 하지만 무슨 일인지 궁금해 이불을 쓰고 누워도 한동안 잠이 오지 않았다.

"저 인정머리 없는 인간 같으니."

다음 날 아침 장독에 나갔다 들어온 엄마는 상에 고추장 종지를 내려놓으며 또 혼잣말을 했다. 병태 아빠를 두고 하는 말인 모양이었다.

"뭐야? 병태네 어제?"

평소엔 집안에 폭탄이 떨어져도 관심 없을 오빠도 궁금한지 엄마를 보며 물었다.

"아이고, 니들은 몰라도 돼! 얼른 밥 먹고 학교나 가!"

나도 물어보려 했는데. 엄마는 우리가 입을 뻥긋이라도 하면 또 등짝을 후려칠 것 같았다. 하는 수 없이 머리를 박은 채 조용히 밥만 먹었다.

그날의 일은 며칠 후에야 알 수 있었다. 병진 언니가 유학을 가겠다고 한 모양이었다. 오래전부터 준비한 일이라고 했다. 가고 싶던 학교에서 드디어 허락을 받았다고, 말하며 엄마는 자기 일인 양 기뻐했다. 학교에서 장학금도 나오고 그동안 아르바이트로 모은 돈이 있으니 집에서 조금만 보태주면 원하는 학교에 갈 수 있는 모양이었다. 손을 벌리지 않고 혼자 어떻게든 해볼 생각이었으나 일정이 앞당겨져 어쩔 수 없이 병태 아빠에게 사정을 얘기해야 했다. 하지만 병태 아빠는 언니 부탁을 단칼에 거절했다. 딸은 밖으로 돌리면 안 된다는 게 이유였다. 말을 하며 엄마는 병태 아빠를 향해 한동안 찰진 욕을 퍼부었다. 엄마는 말끝에 기가 막힌 듯 냉수 한 사발을 들이켰다. 말을 하는 엄마도 수시로 헐크처럼 변했는데 당사자인 병진 언니는 오죽했을까. 그 밤 언니는 그만 쌓였던 설움이 폭발했던 모양이었다. 언니답지 않게 울음을 터트린 걸 보면.

"아니, 다 달라는 것도 아니고 조금만 보태달라는 것도 안 해주냐."

엄마는 자신이 분해 못 견디겠다는 듯 수시로 밑도 끝도 없는 분통을 터트렸다. 오빠와 나는 혹시 불똥이 우리에게 튀지나 않을까 김치 하나만 달랑 있는 밥상 앞에서도 얌전히 밥만 먹었다.

"돈 있으면 내가 해주고 싶네."

엄마 말에 밤을 새고 온 아빠도 그러게, 하며 맞장구를 쳤다.

집을 가진 주인집 사람이면 싸울 일도 없고 마냥 좋기만 할 것 같은데. 병태네를 보면 그것도 아닌 모양이었다.


### 아빠의 푸른 재복

"야, 너희 아빠 옷 멋지다!"

언젠가 병태 녀석이 출근하는 아빠를 보며 말했다. 아빠는 늘 푸른 제복을 입고 출근을 했다. 그런 제복을 입은 사람은 군인이나 경찰들뿐이었다. 처음 녀석은 우리 아빠도 군인이나 경찰쯤으로 안 것 같았다. 제복을 입은 아빠가 집안에 들어서면 늘 잔뜩 겁먹은 얼굴로 슬금슬금 제 방으로 들어가 버렸다.

나도 처음엔 아빠 옷이 군인이나 경찰들이 입는 옷과 같다고 생각했다. 군인이나 경찰은 아니어도 비슷한 위상과 권위가 있는 옷으로 믿었다. 아침에 나갔다가 저녁에 들어오는 다른 아빠들과는 달리 우리 아빠는 주로 오후에 나가서는 다음 날 아침에 들어왔다. 분명 지구를 지키는 슈퍼맨처럼 아빠도 밤새 큰일을 하고 오는 게 틀림없었다.

"그런데 왜 너희는 우리 집 별채에 사냐?"

슈퍼맨 얘기는 제가 먼저 해놓고. 어느 날 우리 아빠는 분명 훌륭한 일을 할 거라고 하자 병태 녀석이 괜히 입을 삐죽대며 딴지를 걸었다. 전날 또 술을 먹고 와 밥상을 엎은 제 아빠 흉을 좀 봤더니. 아무래도 약이 오른 모양이었다. 녀석은 불리하다 싶으면 언제나 집을 들먹이며 주인 행세를 했다.

"원래 훌륭한 일을 하는 사람들은 정체를 숨기는 거야. 슈퍼맨도 평소엔 힘없이 다니거든!"

내 말에 녀석은 한동안 뭔가 말을 하려 벼르는 것 같았다. 하지만 대꾸할 말을 찾지 못한 모양이었다. 인상을 찌푸린 채 입만 달싹이더니 마침 딱지를 들고나오는 영식이에게 달려갔다.

말은 그렇게 했지만 나도 아빠 옷에 믿음이 가는 건 아니었다.

아빠가 큰일을 한다기엔 우리는 너무 가난했다. 아빠는 엄마에게 조차 큰소리 한 번 치지 못했다. 오빠와 내가 말썽을 부려도 야단 도 치지 않았다. 아빠는 늘 주눅이 들어 있었다. 특히 병태 아빠와 마주치면 버릇처럼 고개를 숙였다. 어쩌다 곁에 서 있는 걸 보면 왠지 아랫사람으로 보였다.

고무줄놀이가 싫증 나 일찍 들어온 날이었다. 아직 때가 아닌데 밥 익는 냄새가 났다. 부엌에서 엄마가 흰죽을 끓이고 있었다.

"이거 뭐야?"

별식이라도 만드나 싶어 나는 솥을 가리키며 물었다.

"아빠 거."

엄마는 말끝에 한숨을 쉬었다.

아빠는 쉬는 날 짬을 내 시골에서 벌초를 하고 왔다. 무리해서 인지 뭘 잘못 먹었는지 이후 뱃병이 나 며칠 동안 제대로 먹지 못 했다. 안 그래도 깡마른 몸이 그새 뼈만 남아 있었다. 아빠는 점심 도 뜨는 둥 마는 둥 출근을 했다. 분명 식당 밥도 제대로 먹지 못 할 아빠를 위해 엄마는 찹쌀을 섞어 죽을 쒔다.

나는 죽을 싸 들고 나서는 엄마를 따라나섰다. 엄마는 그냥 집 에 있으라며 따라오는 내게 눈을 부라렸다. 엄마의 구박과 눈총에 도 나는 보란 듯 앞질러 버스를 탔다. 아빠 회사를 볼 수 있는 기 회였다. 아빠가 일하는 곳이 어떤 곳일까. 버스를 타고 가는 내내 상상했다. 커다란 건물에서 푸른 제복을 입고 일하는 아빠. 내 상 상 속의 사람들은 모두 존경의 눈빛으로 아빠에게 고개를 숙였다.

아니 평소엔 슈퍼맨처럼 정체를 숨겨야 하니 사람들은 알아보지 못할지도 몰랐다. 그래도 나는 분명 알 수 있을 것 같았다. 드디어 아빠의 푸른 제복의 실체를 눈으로 볼 수 있다니. 자꾸 가슴이 두근거렸다. 신이 나 가는 내내 콧노래를 흥얼거렸다.

버스는 한 아파트 단지 앞에 멈춰 섰다. 버스에서 내린 엄마는 곧장 단지 내로 들어갔다. 엄마를 따라 걸음을 옮길 때마다 입이 쩍 벌어졌다. 달랑 건물 세 개에 그렇게 높지도 않은 천마아파트와는 비교도 안 되게 큰 아파트들이 끝도 없이 늘어서 있었다.

엄마는 불이 들어와 별처럼 반짝이는 아파트 사이를 요리조리 헤집고 다녔다. 분명 벽에 붙은 숫자를 보고 온 것 같은데 잘못 봤는지 돌아서기를 몇 번이나 반복했다. 그런데 드디어 찾았을까. 엄마 입가에 엷은 미소가 번졌다. 엄마는 곧 건물 사이 놀이터를 지나 으슥한 곳으로 들어섰다.

엄마가 멈춰 선 곳은 허름한 방 앞이었다. 처마에 노란 전등을 단 상자처럼 작은 방이었다. 엄마는 유리로 된 문 앞에서 안을 기웃대다가 반색하며 손을 흔들었다. 잠시 후 유리문이 열렸다. 문틈으로 전등 불빛에 빛이 바랜 푸른 제복이 보였다. 며칠째 뱃병을 앓느라 쪼그라진 아빠였다. 바람만 불어도 날아갈 듯한 몸에서 나풀대는 푸른 제복은 어느 때보다 더 초라해 보였다. 아무 말 안 해도 내가 생각했던 권위와 위상과는 거리가 멀다는 걸 알 수 있었다.

"여기는 뭐 하러 와?"

아빠는 엄마를 나무라며 눈은 나를 봤다. 내가 실망하고 있다는 걸 알았을까. 이후엔 내 눈을 애써 피했다.

"몸은 괜찮아요? 밥 못 먹었을 것 같아서."

엄마는 손에 들린 죽 그릇을 내밀었다.

"밥은?"

아빠는 이번에도 말은 엄마에게 하며 슬쩍 나를 봤다.

"우리는 가서 먹어야지. 신경 쓰지 말고 당신이나 먹어요."

아빠는 그제야 작은 방의 문을 열며 손짓했다.

"짜장면 시켜줄게, 먹고 가."

처음엔 됐다고 손사래를 치더니, 엄마는 아빠를 따라 안으로 들어갔다. 아빠가 지내는 곳이 궁금한 모양이었다. 방 안엔 책상과 의자, 한 사람이 누울 수 있는 간이침대가 전부였다. 벽에는 아빠 것과 같은, 하지만 주인이 다를 것이 분명한 푸른 제복이 몇 벌 걸려 있었다. 아빠가 조금 전까지 부실한 몸을 쉬느라 깔아놓았는지 침대엔 푸른 담요가 흐트러져 있었다. 엄마는 담요를 젖히고 앉아 죽 그릇을 싼 보자기를 풀었다. 짜장면을 시키려는지 책상 앞에 앉은 아빠가 수화기를 들 때였다. 밖에서 누군가 부르는 소리가 들렸다.

"봉 씨! 봉 씨 어딨어!"

아빠는 수화기를 내리곤 튕기듯 몸을 일으켰다. 나도 덩달아 엉덩이를 들었다. 그사이 봉 씨를 찾는 소리가 몇 번인가 더 상자 같은 방 안을 울렸다. 아빠는 문을 열고 뛰어나갔다.

"아니 무슨 일을 그따위로 해? 어떤 놈이 화단 앞에다 또 개똥을 싸질러 놨잖아!"

할머니 한 분이 문 앞에서 화가 잔뜩 난 얼굴로 소리쳤다. 아빠는 대꾸를 하려다 말고 몸을 돌려 나를 슬쩍 바라봤다.

"제가 조금 전에 둘러볼 때는 없었는데."

아빠는 난감한 얼굴이었다.

"아, 빨리 와서 치우라니까! 그리고 어느 개인지 찾아서 못하게 하라고. 그것도 하나 못 처리하고 대체 봉 씨가 하는 일이 뭐야?"

할머니는 아빠의 소맷자락을 잡아끌었다. 할머니 손에 끌려가며 아빠는 우리에게 손짓으로 그만 가라고 했다. 돌아보니 엄마도 어느 틈에 나와 있었다.

아빠가 사라지자 엄마는 작은 방으로 다시 들어갔다. 엄마는 풀어헤친 보자기에 죽 그릇을 다시 쌌다. 보자기의 매듭을 잠시 들여다보던 엄마는 젖혀놓은 푸른 담요를 끌어와 죽 그릇을 정성껏 덮었다.

나오려다 말고 엄마는 방 안을 둘러봤다. 문턱을 넘으며 엄마는 한숨을 길게 뿜었다. 언제부턴가 엄마 얼굴은 혼이 나 터지기 직전의 내 얼굴과 같았다. 꾸역꾸역 참는 것 같더니. 엄마는 버스 정류장으로 가는 내내 틈틈이 눈물을 훔쳤다.

"몸도 아픈 사람이 밥도 못 먹고……."

엄마는 버스 안에서도 차창 밖을 보며 한숨 섞인 혼잣말을 했다. 말끝에 또 눈물을 훔쳤다. 나도 울고 싶었다. 하지만 엄마처럼 아빠가 걱정돼서는 아니었다. 아빠의 푸른 제복. 그건 군인이나 경찰들의 옷과는 달랐다. 그런 옷이 갖고 있는 권위와 위상과는 거리가 멀었다. 아니 그걸 입고 있으면 봉 씨라고 고래고래 불러도 되는 모양이었다. 그렇게 부르면 먹던 밥도 팽개치고 뛰쳐나가야 하는 옷. 갑자기 수수깡집을 빼앗겼을 때처럼 자꾸 눈물이 나려 했다. 하지만 꾹 참았다. 내가 울면 엄마가 더 슬플 것 같았다.

"외로워도 슬퍼도 나는 안 울어……."

울음이 날 것 같아 노래를 불렀다. 노랫소리에 엄마는 차창에서 눈을 떼 나를 바라봤다. 나는 엄마에게까지 들리도록 노래를 더 크게 불렀다. 엄마 입가엔 그제야 희미하게 웃음이 번졌다.


## 야구 잠바

오빠는 또 근처 고등학교 야구부의 연습 경기를 보러 간 모양이었다. 아니면 큰길 운동구점에서 진열된 글러브를 구경하든가. 어쩌면 심통이 나 그냥 안 들어오는지도 몰랐다. 수수깡집을 빼앗기던 날의 나처럼.

아침에 오빠는 또 어린이 야구단에 회원 등록을 해달라고 엄마를 졸랐다. 중학교 가기 전 딱 일 년만 하겠다며 틈만 나면 노래를 불렀다. 눈을 뜨자마자 화장실까지 쫓아다니자 엄마는 결국 오빠의 등짝을 후려쳤다. 엄마 성격에 오래 참았지 싶었다.

"아무리 철이 없어도 그렇지. 우리 집 사정 뻔히 알면서 그런 소리 해?"

아침부터 면박만 당한 오빠는 입이 댓 발은 나와서 학교로 갔다.

학교엔 야구 잠바를 입고 오는 아이들이 부쩍 늘었다. 대전이 홈이었던 OB가 서울로 올라왔기 때문이었다. 원래 서울 팀이었던 청룡 팬들은 어린이 회원에 등록해 보란 듯 잠바를 맞춰 입고 다녔다. 그래서 오빠에게도 청룡 잠바가 필요했다. 오빠는 진정한 서울 팀은 청룡뿐이라고 했다. 유니폼도 가장 멋있다나. 이제나 저제나 한 번 입어볼까 전전긍긍이었지만 오빠는 아직 청룡의 푸른 잠바를 입지 못하고 있었다.

야구 잠바는 입지 못했지만 오빠는 생일을 맞아 친구들과 야구장을 가기로 했다. 엄마한테 말하면 씨도 안 먹힐 게 뻔해 대신 아빠를 졸랐다. 안 그래도 아빠는 어린이 회원에 등록해 주지 못하는 걸 미안해했다. 아빠는 생일 선물이라며 엄마 몰래 모아놓은 비상금을 털어 용돈을 줬다. 며칠 동안 퉁퉁 부어 있던 오빠는 돈을 받아 들곤 간만에 기분 좋게 야구장에 갈 차비를 했다. 친구들과 공터에서 모여 함께 갈 모양이었다.

"너, 야구장 갔다 오면 공부 더 열심히 해야 해!"

잔소리 끝에 엄마는 음료수라도 사 먹으라며 간식값을 쥐여줬다. 엄마에게 용돈까지 받은 오빠는 그대로 야구장까지 날아갈 것 같았다.

"끝나면 곧장 와!"

엄마의 잔소리가 한 번 더 마당을 울렸다.

"병태 너도 어디 가니? 옷 예쁜 거 입었네?"

새 옷을 입은 걸까. 무슨 옷이기에 엄마가 알은체를 할까 싶어 나도 마당으로 고개를 내밀었다. 엄마가 병태 옷에 관심을 보였을 때 왠지 불길한 마음이 들었기 때문이었다. 그런데 조금 전까지 날아갈 것 같던 오빠가 그대로 얼어붙어 있었다. 한쪽 발을 운동화에 꿴 채 꼼짝도 하지 않았다. 밖으로 나간 나도 그대로 얼어붙었다. 병태 녀석이 제 아빠와 함께 마당으로 나와 있었다. 어디를 가는지 녀석도 오빠만큼이나 신이 난 듯 보였다.

병태 녀석이 야구 잠바를 입고 있었다. 아니 모자에 가방까지. 누가 봐도 어린이 회원임을 인증하는 것들이었다. 녀석은 늘 먹을 것 외엔 관심이 없었다. 남자아이들이 공을 차도 멀찍이 떨어져 과자나 씹어댔다. 녀석은 원체 몸을 움직이는 걸 싫어했다. 오빠가 동네 아이들을 끌고 와 야구 중계를 볼 때도 혼자 제 집에서 연속극이나 코미디 프로를 봤다.

그런데 녀석이 왜 야구 잠바는 입고 있을까. 게다가 OB나, 타이거즈도 아닌 청룡의 푸른 잠바를.

"저 오늘 아빠랑 야구장 가요."

엄마가 옷에 관심을 보이자 녀석은 신이 나 떠벌였다. 제 아빠의 손을 잡곤 대문도 바람처럼 가뿐히 넘었다.

녀석이 사라지고도 오빠는 여전히 꼼짝하지 않았다. 그저 멍하니 대문을 바라볼 뿐이었다. 얼마쯤 시간이 지났을까. 뭔가 작심

한 듯 오빠가 소리쳤다.

"병태도 야구 잠바 입었잖아! 오늘 같이 가는 애들도 다 입었다고!"

오빠는 다시 엄마를 조르기 시작했다. 어린이 회원에 들게 해 달라고. 앞집 영훈이, 건넛집 수용이. 야구 잠바를 입은 아이들의 이름을 줄줄이 읊었다.

"병태랑 걔네들 다 주인집 애들이잖아!"

하지만 엄마는 오빠의 말을 한마디로 싹둑 잘라버렸다.

"나, 안 가!"

결국 오빠는 그날 야구장을 가지 않았다. 씩씩대며 밖으로 나가선 밤늦게까지 들어오지 않았다. 얄미운 놈 같으니라고. 왜 야구 잠바는 입어가지고. 아무리 생각해도 오빠 약을 올리려는 심산이지 싶었다. 그렇지 않고야 녀석이 야구 잠바를 입고 있을 이유가 없었다. 녀석은 평소 야구엔 전혀 관심이 없었다. 어떻게 하는지 규칙이나 알까. 그것도 하필 청룡 잠바를 말이다.

그 후 오빠는 밖으로만 나돌았다. 내가 수수깡집을 빼앗겼을 때처럼 집에 오기 싫은 모양이었다. 매일 입이 댓 발씩 나와 나가선 깜깜해서야 돌아왔다. 집에 와서도 밥만 허겁지겁 먹고는 겨우겨우 숙제를 하고 말 한 마디 없이 이불을 쓰고 누웠다.

"엄마 아직 안 오셨니? 가서 병태랑 밥 먹자."

내가 찬장을 뒤적이자 병태 엄마가 부엌을 들여다보며 알은체를 했다. 엄마가 없을 땐 병태 엄마는 오빠와 나를 불러다 저녁을 먹였다. 하지만 수수깡집에서부터 쌓이기 시작한 앙금 때문일까.
병태 엄마에게 밥을 얻어먹고 싶지 않았다.

"괜찮아요. 그냥 먹을래요."

내가 호의를 거절하자 기분이 상한 모양이었다. 돌아서는 병태
엄마 얼굴이 새침했다. 곧이어 안채에선 세 식구가 밥 먹는 소리
가 들렸다.


## 수상한 먹을거리

오후가 되면 골목은 늘 아이들로 북적였다. 학교 갔다 오면 딱
히 할 게 없는 아이들은 저녁때까지 골목에 나와 공을 차고 고무
줄놀이를 했다. 아니면 얼굴을 맞대고 앉아 수다를 떨었다. 각자
의 방식대로 저녁이 되기를 기다리다 하늘이 붉게 물들 때쯤 밥
먹으라는 엄마들의 부름에 하나둘 집으로 들어갔다. 어떨 땐 퇴근
하는 아빠 손에 끌려가기도 했다.

병태 아빠는 늘 먹을거리나 동화책을 들고 퇴근을 했다. 골목
입구에 제 아빠가 나타나면 병태는 차던 공을 팽개친 채 달려갔
다. 역시나 녀석의 손엔 어김없이 과자가 들려졌다.

골목에 아이들이 모두 사라지면 나는 그제야 집 안으로 들어왔
다. 새 일거리를 찾은 엄마는 밤늦게야 돌아왔다. 아빠도 다른 아
빠들과는 퇴근 시간이 달랐다. 몰랐을 땐 아빠가 특별한 일을 하

기 때문이라고 생각했다. 경찰이나 군인처럼 푸른 제복을 입고 나라를 지키기 위해 밤을 새우는 거라고. 하지만 푸른 제복의 실체를 알아버린 나는 다른 아빠들과 퇴근 시간이 다른 것이 창피하고 싶었다.

엄마는 늘 병태 아빠 흉을 보곤 했다. 성질도 고약한데다 바람기를 타고나 언제 또 병태 엄마 속을 썩일지 모른다고 했다. 하지만 바람을 피워도 집주인인 병태 아빠가 우리 아빠보다 나아 보였다. 엄마는 여전히 이젠 셋방살이도 얼마 안 남았다며 혼잣말을 했다. 하지만 역시나 믿음이 가지 않았다. 아니 전보다 더 먼 일 같았다. 아빠도 내 마음을 알았을까. 집에 오면 어쩐지 내 눈치를 보는 것 같았다. 어깨도 전보다 더 처져 보였다.

그런데 어느 날이었다. 고개를 드니 저만치 아빠의 푸른 제복이 보였다. 아빠가 이 시간에 웬일일까. 너무 놀라 잡고 있던 고무줄을 놓치고 말았다. 손에서 빠져나간 고무줄 끝이 영미의 종아리를 치며 바닥으로 떨어졌다. 영미가 부르던 〈푸른 하늘 은하수〉 노래도 고무줄과 함께 끊겼다. 고무줄에 종아리를 맞은 영미가 돌아보며 눈을 흘겼다.

하지만 나는 영미를 신경 쓸 여유가 없었다. 처음이었다. 퇴근하는 아빠를 골목에서 맞는 건. 그날따라 주위엔 동네 아이들이 모두 나와 있었다. 아빠를 대체 어떻게 맞아야 할까. 병태처럼 달려가 안겨야 할까. 선영이처럼 다가가 가방을 받아야 할까. 하지만 아빠는 가방을 들고 있지 않았다. 그러면 그냥 도망가 버릴까.

"다미야!"

막 발을 들 때였다. 아빠가 나를 보고 손을 흔들었다. 여기저기 흩어져 있던 아이들의 눈이 아빠에게로 쏠렸다. 바닥에 앉아 구슬치기를 하던 병태 녀석도 벌떡 몸을 일으켰다. 평소 굼뜨기만 하던 녀석은 무슨 일인지 반가워 죽겠다는 얼굴로 쏜살같이 달려갔다.

하지만 나는 다가가던 발을 그만 멈추고 말았다. 아빠 손에 뭔가가 들려 있었다. 커다랗고 납작한 상자였다. 그제야 알았다. 병태 녀석이 반색을 하며 달려간 이유를. 그 상자 속엔 먹을 것이 있는 모양이었다. 녀석은 아빠 손에 들린 상자 앞에 얼굴을 들이댔다. 코를 벌름거리며 냄새까지 킁킁 맡았다. 대체 뭘까. 커다랗고 납작한 상자에 들었음직한 먹을 것. 그것엔 빵이나 과자, 과일이나 초콜릿이 있을 것 같지도 않았다. 하지만 병태 놈이 코를 킁킁대며 반기는 걸 보면 분명 먹을 것이, 그것도 맛있는 것이 들어있는 게 틀림없었다. 무엇보다 나를 들뜨게 하는 건 아빠의 표정이었다. 줄곧 내 눈치를 보던 아빠는 센베이 과자를 들고 올 때의 영미 아빠나 미제 초콜릿을 들고 오던 병태 아빠 못지않게 위풍당당했다. 아빠가 저런 표정을 지을 수도 있는 사람이었구나. 새삼 놀라웠다.

어느새 아빠는 내 앞에 다가와 있었다. 손에 들린 상자가 궁금한지 아이들이 아빠 곁에 우르르 몰려들었다. 상자에서는 달콤하기도 시큼하기도 한 이상야릇한 냄새가 났다. 정체 모를 냄새에 고개를 돌리는 녀석도 있었다. 다가오던 영미는 도망치듯 제 집으로 들어가 버렸다. 하지만 그 정체를 알 수 없는 냄새 때문에 오히려 호기심은 한없이 부풀어 올랐다.

"다미야! 들어가자!"

대문 앞에 선 아빠는 아이들을 물리치듯 내 손을 끌어와 잡았다.

"봉다미, 들어와!"

병태 녀석이 아빠를 앞질러 대문 안으로 뛰어들었다. 따라오는 아이들에게 눈을 부라리며 쫓아내기도 했다. 병태의 만류에도 두 녀석이 병태를 따라 안으로 들어갔다. 나도 아빠 손에 끌려 대문을 넘었다.

드디어 상자가 열렸다. 상자 안엔 동그랗고 납작한 것이 담겨 있었다. 빵일까. 하지만 그동안 봤던 빵과는 생김새가 달랐다. 무엇보다 냄새가 달랐다. 빵 특유의 고소한 냄새가 아닌 고소하면서도 시큼한 냄새가 났다. 상자가 열리자 병태를 따라온 두 녀석은 코를 싸쥐었다.

"우와! 피자다!"

병태 녀석이 상자에 머리를 들이밀며 소리쳤다. 고개를 쳐들고 코를 싸쥐었던 녀석들도 머리를 상자에 들이밀었다. 피자. 그랬다. 그건 바로 피자였다. 우리는 그때 피자를 알고 있었다. 가끔 텔레비전에서 해주던 미국 영화나 드라마에서 주인공들이 맛있게 먹던 것. 종종 학교에선 어느 반에 누가 피자를 먹었다는 얘기가 떠돌기도 했다. 하지만 그걸 먹어봤다는 아이를 직접 본 적은 없었다. 특히 복개천 아이들 중엔 더더욱 그랬다. 하지만 아이들은 어쩌면 곧 먹어볼 수 있을 거란 꿈에 부풀어 있었다. 이태원에 있다는 피자집이 곧 천마아파트 근처에도 생길 거라고 했다. 지금은 공사 중인 큰길 이 층 건물이 바로 그곳이었다. 소문을 들은 병태 녀석은 벌써부터 제 엄마를 졸라댔다. 녀석의 성화에 병태 엄마는 피자집이 문을 열면 꼭 데려가겠다고 약속했다. 그런데 피자집이 문을 열기도 전에 우리 눈앞에 피자가 떡하니 놓여 있는 것이었다.

아빠는 동그란 피자를 반 잘라 접시에 담았다. 나머지 반이 담긴 상자는 뚜껑을 덮어 선반 위에 올렸다. 엄마와 오빠 몫인 모양이었다. 선반에 올려진 피자 상자를 녀석들은 아쉬운 듯 바라봤다. 하지만 아빠가 나머지 반을 조각내자 눈을 반짝이며 제 몫이 돌아오기를 기다렸다.

아빠는 조각낸 피자를 병태와 두 녀석에게 나눠줬다. 마지막 제일 큰 조각은 내게 줬다. 피자를 받아 들고도 누구도 선뜻 먹을 생각을 하지 않았다. 서로 눈치만 보고 있을 때였다. 병태 녀석이 먼저 한 입 베어 물었다. 그러자 다른 녀석들도 입에 넣었다. 나도 먹었다. 한 입 베어 문 순간 나도 모르게 질끈 눈을 감았다.

이게 무슨 맛일까. 빵 같긴 한데 고기 맛이 났다. 고소한가 하면 시큼하기도 했다. 바삭한가 하면 흐물흐물 늘어졌다. 한마디로는 도저히 설명할 수 없는 맛이었다. 아이들 반응도 제각각이었다. 한 녀석은 입에 넣자마자 꿀떡 먹어버렸다. 한 녀석은 조금 먹더니 나머지는 손에서 내려놨다. 병태는 제 몫을 다 먹고는 한 녀석이 남긴 것까지 주워 먹었다.

"너희 아빠 최고다!"

소매로 입을 훔치며 병태가 엄지를 치켜들었다. 어느새 옷을 갈아입고 누워 있던 아빠 얼굴은 간만에 빛이 났다.

녀석들이 돌아가고도 방 안엔 피자 냄새가 가득했다. 저녁때 들어온 엄마는 코부터 싸쥐었다. 한 입 먹어보라는 아빠 말에도 고개를 저으며 먹지 않았다. 대신 오빠가 엄마 몫까지 먹어치웠다.

"그런데 이건 어디서 났어요?"

간만에 웃음이 가득하던 아빠가 인상을 찌푸렸다.

"아파트 가까운 동네에 외국 사람이 사는데 개를 잃어버려서 난리가 났잖아. 이놈의 개가 그런데 우리 아파트에 와서는 여기저기 헤집고 다니고."

"그래서 당신이 잡았어요?"

"응. 그런데 마주하고 보니 덩치가 송아지만 한 게 사나워서 그냥 끌고 올 수가 있어야지."

덩치가 송아지만 하다는 사나운 개가 떠올랐는지 엄마는 인상을 찌푸렸다.

"그걸 끌고 오느라 고생 좀 했더니 가져와서 먹으라고 주더라구."

개를 잡느라 넘어졌다며 아빠는 바지를 올려 까진 무릎을 내밀었다. 그래서 아빠가 밤을 새우지 않고 일찍 온 모양이었다.

아빠가 다친 건 속이 상했지만 간만에 아빠와 함께 자니 기분이 좋았다. 물론 좁은 방이 더 좁아지긴 했지만.

그런데 단잠에 빠져 있을 때였다. 왠지 뒤척이는 것 같던 엄마 아빠가 갑자기 이불을 박차고 뛰쳐나갔다. 나도 따라 나갔다. 무슨 일일까. 아직 한밤중인데 안채에 환하게 불이 켜져 있었다. 얼마 지나지 않아 문이 열리며 병태가 제 아빠 등에 업혀 나왔다. 병태 엄마도 우는소리를 하며 따라 나왔다.

"무슨 일이야?"

엄마가 병태 엄마를 보며 물었다.

"대체 애한테 뭘 먹인 거야?"

병태 엄마가 말할 새도 없이 병태 아빠가 아빠를 보며 소리쳤다. 놀란 아빠는 선뜻 말을 하지 못했다.

"애가 저녁 내내 토하고 난리더니 이렇게 까무라쳐서……."

그제야 병태 엄마가 우는소리를 했다. 병태 아빠는 대문을 나서며 아빠를 향해 몇 번이나 험악하게 눈을 부라렸다.

병태는 아침이 되도 오지 않았다. 그래서 학교엔 나 혼자 갔다.

"야, 너희 어제 피자 먹었다며?"

벌써 소문이 돈 모양이었다. 자리에 앉자 몇몇 녀석들이 내 주변을 둘러쌌다. 아이들은 피자 맛을 궁금해했다. 하지만 말로 표현하려니 막막했다. 병태가 있었으면 군침이 돌게 말했을 텐데.

"야, 병태가 그것 먹고 오늘 학교에 못 온 거래."

순범이 녀석이 소리치자 아이들은 금세 김이 샌 얼굴이 돼 자리로 돌아갔다.

병태는 하룻밤을 병원에서 보낸 후 돌아왔다. 녀석은 집에 와서도 죽을병이라도 걸린 듯 종일 누워 엄살을 떨었다. 핑계 김에 며칠 동안 학교에도 나오지 않았다. 집에 있는 동안 줄곧 먹기만 해 학교에 왔을 땐 피둥피둥 살이 더 쪄 있었다.

피자로 인한 소동에도 불구하고 큰길 피자집이 문을 열 날은 다가왔다. 아이들은 저마다 기대에 부풀었다. 모두 피자집이 문을 열면 제일 먼저 달려가겠다고 했다.

"나는 먹어봤지."

병원에 업혀 갈 땐 언제고. 병태 녀석은 쉬는 시간마다 아이들에게 피자 맛을 설명하느라 바빴다. 녀석은 맛을 묘사하는 데는 역시나 탁월했다. 녀석의 말을 듣다 보면 내가 먹었던 피자가 그렇게 맛이 있었나 고개가 갸우뚱해지기도 했다. 아무튼 덕분에 아이들은 피자를 먹어본 나와 병태를 많이 부러워했다.

드디어 피자집이 문을 열었다. 개업식엔 국회의원까지 왔다. 아이들은 저마다 엄마, 아빠를 졸라 피자집으로 갔다. 병태도 갔다. 일요일 제 엄마 손을 잡고 나가기에 어딜 가냐고 물었다. 딱히 궁금해 물은 건 아니었다. 하지만 녀석은 내가 따라가기라도 하는 듯 허둥지둥 대문을 나섰다. 돌아와서는 부른 배를 퉁퉁 두드리며 피자집에 갔었다고 자랑을 늘어놨다. 누군 뭐 안 먹어봤나. 녀석은 마치 내가 피자의 피 자도 모르는 것처럼 맛을 부풀려 떠벌렸다. 아마 내가 먹어보지 않았다면 녀석의 말을 그대로 믿었을지도 몰랐다. 그래도 녀석의 말을 들으니 피자집에 가고 싶었다. 오빠도 가고 싶은 것 같았다. 하지만 정작 피자집이 생겼을 때 우리는 피자를 먹지 못했다. 셋방살이를 면하기 위해 한 푼이라도 아껴야 했으니까. 그런 우리에게 피자는 너무나 비싸기 짝이 없었다. 그래서 나도 오빠도 피자를 사달라는 말은 하지 않았다.


## 아쉬운 이별

오빠는 결국 야구 잠바를 입지 못한 채 중학생이 됐다. 까까머리가 된 후론 야구 잠바 얘기는 더 이상 하지 않았다. 병태 녀석은 오빠가 집에 있을 땐 꼭 야구 잠바를 입었다. 과자 앞에서 군침을 흘리는 나를 보듯, 오빠가 야구 잠바를 힐끔대는 걸 즐기는 것 같았다.

그런데 병태 녀석의 자랑거리 하나가 더 늘었다. 병진 언니가 드디어 유학을 가게 된 것이다. 녀석은 자기 누나가 보내올 온갖 물 건너올 것들에 대해 벌써부터 뻥튀기처럼 부풀려 떠벌렸다. 제 누나 얼굴은 제대로 쳐다도 못 보는 주제에.

그런데 병진 언니가 유학을 가며 우리 집은 더 곤란한 상황이 됐다. 병진 언니의 방은 우리가 쓰는 별채와 나란히 붙어 있었다. 언니 방이 빈방이 되자 병태네가 세를 놓겠다며 복덕방에 방을 내 났다. 마침 오겠다는 사람이 있는 모양이었다. 하지만 방 하나는 말고 별채를 통째로 쓰겠다는 것이다. 물론 우리가 내는 월세보다 더 큰 돈을 내는 조건이었다.

병태 엄마는 은근히 다른 데 갈 곳이 없는지 엄마를 떠보는 것 같았다. 병태 엄마의 눈치에 엄마도 나름 알아본 모양이었다. 하지만 네 식구가 움직이기에 마땅한 곳을 찾기는 쉽지 않았다. 오빠도 나도 클 만큼 컸으니 단칸방을 얻을 수는 없었다. 병태네도 그런 사정을 모를 리 없었다. 그런데도 끊임없이 눈치를 줬다. 엄마와 아빠는 전보다 훨씬 주눅이 들어 있었다. 사춘기의 오빠는 잘못 없이 눈치를 보는 엄마와 아빠가 영 못마땅한 것 같았다.

"아니, 너 이놈! 너 왜 나만 보면 눈을 그렇게 떠?"

병태 아빠는 오빠를 보면 눈빛이 마음에 안 든다며 늘 야단이었다.

"제가 뭘요?"

엄마, 아빠 같았으면 그냥 죄송합니다, 하고 말았을 걸. 오빠는 병태 아빠가 한 소리 할 때마다 꼬박꼬박 말대꾸를 했다. 그러면 또 그런다고 노발대발이었다.

그런데 어느 날이었다. 텔레비전을 보는데 갑자기 밖에서 우는 소리가 들렸다. 방문을 여니 병태 놈이 꺼이꺼이 울고 있었다. 뒤이어 병태 아빠가 오빠의 멱살을 잡은 채 마당에 들어섰다. 갑작스러운 소란에 부엌에 있던 엄마들도 뛰어나왔다.

"니가 시켰지?"

병태 아빠가 오빠의 멱살을 흔들었다.

"저 아니에요! 모르는 애들이에요!"

오빠 목소리엔 울음이 섞여 있었다. 터져 나오려는 울음을 꾸역

꾸역 참느라 얼굴은 물론 귀까지 새빨갰다.

"내가 니가 그놈들이랑 같이 있는 걸 본 게 한두 번이 아닌데 무슨 소리야!"

오빠는 아니라며 한 번 더 악을 썼다. 목소리만으로도 얼마나 억울한지 알 것 같았다.

"그래도 이놈이!"

오빠 입에서 잘못했다는 말이 나오지 않자 더욱 화가 났을까. 병태 아빠는 손을 들어 오빠의 머리통을 힘껏 후려쳤다.

마당은 잠시 정적에 휩싸였다. 물론 우리는 엄마에게 수시로 맞았다. 등짝을, 머리통을 빗자루나 손바닥으로. 회초리로 종아리를 맞기도 부지기수였다. 하지만 다른 사람에게 맞아본 적은 없었다. 공부를 못했지만 선생님께 맞은 기억도 딱히 없었다. 그런데 눈앞에서 병태 아빠의 솥뚜껑 같은 손이 오빠의 머리통을 후려친 것이다. 순간 정전이라도 된 듯 세상이 온통 캄캄했다. 소리와 빛이 사라졌던 마당의 정적을 깬 건 엄마였다. 엄마는 병태 아빠의 손에서 오빠를 떼어냈다.

"너 어떻게 된 거야? 똑바로 말해. 무슨 일인지."

엄마 얼굴은 어느 때보다 냉정하고 침착했다. 하지만 목소리는 주체할 수 없이 떨려 나왔다.

"글쎄 어떤 놈들이 우리 애 옷을 빼앗고 두들겨 패고 있어서 쫓아가 보니 어디서 많이 본 놈들이더라구. 그래서 내 탁 감이 오기에 주위를 둘러보니 아니나 달라. 이놈이 우리 애 맞는 걸 숨어서 보고 있잖아. 그런데도 이놈은 시치미 뚝 떼고 모르는 일이라잖아. 내가 그놈들이랑 같이 있는 거 본 게 한두 번이 아닌데."

화가 나 못 견디겠다는 듯 병태 아빠는 말끝에 집 안이 울리도록 고함을 질렀다.

"우리 오빠는 OB 잠바 안 입어요. 우리 오빠는 청룡 팀이란 말이에요!"

나는 어느새 엉엉 울고 있었다. 오빠가 병태 잠바를 뺏으라고 시켰다니. 내가 다 억울해 미칠 것 같았다. 너무 억울해 그만 눈물이 터져버렸다.

청룡 잠바를 입고 다니던 병태 놈이 어느 날엔가 OB 잠바를 입고 나타났다. 어차피 같은 서울 팀인데 OB가 더 잘한다나. 안 그래도 OB가 연고지를 서울로 옮긴 후 응원 팀을 바꾼 아이들이 적지 않았다. 그런데 어느 날 서울운동장을 쓰던 OB가 잠실로 옮겨왔다. 잠실은 청룡의 홈그라운드였는데. 그 사실을 안 오빠는 자신의 집을 뺏긴 듯 한동안 씩씩대고 다녔다. 가뜩이나 심기가 불편한 오빠 앞에서 OB 잠바를 입고 얼쩡대는 병태 놈은 내가 봐도 밉상이었다. 하지만 병태 녀석을 밉상으로 보는 건 오빠뿐이 아니었다. 동네엔 오빠 말고도 청룡 팀의 팬들이 많았으니까.

"너 똑똑히 말해! 너 그 애들 아는 애들이야?"

엄마는 역시나 냉정하고도 침착하게 오빠를 다그쳤다.

"이 동네에서 왔다 갔다 하는 형들인데 보면 자꾸 시비 걸려고 해서 나도 맨날 일부러 피해 다녔단 말이야."

오빠의 목소리도 떨려 나왔다.

"저 병태 아빠. 우리 애가 모르는 애들이라는데요."

엄마는 병태 아빠를 바라봤다. 차분하다 못해 냉기가 도는 눈빛이었다.

"피해 다니긴 이놈아. 니가 우리 애 잠바 뺏으라고 시켜놓고선 시치미야. 니가 저번에도 우리 애 옷 뺏어서 입는 걸 내가 그때도 보고 눈 감았는데."

엄마 눈이 다시 오빠에게로 날아갔다. 엄마의 차가운 눈빛에 보는 나까지도 오싹 한기가 끼쳤다.

"너 정말 그랬어?"

엄마 목소리가 한층 더 떨려 나왔다.

"아니야, 그건 오래전에. 청룡 잠바……. 그냥 한번 입어 본 건데……. 오늘은 진짜 아니야. 나도 형들이 무서워서 보고만 있었다고!"

오빠 말이 끝나기 무섭게 엄마는 부엌으로 뛰어 들어가 빗자루를 들고나왔다.

"너, 거지야! 남의 옷은 왜 입어봐!"

엄마 손에 들린 빗자루가 오빠를 향해 춤을 추기 시작했다.

"그냥 한 번 입어본 거야. 오늘은 진짜 아니라구!"

오빠 말에도 엄마의 매질은 그치지 않았다. 어느 틈에 병태 아빠와 병태 놈은 마당에서 사라져 있었다. 뭐라고 한마디 해주고 들어가지. 평소엔 나불거리기도 잘하던 녀석은 한마디 말도 없이 들어가 꼼짝도 하지 않았다.

엄마의 매질은 한동안 계속됐다. 엄마를 말려보려 했지만 소용없었다. 피하지도 않고 매를 맞던 오빠 입에서 결국 울음이 터져버렸다. 나도 목 놓아 울고 말았다. 그제야 엄마는 들고 있던 빗자루를 팽개쳤다.

오빠는 그날 이후 눈을 뜨면 곧장 학교에 갔다. 밥도 먹지 않았고 도시락도 가져가지 않았다. 엄마는 상한 속을 달래느라 한숨이 늘었다. 영문을 모르는 아빠가 무슨 일인지 물어도 엄마는 그저 별 일 아니라고만 했다.

그렇게 며칠이 지난 어느 날이었다. 퇴근 시간도 아닌데 아빠가 집 안에 들어섰다. 마당에 선 아빠는 평소 모습과는 많이 달랐다. 늘 겁먹은 송아지 같던 눈에 잔뜩 힘이 들어가 있었다. 하지만 눈빛과는 다르게 걸음걸이는 불안했다. 몸에선 술 냄새도 났다.

"자네가 이 시간에 어쩐 일이야?"

마당에 쪼그려 앉아 담배를 피우던 병태 아빠가 아빠를 보며 말했다. 병태 아빠 말에 부엌에서 멸치를 볶던 엄마도 달려 나왔다.

"왜 안 먹던 술은 먹고. 일찍 와서 잠이나 자지."

엄마는 비틀거리는 아빠 팔을 잡아 별채 쪽으로 끌었다.

"그러게? 뭔 일이야? 안 하던 술을 다 하고."

담배를 끄며 병태 아빠가 거들었다.

"네. 오늘 한 잔 먹었습니다!"

아빠 말이 뾰족하게 병태 아빠에게로 날아갔다. 아빠를 끌고 가던 엄마가 놀라 멈칫했다. 무심히 고개를 돌리던 병태 아빠도 놀란 듯 눈이 휘둥그레졌다. 아빠는 엄마에게 잡힌 팔을 빼곤 병태 아빠 앞으로 성큼성큼 다가갔다.

"왜요? 나는 술도 못 마십니까?"

아빠 말에 당황한 병태 아빠는 한 걸음 뒤로 물러섰다.

"이 사람, 술이 과했구만."

말끝에 병태 아빠는 크게 헛기침을 했다.

"죄송해요. 이 사람이 원래 술을 잘 못해서."

엄마는 다시 아빠 등을 떠밀었다.

"이거 놔!"

하지만 아빠는 엄마를 밀치곤 들어가려던 병태 아빠를 막아섰다.

"그래요. 술 좀 했습니다. 그런데 집주인이면 다요? 내가 술을 먹든 말든 왜 참견입니까?"

아빠는 병태 아빠에게 바싹 얼굴을 들이댔다.

"어허. 이 사람. 이거 안 되겠구만. 술을 먹었으면 들어가 잠이나 잘 것이지. 어디서 행패를 부리고. 낮술은 애비도 못 알아본다더니 그 말이 딱이네."

마당은 전에 없던 긴장감에 휩싸였다. 나는 오도 가도 못한 채 마당에 그대로 붙박혀 있었다. 방으로 들어가야 할 것 같았지만 그러고 싶지 않았다. 아빠가 걱정이 됐다. 아니 걱정과는 다른 긴장감으로 가슴이 콩닥거렸다. 아빠가 병태 아빠에게 대드는 건 처음이었다.

"저희 이사 가겠습니다."

"여보!"

아빠 말에 엄마가 놀란 소리를 했다.

"집주인이면 집주인이지 댁이 왜 내 자식 기를 죽입니까? 뭔데 내 새끼한테 손을 대냐구요? 제 자식들 저한테는 누구보다 귀한 애들이에요. 제가요. 저는 눈치 보고 살아도 자식들 눈치 보고 살게는 안 하고 싶거든요."

말하는 아빠 눈빛이 애처롭게 흔들렸다. 하지만 목소리는 단호했다.

"이 사람이 진짜 왜 이래요?"

힘에 부친 엄마가 손으로 아빠 등을 쳤다.

"당신도 그렇게 알고 다른 데 알아봐."

큰 싸움이라도 할 것 같더니. 아빠는 힘없이 몸을 돌렸다. 터벅터벅 방으로 들어가는 아빠 어깨는 평소보다 한참이나 더 쳐져 있었다.

그날 아빠는 방에 들어와 씻지도 않고 이불을 깔고 누웠다.

"그래! 가라고 가! 그냥 속이 다 시원하네!"

분을 참지 못한 병태 아빠는 우리 방을 향해 한참이나 혼잣말을 했다.

그날 이후 엄마는 더 이상 다른 말을 하지 않았다. 그저 여러 곳의 부동산을 돌아 방을 알아봤다. 몇 날 며칠 발품을 판 끝에 다행히 멀지도 가깝지도 않은 곳에 방을 얻을 수 있었다. 반지하지만 우리 식구들이 살기엔 좁지도 않고 괜찮을 거라고 했다.

그래도 꽤 오랫동안 산 집인데. 결국 그렇게 얼굴을 붉히며 떠나오게 됐다. 전날까지도 서먹하게 말도 안 하더니 이사를 가는 날엔 병태 엄마가 섭섭하다며 눈물을 흘렸다. 병태 아빠도 아빠도 잘 살라는 말로 인사를 했다.

이사를 간 집은 마당도 없고 햇빛도 들지 않았다. 늘 퀴퀴한 곰팡이 냄새가 나 기분도 찝찝했다. 이사를 온 후 엄마는 이제 셋방살이도 얼마 안 남았다는 말을 더 자주 했다. 하지만 병태네 집을 떠나오고도 우리는 몇몇 집을 더 전전하며 오랫동안 셋방살이를 해야 했다. 집을 살 때가 되지 않았나 싶으면 늘 일이 생겼다. 할아버지가 아프시더니 할머니가 암으로 투병하다가 돌아가셨다. 혼자 되신 할아버지 기력이 전 같지 않아 걱정이더니 역시나 병명도 알 수 없이 돈 들어가는 치료는 다 받는 병앓이 끝에 할아버지도 돌아가셨다. 그나마 있던 시골집과 논밭을 처분하고 집을 위해 모은 돈을 몽땅 축내고 난 뒤였다.

# 3장
# 내 집이 필요해

## 그래도 우리 집

엄마는 늘 내가 고등학교에 갈 때면 우리 집이 생길 거라고 했다. 하지만 믿지 않았다. 우리에게 셋방살이는 마치 운명 같았다. 늘 주인집 눈치를 보고, 방세가 밀릴까 전전긍긍하고. 그나마 사글세를 면한 것만도 다행이었다.

하지만 전세를 살아도 셋방살이는 셋방살이였다. 마당을 사이에 두고 주인집과 얼굴을 맞대고 살아야 하는 복개천 집들과는 달리 새로 자리를 잡은 곳은 다세대주택이 즐비한 곳이었다. 한 층을 따로 쓰니 딱히 주인집 눈치를 보는 일은 없을 거라 생각했는데. 하지만 위층에 살 땐 걸음 소리만 커도 주인집에서 좀 조용히 하라며 뛰어 올라왔다. 아래층에 살 때도 무슨 소리만 나면 뛰어 내려왔다. 가운데 층에 살 때는 위에서도 아래서도 왔다. 뛰어놀 아이들이 있는 것도 아닌데 숨소리도 내지 말라는 건지 아무튼 그 랬다. 문제는 또 있었다. 어느 정도 기간이 되면 전세금을 올려줘 야 한다는 것이었다.

전세금을 오백이나 올려줘야 해 이사를 가는 날. 보자기에 옷가 지를 싸며 엄마는 말했다.

"다미 고등학교 갈 때는 꼭 우리 집이 생긴다!"

눈에 잔뜩 힘을 준 엄마는 마치 주문을 읊는 주술사 같았다. 그 후 엄마는 수시로 그렇게 되뇌었다. 내가 고등학교에 갈 때면 무 슨 뾰족한 수가 있는 걸까. 아무튼 엄마는 내가 고등학교에 갈 땐 우리 집이 생길 거라고 했다. 하지만 역시나 내가 고등학생이 된 후에도 우리 집은 생기지 않았다.

그런데 어느 날 집에 와보니 엄마 아빠가 서로 부둥켜안고 있었 다. 날씨가 더워 땀을 삐질삐질 흘리면서도 꼭 끌어안은 채 내가 들어오는 것도 알지 못했다. 아무리 생각해도 생전 처음 보는 모 습이었다. 둘이 손을 잡은 것도 못 본 것 같았다. 갑자기 없던 금 슬이라도 생긴 걸까. 그저 엄마 아빠가 안고 있을 뿐인데 공포영 화의 한 장면처럼 오싹하기 짝이 없었다.

나는 슬금슬금 다가가 엄마의 어깨를 흔들었다. 아빠 품에 얼굴 을 묻고 있던 엄마가 고개를 들었다. 엄마는 나를 보곤 조금 놀라 는 것 같았다. 엄마 아빠는 그제야 꼭 끌어안았던 팔을 풀었다. 울었는지 엄마 눈이 빨갰다. 아빠도 고개를 돌려 눈물을 훔쳤다. 아무래도 무슨 일이 있는 모양이었다. 우리 집에 일어날 일이라면 한 가지뿐이었다. 마침 오빠가 슬며시 방문을 열고 나왔다. 오빠 눈도 빨갰다. 아무래도 오빠가 사고를 친 모양이었다. 무슨 사고를 얼마나 쳤기에 울기까지 할까. 무슨 일이냐고 물으려 배에 힘을 준 순간이었다. 엄마가 손에 든 종이를 흔들며 소리쳤다.

"다미야! 우리 집 샀어!"

엄마는 말끝에 흐르는 눈물을 훔쳤다. 아빠, 오빠도 덩달아 눈물을 찍어댔다. 이게 대체 무슨 말일까. 집을 사다니. 누가? 우리가? 세상에!

우리 집은 대체 어떻게 생겼을까. 하루하루 궁금해 미칠 것 같았다. 하지만 우리 집인데 어떻게 생기든 무슨 상관이겠는가. 그래도 기왕이면 예쁜 집이 좋지 않을까. 내 방은 어떻게 꾸밀까. 이사를 가면 우선 방문 앞에 장국영 사진부터 걸 생각이었다. 언젠가 사놓고 걸 데가 없어 처박아 두기만 했는데. 장국영이 내려다보는 방에서는 공부도 잘되고 잠도 잘 올 것 같았다.

엄마는 이사 가기 전날까지도 내겐 집을 보여주지 않았다. 며칠 전에도 엄마, 아빠, 오빠 셋이서만 다녀왔다.

"넌 학교에서 늦게 왔잖아!"

어떻게 나만 쏙 빼고 가냐고 따졌더니 엄마는 오히려 그렇게 큰소리쳤다. 엄마가 세게 나와 그냥 넘어가기는 했다. 하지만 생각할수록 어이가 없었다. 미리 말했으면 그깟 자율학습쯤 하루 빠졌다고 중학교 때부터 초지일관 중위권을 유지하는 내 성적에 뭐 딱히 큰 변화가 있을 리도 없는데 말이다. 우리 반 절반이 단체로 이민을 가면 모를까 천지개벽이 나도 절대 바뀌지 않을 콘크리트 성적을. 그런데 그렇게 나만 쏙 빼고 자기들끼리 갈 게 뭐람.

"가보니, 어때?"

"그냥 작은 연립이지, 뭐."

아빠, 엄마, 오빠까지. 내가 물어볼 때마다 대답은 한결같았다. 작은 연립이라. 아파트가 아닌 건 서운했지만 우리 집인데 연립이면 어떻고 지하실이면 어떻겠는가. 생각은 그렇게 했지만 그래도 문득문득 드는 궁금증에 나는 수시로 집에 대한 정보를 얻어내려 식구들 비위를 맞췄다. 화도 냈다. 울며불며 짜증도 내봤다. 하지만 무슨 국가 기밀이라도 되는 듯 모두 철통 보안을 유지했다.

드디어 이사 가는 날이 됐다. 엄마가 용한 점집에서 받은 길일이었다. 그런데 이사 가는 날 집을 보고야 알았다. 엄마가 왜 내게만 끝까지 안 보여줬는지. 처음엔 이것저것 닥치는 대로 짐을 나르느라 몰랐다. 그런데 얼추 큰 짐들이 들어가고 내 옷가지를 옮기려 마루에 올라섰을 때였다. 아무리 둘러봐도 딱히 놓을 데가 없었다. 일단 방 하나엔 장롱과 화장대가 놓여 있었다. 텔레비전과 이것저것 다른 가구를 넣으니 더 들어갈 수 없이 방이 꽉 찼다. 부엌이 딸린 마루엔 냉장고가 놓여 있었다. 식탁 같은 건 놓을 엄두도 낼 수 없었다. 남은 방 하나엔 오빠 책상이 벌써 놓여 있었다. 캐비닛과 장롱, 작은 책장을 퍼즐처럼 꼭 끼워 맞추니 바늘 하나 꽂을 틈도 남아 있지 않았다.

　이삿날이 정해지자 엄마는 뜬금없이 내 책상을 고물상에 팔겠다고 했다. 이사를 가니 새것으로 사주겠다는 줄 알고 나는 흔쾌히 그러라고 했다. 하지만 그제야 알았다. 방이 두 개뿐이라는 걸. 내 책상이 아니라 내 물건은 어디에도 놓을 곳이 없었다. 갑자기 큰 망치로 머리를 맞은 기분이었다.

　식구는 넷인데 방은 두 개라. 그럼 어떻게 써야 할까. 남자 방과 여자 방? 아니면 부모님 방과 자녀 방? 오빠랑 방을 함께 쓰다니. 엄마랑 함께 쓰는 게 나을까. 하지만 아무리 그래도 부부는 한방을 쓰는 게 맞지 않을까. 그럼 결국 오빠와 함께 써야 할까. 나는 고개를 절레절레 흔들었다. 무슨 수를 써서라도 다른 방법을 찾아야 했다. 방을 제외한 싱크대와 냉장고를 들여놓고 남은 자리를 눈으로 가늠해 봤다. 방을 같이 쓸 수는 없으니 오빠가 잘 수 있는 공간은 그곳뿐이었다. 하지만 사람이 누울 만큼의 공간이 있지 않았다. 어떻게 누워도 화장실 앞인데 그렇게 자다간 발에 밟히기 십상이었다. 우리 집이 생긴 날인데. 춤이라도 춰야 할 판에 순간 통곡이라도 하고 싶었다.

　내 사정은 아랑곳없이 사람들은 이삿짐을 마저 옮기느라 분주했다. 어정쩡하게 서 있던 나는 짐을 옮기는 사람들에게 이리저리 치이다간 엄마에게 한 소리를 들어야 했다.

　"야! 넌 왜 그러고 섰어?"

　목구멍까지 치미는 울화를 꾸역꾸역 눌러 삼켰다. 따질 때 따지더라도 우선 들고 있는 상자부터 해결해야 할 것 같았다. 일단 손에 든 상자를 내려놓으려 오빠 책상이 놓인 방 쪽으로 몸을 돌렸다.

"그거는 니 방으로 가져가."

내 눈이 재빠르게 엄마를 봤다. 엄마는 뭘 그리 놀라느냐는 듯 입을 삐죽 내밀었다. 찬찬히 집 안을 한 번 더 둘러봤다. 아무리 봐도 내가 따로 쓸 방 같은 건 보이지 않았다. 혹시 내게만 보이지 않는 방이 있는 걸까. 엄마가 마법이라도 부려 방 하나를 꿍쳐놓았다는 걸까. 엄마는 토끼 눈이 된 나를 한심하게 바라보며 손가락을 뻗었다. 엄마가 가리킨 곳은 베란다였다. '베란다는 왜?' 하는 눈으로 엄마를 다시 봤다. 순간 설마 하는 불안감이 밀려들었다. 하지만 엄마는 말귀를 못 알아들어 답답해 죽겠다는 듯 내 손에 들려 있던 상자를 빼앗아 베란다에 털썩 내려놨다.

"여기 문 닫으면 방이지. 뭐."

그만 말문이 막혀버렸다. 베란다가 내 방이라니. 아무리 집이 좁아도 딸을 베란다에서 재울 생각을 하는 엄마가 어디 있을까. 하지만 엄마는 아주 오래전부터 치밀하게 준비한 모양이었다. 가까이 가보니 바닥엔 이미 장판이 깔려 있었다. 그것도 엄마가 좋아하는 꽃무늬였다. 하지만 그곳은 사람 하나 눕기도 힘겨워 보였다. 그런 좁은 곳에 장판만 깔아놓은 곳이 내 방이라니. 나는 여자고 여리여리하지는 않지만 나름 꽃다운 이팔청춘이었다. 그런 내게 건넛집이 정면으로 보이는 베란다에서 잠을 자고, 공부를 하고, 옷을 갈아입으라는 건가.

　엄마는 추우면 전기장판을 놓아준다고 했다. 커튼도 달아준다
고 했다. 하지만 커튼에 비칠 그 실루엣은 대체 어쩔 거냔 말이다.

　"그렇게 좋으면 오빠한테 쓰라고 하면 되잖아!"

　이사 온 첫날 울음을 보이긴 싫었다. 첫날부터 재수 없게 운다
고 한 소리 들을 게 뻔했으니까. 하지만 말과 함께 꾹꾹 참았던 울
음이 그만 터지고 말았다.

　"오빠가 그 덩치에 어떻게 거기서 자? 그리고 오빠는 조금 있다
군대 가야 하잖아! 그때까지만 써!"

　엄마는 내 눈물에도 아랑곳없이 등짝을 한 번 후려쳤다. 더 이
상 토를 달면 군대 가는 오빠를 괴롭히는 적대 행위라도 된다는
듯 눈까지 부라렸다. 대학에 또 떨어진 후 얼마간 학원을 다니던
오빠가 군대에 가겠다고 했다. 공부는 자신에게 안 맞는다는 걸
깨달았다나. 아니 세상 사람 다 아는 걸 이제야 깨닫다니. 아무튼
그렇게 뭔가 깨달은 것 같은 비장한 얼굴로 군대에 가겠다고 했
다. 군대를 빨리 마치고 와야 사회생활도 쉽고 성공도 빠를 거라
며 주먹까지 불끈 쥐어 보였다. 많이 배우지 못한 게 늘 한이었던
엄마, 아빠는 아들이라도 꼭 대학에 보내고 싶어 했다. 하지만 공
부엔 처음부터 취미가 없는 위인이었다. 삼수를 해도 대학에 떨
어졌다고 온갖 구박은 다 하더니. 정작 군대에 간다니 안쓰러운지
엄마는 방을 오빠에게 주겠다고 했다. 나라를 위해 군대에 가는
오빠에게 그쯤은 해야 한다는 걸까. 그러니 아무리 억울하고 분해

도 달리 방법이 없었다.

그렇게 고대하던 우리 집이 생겼음에도, 나는 좁은 베란다에서 밥상을 책상 삼아 이불 더미를 장롱 삼아 벽에 박은 못을 옷장 삼아 살아야 했다. 관에 누우면 이런 기분일까. 베란다에선 꼭 정자세로 반듯이 누워야 했다. 뒤척이거나 몸을 조금만 움직여도 미닫이문이 발에 걸려 요란하게 흔들렸다. 다른 식구들은 제쳐두고 그 소리에 내가 언제나 놀라 잠을 설쳐야 했다. 제발 빨리 시간이 지나가길. 내가 할 수 있는 건 오빠의 입대 날을 손꼽아 기다리는 일뿐이었다.

## 드디어 내 방이 생겼다

오빠가 입대하기 전날엔 옹기종기 모여 삼겹살을 구워 먹었다. 커다란 불판에 고기를 올리며 엄마는 눈을 자주 훔쳤다. 우는 것 같았지만 매운 연기 때문인 척 불판 위를 손으로 자꾸 휘휘 저었다. 엄마는 늘 오빠를 보며 군대에 가야 사람이 된다고 했다. 영장이 나왔을 때도 시원하다고 하더니. 막상 간다니 서운한 모양이었다.

나도 좀 슬퍼하는 척이라도 하고 싶었다. 하지만 자꾸 웃음이 났다. 속이 보일까 억지로 울상을 만들었다. 엄마는 간만에 먹는 고기가 맛이 없나 보다며 접시를 오빠 앞으로 밀었다. 그래도 괜찮았다. 이제 내일이면 문 앞에 장국영 사진을 걸 수 있었다. 그 잘생긴 얼굴이 좁은 벽 틈에 끼어 먼지를 뒤집어쓰고 있는 것을 생각하면 안쓰럽고 죄책감마저 들었다. 그런데 드디어 우리 국영 님의 얼굴을 떡하니 문 앞에 걸 수 있는 것이었다. 장국영이 내려다보는 방에서 잠을 잘 수 있다는 사실이 꿈만 같았다.

"야, 너 내 방 깨끗이 써라."

삼겹살을 상추에 싸 입에 넣던 오빠가 대뜸 소리쳤다. 더럽게. 삼키고나 말할 것이지. 하마터면 씹은 고기를 밥상으로 뿜을 뻔했다.

"이제 내가 쓰면 내 방이지 왜 자기 방이래?"

말하고선 얼른 고기를 입에 넣었다. 내 방이라는 말을 하고 나니 고기가 더 달았다.

"나 제대하면 넌 저리로 가야 하는데?"

오빠의 손끝이 베란다를 가리켰다. 진짜 오빠가 군대를 마치고 오면 나는 다시 베란다로 가야 하나.

"좀 있다가 큰 데로 가야지."

엄마는 오빠에게 걱정 말라고 했다. 군 생활이나 잘하라고. 이 집도 겨우 샀는데 삼 년 안에 더 큰 집을 살 수 있을까. 엄마 말이 믿음이 간 건 아니었다. 하지만 그때는 또 다른 방법이 있겠지. 그 순간만큼은 그저 내 방이 생겼다는 것만 생각하고 싶었다.

저녁을 먹고 오빠는 머리를 빡빡 깎고 왔다. 웃겼는데 웃을 수는 없었다. 오빠 얼굴이 평소와는 좀 달랐다. 막상 집을 떠나려니 심란한 모양이었다. 늘 실없이 웃던 얼굴이 잔뜩 굳어 있었다. 갑자기 말수도 적어졌다. 화장실을 몇 번 들락거리는 걸 보면 잠도 설치는 것 같았다. 오빠가 알면 서운하겠지만 그런 오빠를 보고도 자꾸 스멀스멀 웃음이 났다.

오지 말라는데도 엄마, 아빠는 신병교육대까지 따라갔다. 언제부터 울었는지 돌아온 엄마는 눈이 퉁퉁 부어 있었다. 그러면서도 사람들 틈에 끼어 〈진짜 사나이〉를 부르는 모습이 집에서 볼 때와는 딴판이더라고 했다.

"우리 장군이가 제일 잘났더라!"

생각이 났는지 엄마 눈에 또 눈물이 고였다. 흐르는 눈물을 닦은 엄마는 휴지를 뜯어 크게 코를 풀었다. 무슨 고슴도치도 아니고. 설마 우리 오빠가 제일 잘났을까. 아닐 거라는 말이 목까지 올라왔다. 하지만 엄마가 착각 속에서 행복하다면 놔두는 게 자식의 도리지 싶었다.

잘났건 말건 나는 그날로 내 짐을 오빠 방으로 옮겼다. 짐이라야 당장 입을 옷가지와 책 정도였다. 방이 생기면 뭐든 할 수 있을 것 같았는데, 오빠 짐이 있어 딱히 할 수 있는 게 없었다. 며칠 동안은 잠도 베란다에서 잤다. 창문을 종일 열어놔도 좀처럼 빠지지 않는 오빠 냄새 때문이었다. 며칠 동안 창문을 열어두고 방향제와 향수를 뿌릴 만큼 뿌렸는데도 그랬다. 아무래도 나를 골탕 먹이려 무슨 짓을 해놓고 간 게 틀림없었다. 그렇지 않고선 무슨 스컹크도 아니고 그렇게 냄새가 지독할 수 있느냐 말이다.

엄마는 오빠 물건엔 손도 대지 말라고 했다. 군 생활을 무사히 마칠 때까지 모두 기도하는 마음으로 지내야 한다며 어울리지 않게 목소리를 낮게 깔았다. 오빠 물건을 함부로 건드려 부정이라도 타면 큰일이라고 말할 땐 왠지 오싹하기까지 했다. 무슨 말도 안 되는 소리일까 싶었지만 그렇게 말하니 방에 손대기도 뭔가 찜찜했다.

그래도 대청소는 해야 하지 않을까 싶어 우선 여기저기 쌓인 먼지를 털고 구석구석 걸레질을 했다. 하는 김에 책상 밑과 캐비닛 틈도 들여다봤다. 역시나 먼지가 잔뜩 쌓여 있었다. 먼지만 있으면 그냥 눈감아버릴 생각이었다. 하지만 먼지 틈에 반짝거리는 동전이 보였다. 긴 자를 넣어 동전을 빼내고도 자 끝에 뭔가 걸리는 느낌이었다. 책 같았다. 다시 자를 넣고 손목에 힘을 줘 세게 당겼다. 예상대로 먼지와 함께 책 귀퉁이가 튀어나왔다. 아무리 공부가 싫어도 그렇지. 무슨 책이기에 이렇게 쑤셔 박아 놨을까. 엎드렸던 몸을 일으켜 반쯤 나온 책을 마저 빼 뒤집는 순간이었다. 나폴레옹이 그려진 참고서쯤으로 생각했던 눈앞에 비키니 차림의 여인이 어금니를 드러낸 챈 활짝 웃고 있었다. 나는 내친김에 틈이란 틈엔 다 자를 넣어봤다. 그러자 곧 다양한 인종의 헐벗은 여자들이 마구마구 쏟아져 나왔다.

"이런 더러운 새끼!"

나는 엄마에게 당장 달려가 이를까 하다가 그만뒀다. 엄마는 하나뿐인 아들을 군대에 보내고 수시로 눈물을 찔끔대고 있었다. 그런 엄마에게 아들이 변태라는 걸 알리는 건 너무 잔인한 일 같았다. 어쩌면 오빠 물건에 손댔다고 오히려 한 소리 들을지도 몰랐다. 엄마 말도 있고 그렇게 여기저기 꽁꽁 숨겨둔 걸 보면 오빠가 많이 아끼는 것 같아 모른 척할까도 생각했다. 하지만 내가 쓰는 공간에 여자들이 헐벗고 있다고 생각하면 자꾸 몸이 근질거렸다. 나는 엄마에게 들키지 않게 숨어 있던 잡지와 포스터들을 꽁꽁 싸 연립 입구 공동 쓰레기장에 버려버렸다.

여자들을 모조리 쓰레기통에 쑤셔 넣은 후 나는 돌돌 말린 장국영 사진을 정성껏 폈다. 압정과 테이프로 떨어지지 않게 방문 앞에 꼼꼼히 붙였다. 짙은 눈썹에 사슴 같은 눈동자. 오똑한 코에 뚜렷한 입매. 아무리 봐도 잘생긴 얼굴이었다. 고이 모셔놔도 모자란 얼굴을 여태 방구석에 처박아 놓았다니. 다시 한번 내가 참 못할 짓을 했구나 싶었다. 하지만 이제 장국영을 서서도 앉아서도 누워서도 볼 수 있었다. 장국영이 내려다보는 방에선 역시나 공부도 잘됐다. 이대로 공부를 하면 서울대라도 갈 수 있을 것 같았다. 그러기 위해선 오빠가 최대한 오래 방을 비워야 하는데.

오빠는 논산훈련소에서 훈련을 마치고 강원도의 한 부대에 배치됐다. 면회를 갔다 온 엄마, 아빠는 공부는 못해도 성격은 좋아 군대에도 잘 적응하는 것 같다고 했다. 짬밥도 입에 맞는지 살도 좀 더 찐 것 같다며 한시름 놓은 듯 보였다. 적성도 맞는 것 같은데 오빠가 군대에 말뚝이라도 박으면 얼마나 좋을까. 혹시 아는가, 간첩이라도 때려잡아 이름처럼 장군은 아니라도 만인에게 존경받는 군인이 될지. 순간 창문 너머 지붕들 사이에 뾰족이 솟은 십자가가 눈에 띄었다. 창밖을 보며 나는 두 손을 꼭 모았다. 오빠가 제발 이름에 걸맞게 군대에 말뚝을 박게 해달라고 난생처음 간절히 기도했다.

## 뜻하지 않은 불행

"야, 봉다리! 중간고사 끝나면 이번엔 너희 집에서 노는 거다!"

내 이름은 봉다미. 하지만 대부분은 나를 봉다리로 불렀다. 특히 선생님과 친한 아이들은 모두 그랬다. 그래서 가끔은 내 이름이 다미인지 다리인지 헷갈리기도 했다. 어쩌다 다미야, 하고 부르면 오히려 남의 이름처럼 어색했다.

시험이 끝나면 아이들은 모여 비디오를 보거나 만화책을 봤다. 그게 아니라도 누군가의 집에 모여 과자를 먹으며 수다를 떨었다. 그런데 늘 우리 집은 아니었다. 전에 살던 집은 집주인의 참견이 심했다. 어쩌다 친구들이 놀러 오면 계집애들이 몰려다닌다며 날라리 취급을 했다. 기분이 상해선지 아이들도 우리 집은 오지 않으려 했다. 나도 친구들을 부르고 싶지 않았다. 끝나면 어디서 모일까. 시험이 시작되기도 전에 아이들은 시험공부보다 더 열심히 궁리를 했다. 하지만 우리 집은 처음부터 늘 제외됐다. 집을 사 이사를 온 후 아이들은 늘 집 구경을 시켜달라며 졸랐다. 하지만 베란다 방을 보여주기 창피해 미루고 있었다. 그렇다고 숨기거나 할 생각은 아니었다. 아이들은 베란다 방에 오히려 호기심을 보였다. 하지만 이야기를 하는 것과 실제로 보여주는 것은 달랐다. 아이들도 보지 않을 때는 특별한 방이라고 했지만 막상 보면 너도 참 궁상맞게 사는구나 생각할 게 뻔했다. 그래서 이리저리 핑계를 대고 있었다. 하지만 오빠가 군대를 가고 정말 내 방이 생겼다니 이번엔 꼭 우리 집에서 놀아야겠다고 했다.

"그래, 그러지 뭐."

말을 하고 나니 눈물이 날 것 같았다. 우리 집에 아이들을 불러 마음 놓고 놀 수 있다니. 엄마한테 말해 용돈도 좀 더 타둘 생각이었다. 모처럼 친구들을 초대하는 건데 짜장면이라도 시켜줘야지. 아빠는 다음날에나 들어올 테고 엄마도 요즘엔 저녁에 일을 나갔다. 그러니 늦게까지 누구의 방해도 안 받고 놀 수 있었다.

간만에 시험공부 한번 제대로 해볼 생각이었다. 처음 우리 집에 모이는 건데 마음 편히 놀고 싶었다. 시험을 망치면 그러지 못할 것 같았다. 집에 잠깐 들렀다가 요기만 하고 독서실에 갈 생각이었다.

아직 아무도 없을 시간인데, 현관문이 열려 있었다. 설마 도둑일까. 우리 집에 훔쳐 갈 게 뭐가 있다고. 빠꼼이 열린 문을 마저 열었다. 안 그러려는데도 손끝이 달달 떨렸다. 현관 앞엔 신발이 아무렇게나 벗겨져 있었다. 뒤꿈치가 낡은 엄마의 단화였다. 나도 모르게 한숨이 뿜어져 나왔다. 요즘 저녁 일을 하느라 피곤해 정신이 없는 모양이었다. 아무리 그래도 이렇게 문을 열어놓다니, 만약 내가 그랬다면 몇 시간은 잔소리를 들었을 게 뻔했다. 나도 이참에 잔소리 좀 해야지, 입을 벌리는데 마침 방에서 엄마가 나왔다.

"엄……마."

안방을 나온 엄마는 다시 오빠 방. 아니 지금은 내가 쓰는 방으로 들어갔다. 엄마는 곧 방에서 뭔가를 들고 다시 나왔다. 마루엔 커다란 가방이 놓여 있었다. 엄마는 들고나온 것을 가방에 넣고는 또 안방으로 들어갔다. 엄마는 그렇게 정신없이 두 방을 오갔다.

"뭐야? 어디 가?"

내 물음에도 엄마는 대답 없이 방으로 들어갔다. 내 말을 무시해서가 아니라 많이 다급해 보였다. 정신이 없어 보이기도 했다.

"왜 그래?"

더 이상 안 되겠다 싶어 허깨비 같은 엄마 팔을 잡았다.

"장군이가……."

엄마 입에서 오빠 이름이 힘없이 빠져나왔다. 동시에 눈에서 눈물이 툭 떨어졌다. 오빠가 어떻게 됐냐고 물으려는데 현관문이 열렸다. 아빠였다.

"대체 어떻게 됐다는 거야?"

집 안으로 들어선 아빠의 푸른 제복은 땀에 흥건히 젖어 있었다.

"몰라…… 자세한 건……."

아빠는 안방으로 들어가 옷을 갈아입었다. 그동안 엄마는 두 방을 오가며 짐을 마저 쌌다. 옷을 갈아입고 나온 아빠가 불룩해진 가방을 들고 다시 신발을 신었다.

"어디 가는데? 오빠가 뭐? 어떻게 됐는데 대체?"

엄마는 자세한 건 모른다고 했다. 가봐야 안다고. 가서 연락할 테니 집이나 잘 보라며 아빠를 따라 황급히 현관문을 나섰다.

엄마에게선 다음 날 아침 전화가 왔다. 오빠가 다쳤다고 했다. 벌써 몇 달째 군병원에 입원 중이라고. 하지만 병원에선 더 이상할 게 없다고 했다. 그러니 데려가 치료시키라고. 겨우겨우 말을 이어가던 엄마는 자세한 얘기는 집에 가서 하겠다며 울먹였다. 전화를 끊고 방으로 들어와 벽에 기대앉았다. 여전히 장국영이 환한 웃음과 함께 내려다보고 있었다. 하지만 어쩐지 아무 감흥이 없었다. 엄마의 울먹이던 목소리만 귓가에 맴돌았다. 이럴 줄 알았으면 헐벗었든 발가벗었든 모른 척할걸. 엄마 말대로 오빠 물건을 함부로 만져 부정이 탄 걸까. 나는 장국영 얼굴을 외면한 채 창문 너머 십자가를 바라봤다. 그리고 두 손을 꼭 모았다.


## 내 꿈은 집주인

어느 날 계산기를 두드리던 엄마가 한숨을 쉬며 말했다.

"그래도 전세는 얻어줘야 할 텐데……."

처음엔 무슨 말인가 했는데 생각해 보니 오빠를 두고 한 말 같았다. 오빠가 장가를 가면 전셋집이라도 얻어줘야 한다는 뜻인 모양이었다.

오빠는 결국 군 생활을 마치지 못했다. 한쪽 발이 코끼리처럼 부풀어 돌아온 오빠는 병원을 오랫동안 들락거렸다. 하지만 발은 가라앉지 않았고 통증도 사라지지 않았다. 언제까지 치료를 받아야 할지도 모른다고 했다. 치료를 받아도 좋아질지 의문이라고. 더 기가 막힌 건 군대에서 다쳤는데도 더 이상 보상을 받거나 치료비도 지원받을 수 없다는 것이었다. 오빠는 누군가의 부름을 받고 지붕에 올라갔다가 떨어졌다고 했는데 부른 사람이 아무도 없다는 것이다. 그저 개인적 실수로 인한 사고라는 게 부대의 설명이었다. 누군가는 자신의 일처럼 가슴을 치며 싸워보라고 했다. 하지만 평생 셋방살이를 하며 남의 눈치를 보며 살아온 아빠, 엄마는 군대를, 나라를 상대로 싸우는 것에 엄두를 내지 못했다.

그런데 그렇게 병원을 들락거리던 오빠가 간호사와 연애를 시작했다. 식구들 앞에선 말도 안 하고 웃지도 않더니. 밖에서는 여자도 만나고 다녔다는 건가. 어이없고 배신감마저 들었지만 덕분에 오빠가 밝아진 건 다행이었다. 나아질 기미가 보이지 않던 다리도 차도가 있는 모양이었다. 병원에선 기적이라고 했고 엄마는 간호사 애인 덕분이라고 했다. 엄마가 계산기를 두드리며 전셋집 걱정을 하는 것도 오빠가 더 나아질 거라는 기대 때문이었다.

"그래도 아직 어린데, 결혼은 이르지 않아?"

아빠 말에도 엄마는 수시로 계산기를 두드렸다.

"어려도 애가 착실하더라고. 게다가 직업도 든든하고 놓치기 아깝잖아."

엄마는 모르는 소리 말라며 아빠에게 핀잔을 줬다.

엄마는 오빠가 만난다는 간호사를 귀인처럼 여겼다. 생일날에는 선물을 보냈고 가끔 도시락을 싸 들고 병원으로 찾아갔다. 오빠와 사이에 문제라도 있나 싶으면 해결사를 자청하며 기어코 관계를 풀어놨다.

엄마가 간호사 애인에게 그렇게 정성을 쏟는 건 아픈 오빠가 또 여자를 만날 수 있을까 하는 걱정 때문인 것 같았다. 엄마의 정성 덕분일까. 주위의 불안한 시선에도 오빠는 간호사와 알콩달콩 오랫동안 연애를 이어갔다. 그래서 엄마가 계산기를 두드리는 시간은 나날이 늘어만 갔다.

계산기를 두드릴 때면 엄마는 늘 한숨을 뿜었다. 엄마는 그렇게 오빠에게 전셋집을 얻어줄 생각만으로도 한숨이 나오는 모양이었다. 내가 생각해도 우리 형편에 오빠의 전셋집을 얻어주는 건 쉽지 않을 것 같았다.

"이 집을 주고 우리가 사글세라도 가야 하나?"

어느 날이었다. 역시나 계산기를 두드리던 엄마 말을 듣는 순간이었다. 한동안 잊고 있던 셋방살이에 대한 기억이 온몸에 휘몰아쳤다.

"그럼 나는 또 셋방살이를 해야 해?"

조리퐁을 입에 욱여넣던 나는 손을 멈춘 채 엄마를 바라봤다. 엄마는 들었니, 하듯 조금 미안한 표정을 지었다. 하지만 뭔가 생각난 듯 소리쳤다.

"너는 어차피 시집갈 거잖아! 셋방을 다시 살아도 엄마 아빠가 사는 거지. 별걱정을 다 해 기집애가."

말끝에 엄마는 허옇게 눈을 흘겼다. 나는 얼른 손에 쥔 조리퐁을 입에 쑤셔 넣었다. 어쩐지 반박할 말이 떠오르지 않았다.

어려서부터 내 꿈은 집주인이었다. 대한민국 수도 서울의 집주인. 장래희망란에도 집주인이라고 썼다. 아무리 베란다에서 살아도 이제 다시는 셋방살이 같은 건 안 할 줄 알았는데, 그런데 엄마 말을 듣고는 정신이 번쩍 들었다. 물론 엄마 말대로 엄마 아빠가 다시 셋방살이를 해도 나는 결혼을 하면 그만일 수도 있었다. 그런데 결혼할 남자가 우리 아빠처럼, 오빠처럼 셋방살이를 시키면 어쩌지.

그날 이후 나는 꼭 집을 가진 남자와 결혼하겠다고 다짐했다. 이왕이면 좋은 집을 가진 남자와 할 생각이었다. 셋방살이를 시킬 남자면 장국영 닮았어도 거들떠보지 말아야지. 그런데 좋은 집을 가진 남자와 결혼하려면 어떻게 해야 할까. 궁리를 하다 보면 늘 수업 진도는 내가 쫓아가기엔 너무나 멀찍이 달아나 있었다.

내가 뒤처져 허우적대는 걸 알았을까. 독사 선생님은 매번 나를 불러 칠판에 문제를 풀게 했다. 나는 멋들어지게 풀어 선생님과 아이들의 예상을 보기 좋게 뒤엎고 싶었다. 하지만 그저 희망 사항일 뿐 멋들어지게 풀기는커녕 그것도 못 푸냐는 핀잔과 함께 늘 꿀밤이나 손바닥을 맞아야 했다. 매번 겪는 일이지만 창피해 웬만하면 참으려 했다. 하지만 어느 날엔 맞은 데가 너무 아팠다. 나도 모르게 주책없이 눈물이 났다.

"니가 잘못 풀고서는 뭘 잘했다고 울어?"

그러게 말이다. 내가 문제를 못 풀었으니 꿀밤쯤 맞아도 억울할 것은 없다고 생각했다. 분명히 배웠는데 칠판 앞에만 서면 눈앞이 캄캄해지는 것이 황당하고 어이가 없었다. 그런데 창피하고 아프기까지 해 참을 새도 없이 눈물이 나는 걸 난들 어쩌란 말인가. 그냥 좀 모른 척하지. 애들 앞에서 운다고 나무라는 선생님이 원망스러워 나는 내친김에 아예 통곡을 해버렸다. 문제도 못 푼 주제에 그만한 일로 울기까지 한다며 그 후 독사 선생님에게 미운털이 단단히 박히고 말았다. 그런데 또 울까 봐서일까. 한동안 이름이 기억하기 쉽다며 나만 찾던 독사 선생님은 그 후 더 이상 내 이름을 부르지 않았다.

독사 선생님의 레이더에서 벗어나자 긴장이 풀려서일까. 다른 시간은 몰라도 독사 선생님 시간에 조는 건 엄두를 내지 못했다. 하지만 어느 날부터 수학 시간이면 어김없이 졸음이 밀려왔다. 그런데 어느 날이었다. 독사 선생님은 조는 내게 들으라는 듯 소리쳤다.

"너희 지금 졸 때가 아니야 이놈들아! 어느 대학에 가느냐에 따라 너희 남편 직업이 달라진다, 이 말이다!"

고개를 드니 다른 아이들도 모두 눈꺼풀이 반쯤 감겨 있었다. 오전 체육 시간에 피구를 하느라 단체로 기운을 다 빼버린 탓이었다. 아이들은 독사 선생님의 엄포에도 좀처럼 잠을 깰 생각을 하지 않았다. 그런데 그렇게 늘어져 있는 교실에서 목소리 하나가 불쑥 튀어나왔다.

"그럼, 집도 달라지나요?"

스멀스멀 기지개를 켜던 아이들이 순간 얼음이 됐다. 교실은 갑자기 찬물을 뒤집어쓴 것 같았다. 하지만 누군가 웃음을 터트렸다. 곧 여기저기서 폭소가 터져 나왔다. 독사 선생님도 웃었다. 평소 웃음기라곤 없는 선생님이 어금니까지 보이게 웃는 건 처음이었다. 나중엔 눈물까지 찔끔댔다. 나도 이 상황이 웃기기는 한 것 같았다. 하지만 나는 웃을 수 없었다. 어느 때보다 정말 진지했다.

"당연하지. 직업이 좋으면 좋은 집도 가질 수 있지, 이놈아."

독사 선생님은 손등으로 웃다가 빠져나온 눈물을 훔치며 말했다.

그 후 나는 독사 선생님은 물론 인간 수면제로 악명 높은 담임의 수업 시간에도 절대 졸지 않았다. 좋은 집을 가지려면 좋은 남자를 만나야 하고, 그러려면 일단 좋은 대학을 가야 했다. 진작 알았으면 좀 더 열심히 공부했을까. 아무튼 그날 이후 나는 수업 시간 내내 허리를 꼿꼿이 편 채 바른 자세로 앉아 선생님 말씀을 하나라도 놓칠세라 눈에 불을 켰다. 별명과는 다르게 독실한 크리스천이라는 독사 선생님은 자신이 주구장창 이름을 불러대 내가 정신을 차린 거라며 두 손을 모으곤 감사의 기도를 올렸다. 하지만 내가 정신을 차렸을 때는 이미 어느 정도 갈 수 있는 대학이 정해진 상태였다.

하루는 내 성적을 냉정하게 분석해 봤다. 그동안의 모의고사와 내신을 토대로 볼 때 서울에 있는 대학은 어려웠다. 수도권에 있는 대학도 갈지 말지였다. 하지만 이대로 포기할 수는 없었다. 어떻게 해서라도 남은 기간 최선을 다해 성적을 올려야 했다.

나는 그 후 독서실에서 거의 살다시피 했다. 시험 땐 전설로만 듣던 코피 터지는 경험도 했다. 노력의 보람이 있었을까. 원서를 쓸 때는 수도권 대학의 비인기 학과엔 안정적이라는 성적표를 받았다. 하지만 수도권은 영 내키지 않았다. 비인기 학과라는 것도 마음에 걸렸다. 심각하게 인상을 쓰고 있는 내게 담임은 서울에 있는 대학에도 운이 좋으면 가능하다며 재수할 각오로 원한다면 원서는 써주겠다고 했다.

나는 서울에 있는 대학에 가고 싶었다. 내 꿈은 집주인이었다. 대한민국 수도 서울의 집주인. 그런데 대학부터 서울에서 밀리면 모든 게 밀릴 것 같았다. 학교뿐만 아니라 직장도 남편도 집도, 하다못해 전에 살던 복개천도 서울인데 괜히 서울 아닌 다른 곳에 발을 디뎠다가 모든 게 밀려버리면 꿈에서도 멀어질 것 같았다. 나는 서울에 있는 대학에 원서를 넣었다. 담임은 별 기대 없는 얼굴로 행운을 빈다고 했다. 전적으로 내가 결정한 것이니 결과도 내가 책임져야 함을 강조했다. 그래도 운이 좋으면 붙을 수도 있다고 했으니 나름 기대했는데. 나는 그때까지도 깨닫지 못했던 것이다. 내겐 선천적으로 운이라는 것이 따르지 않는다는 걸. 좁쌀만큼의 운이라도 있다면 어려서부터 그렇게 셋방살이를 전전하며 이팔청춘을 베란다에서 보내고 있을까. 그런 내게 갑자기 운이라는 것이 따라올 리 없었다. 나는 결국 원서를 넣는 족족 다 떨어지는 진기한 기록을 세우며 담임의 뒤통수를 잡게 했다.

마음은 재수를 하고 싶었다. 성적을 올린 후 좀 더 좋은 대학에 가는 게 어떨까. 하지만 다음 해부터 입시 제도가 바뀌니 그것도 쉽지 않을 것 같았다. 엄마, 아빠는 아무 말도 하지 않았다. 하지만 재수를 하라고도 하지 않았다. 그저 내가 뭔가 결정하길 바라는 것 같았다. 엄마, 아빠는 내게 신경 쓸 여유가 없었다. 엄마, 아빠는 나를 베란다에서 빼내 번듯한 방을 만들어주는 계획만으로도 벅차 보였다. 몸과 마음을 다친 오빠에게 신경 쓰는 것만으로도 늘 숨이 가빴다. 그런 엄마 아빠에게 재수를 하겠다고 말하려니 입이 떨어지지 않았다. 갑자기 옛날 병진 언니가 생각났다. 유학을 가겠다며 돈을 보태달라던 언니의 부탁을 냉정히 거절하던 병태 아빠. 그때 언니는 어떤 심정이었을까. 그때 병태네 집에서 들려오던 병진 언니의 울음소리가 다시 가슴을 먹먹하게 했다. 언니는 지금쯤 뭘 하고 있을까. 될 수 있으면 떠올리고 싶지 않았는데. 병태네 식구들이 갑자기 궁금했다.

## 새로운 시작

"다미야!"

오랜만에 만난 영은이는 화장한 얼굴에 털 코트와 미니스커트 차림이었다. 옷과 맞춘 듯한 핸드백과 구두가 멋져보였다. 가까이 올 때까지도 누군지 몰랐는데 알은체를 해 보니 영은이였다.

"기집애, 이뻐졌다, 야!"

보자마자 우리는 손을 맞잡고 껑충껑충 뛰었다.

"너는 이제 진짜 어른 같다."

나는 매니큐어를 꼼꼼히 바른 손을 내려다보며 말했다.

영은이는 1학년을 마치고 직업반에 들어갔다. 성적이 안 좋아 어차피 대학은 못 간다며 담임의 강압에 가까운 권유가 있었다. 처음엔 자신을 무시했다며 담임과 면담 후 영은이는 교실로 돌아와 책상에 엎드려 눈이 퉁퉁 붓도록 울었다. 절대 직업반엔 안 간다더니 무슨 마음을 먹었는지 중간고사를 망치곤 자신은 공부 쪽은 아무래도 아닌 것 같다며 결국 제 발로 담임을 찾아가 직업반에 가겠다고 했다. 영은이 말고도 몇몇 아이들이 직업반을 택했다. 처음 직업반이 생겼을 땐 공부 못하는 애들이라며 무시하는 아이들도 있었다. 하지만 입시가 가까워 오자 오히려 직업반 아이들을 부러워했다. 대부분의 아이들은 붙을 가능성도 없이 대학에 목을 맨 상태였다. 하지만 직업반 아이들은 2학기가 되자 대부분 취업해 출근을 했다. 졸업할 땐 모두 직장인이 돼 있었다.

"취업하려면 뭐가 필요해?"

영은이는 돈가스를 시켜줬다. 월급을 탔다고 했다. 경양식집 돈가스는 분식집보다 고기가 두툼했다. 빵도 더 맛있고 샐러드도 따로 나왔다.

"왜? 너도 취업하게?"

대답을 하려는데 갑자기 가슴에서 물컹하고 뜨거운 것이 뭉쳐졌다. 나는 말 대신 고개를 끄덕였다. 영은이를 만나면 마음을 정하는 데 도움이 될 것 같았다. 하지만 달라진 그 애를 보니 더 막막했다. 취업반 애들이 미용 기술을 배우고, 요리를 배우고, 컴퓨터를 배울 때 나는 대학에 떨어지면 아무 쓸모 없는 것만 공부했다는 걸 그제야 깨달았다.

엄마의 정성에도 불구하고 오빠는 사귀던 간호사와 헤어졌다. 이후 오빠는 다른 사람이 됐다. 병원 갈 때 말고는 거의 방에서 나오지 않았다. 식구들과 말도 하지 않았다. 연애를 할 때는 신나서 다니던 병원도 가지 않으려 했다. 하지만 앞으로도 언제까지 병원에 다녀야 할지 기약이 없는 모양이었다.

엄마, 아빠는 늘 그런 오빠 걱정뿐이었다. 어떻게 해야 오빠가 치료를 잘 받아 일상생활이라도 제대로 할 수 있을지. 어떻게 해야 나중에 밥벌이를 제대로 할 수 있을지. 어떻게 해야 장가를 보내고 가정을 꾸리게 할지.

내가 대학에 떨어진 건 아무도 신경 쓰지 않았다. 나무라지도 않았다. 어떻게 해야 하나 막막했지만 누구 하나 붙잡고 말할 사람이 없었다. 좋은 대학에 가야 좋은 남자를 만나고 그래야 좋은 집도 가질 수 있다고 했는데. 하지만 솔직히 재수를 해도 좋은 대학에 갈 자신이 없었다. 그런데 어느 날 깨달았다. 내 꿈은 좋은 대학도, 좋은 남자도 아닌 좋은 집을 갖는 거라는 걸. 그렇다면 굳이 좋은 대학과 좋은 남자가 없어도 되는 것이 아닐까.

나는 마음을 다잡았다. 돈을 벌기로 마음먹었다. 취직해 일찍 돈을 벌기 시작하면 대학 나온 애들보다 더 빨리 돈을 벌고 성공도 그만큼 빨리할 수 있으리라. 영은이는 몇 달 먼저 사회생활을 시작했는데도 월급을 타 고기가 두툼한 돈가스도 척척 사주지 않는가 말이다.

"다른 기술을 배우지 않고 회사에 취업이 목적이면 우선 컴퓨터를 배워봐. 이제 회사에서는 다 컴퓨터를 쓰니까."

말하는 영은이는 제법 어른스러웠다. 몇 달만 다니면 취업을 알선해 주는 컴퓨터 학원이 있다며 알아봐 주겠다고도 했다.

영은이를 만난 후 취업으로 마음을 굳혔다. 그러자 어지럽혀진 것들이 정리된 느낌이었다. 몸도 마음도 편했다. 어렵게 마음을 먹었건만 취업을 당장 할 수 있는 것은 아니었다. 그래서 엄마에겐 재수를 하겠다고 했다. 취업을 할 방법을 찾을 때까지 시간을 벌어야 했다. 재수를 하겠다니 엄마는 별말 없이 학원에 등록하라며 돈을 해줬다. 엄마에겐 분명 큰돈일 게 뻔했다.

졸업식도 나 혼자 갔다. 엄마는 마침 다니는 식당이 바빠 시간을 뺄 수 없었다. 아빠도 근무 시간이라 올 수 없다며 미안해했다.

나는 괜찮다고 했다. 어차피 대학도 떨어져 가고 싶지 않은데 잘 됐다며 보란 듯 입을 크게 벌려 웃었다. 아빠는 정말 미안한 얼굴로 점심값을 쥐어줬다.

졸업식이 끝나고 돌아와선 교과서와 참고서를 싸 들고 밖으로 나갔다. 마침 고물상 아저씨가 지나가기에 흥정도 없이 주는 대로 강냉이로 맞바꿔 들고 있던 책들을 리어카에 실려 보냈다. 나름 정이 든 책들인데. 손에 든 강냉이를 내려다보니 눈물이 날 것 같았다. 하지만 갖고 있으면 재수에 미련이 남을 것 같았다. 나는 강냉이를 입에 욱여넣으며 씩씩하게 다시 집 안으로 들어갔다. 그리고 앉은자리에서 강냉이를 다 먹어치웠다. 입안이 까끌거리고 속이 더부룩했지만 강냉이와 함께 그나마 있는 아쉬움을 말끔히 날려버리고 싶었다.

다음 날엔 엄마가 준 학원비로 영은이가 소개해 준 컴퓨터 학원에 등록했다. 취업이 급하니 빨리 자리를 알아봐 달라고 부탁했다. 그렇게 꽃샘추위가 유난히 극성을 부리던 봄을 취업을 위한 컴퓨터를 배우는 데 시간을 보냈다.

"이력서 한번 가져와 봐요."

석 달 정도 다니자 학원 측에서 한 무역 회사의 사무보조로 추천을 해줬다. 면접을 보러 가는 날 엄마 화장대를 뒤져 처음으로 화장을 했다. 치마도 입었다. 거울에 비친 내 모습을 보니 떨리기도, 서글프기도 했다. 무섭기도 했다.

시간에 맞춰 면접 장소를 물어물어 찾아갔다. 텔레비전에서 봤을 땐 높은 사람들이 죽 앉아 뭔가를 물어보고 그러던데. 하지만 커다란 사무실은 누군가에게 뭔가를 물어보기엔 다들 너무 바빠 보였다. 내가 들어가도 아무도 신경을 쓰지 않았다. 엉거주춤 서 있던 나는 마침 지나가는 사람의 팔을 잡고 물었다.

"저 면접 보러 왔는데요."

남자는 들고 있던 서류에서 눈을 떼 나를 한번 힐끗 바라봤다. 그러더니 무심한 얼굴로 나를 부장이라는 사람 앞에 데려갔다. 앞이마가 살짝 벗겨진 부장이라는 사람은 내가 인사를 하자 놀랐는지 눈을 동그랗게 떴다. 누구냐, 넌 하는 표정으로 노려보더니 얼마 후 생각이 났는지 그제야 얼굴에 약간 웃음이 보였다. 하지만 마침 책상 위에 놓인 전화기에서 벨이 울렸다. 전화를 받으며 부장은 나를 힐끗거렸다. 나는 학원에서 써준 추천장과 이력서, 밤새도록 쓴 자기소개서를 책상 위에 올려놨다. 부장은 내게 손짓으로 소파에 앉아 있으라고 했다. 전화를 받으며 그는 책상 위에 놓인 자기소개서를 성의 없이 훑어봤다.

얼마 동안의 통화를 마친 부장은 자기소개서를 들고 와 소파에 앉았다.

"부모님은 다 계시고. 컴퓨터는 기본은 다 하는 거고, 오빠가 군대에서 다쳤어요?"

"네."

자기소개서는 어떻게 써야 할까 혹시 몰라, 나는 이것저것 쓸 수 있는 건 다 썼다. 쓸 게 없어 오빠 얘기도 썼다.

"응, 애국자 집안이네."

"네?"

"우리 사장님이 육사 나오시고 대령으로 예편하신 분이라 이런 애국자 집안은 우대하세요. 그래요. 그럼 월요일부터 출근해요."

"네? 저 그럼 취업이 된 건가요?"

"네……. 그래요."

마침 책상 위에 놓인 전화기에서 다시 벨이 울렸다. 부장은 내게 가봐도 된다는 듯 손짓을 하고 전화를 받으러 자리로 돌아갔다. 나는 꾸뻑 허리를 숙여 인사를 하고 사무실을 나왔다.

마치 꿈을 꾼 기분이었다. 뭐가 뭔지 어리둥절했다. 취직이 원래 이렇게 힘없이 되는 걸까. 혹시 이상한 회사는 아닐까. 하지만 사무실 안의 사람들 모두 무엇인가를 하고 있었다. 이상한 회사라고 하기엔 다들 너무 열심이었다. 건물도 나름 크고 간판도 커다랬다.

집에 오는 내내 여러 감정들이 얽혀들었다. 좋으면서도 찝찝하고 막상 회사에 다녀야 한다고 생각하니 서글프기도 하고 겁도 났다. 아무튼 한 번도 느끼지 못한 기분이었다.

"나, 취직했어."

엄마는 평소보다 퇴근이 늦었다. 현관문을 열고 들어오는 엄마는 여느 때보다 더 지쳐 있었다. 신발을 벗는 것조차 힘겨워 보였다.

"니가?"

그래서일까. 엄마는 뜬금없이 무슨 헛소리냐는 듯 더 이상 물을 생각도 않고 방으로 들어가 옷을 갈아입었다.

"나 취직했다니까."

나는 방으로 따라 들어가 그새 파자마 차림이 된 엄마에게 소리 쳤다. 엄마는 여전히 미심적은 눈으로 바라봤다. 물론 엄마가 장 하다 내 딸, 하며 안아줄 거라 생각한 건 아니었다. 손뼉 치며 기 뻐할 거라 생각한 것도 아니었다. 그래도 니까짓 게 무슨 취직을 하냐며 콧방귀를 뀌는 듯한 저 표정은 뭘까.

갑자기 서운하고 어이없고 복잡한 마음에 눈물이 핑 돌았다. 막 상 학교나 학원이 아닌 회사에 나가야 한다니 안 그래도 무섭고 착잡했는데. 엄마까지 미심적게 바라보자 울고 싶은데 뺨 맞은 기 분이었다. 엄마는 그제야 내 팔을 끌어다 앉히며 자세히 말해 보 라고 했다.

"아이고, 다 컸네."

컴퓨터 학원에 다녔던 것. 이력서를 내고 자기소개서를 쓰고 추 천장을 받고 면접을 보고. 나는 엄마에게 그동안 있었던 일들을 모두 말했다. 엄마는 학교를 안 가고 취직을 해도 후회하지 않겠 느냐고 물었다. 막상 엄마가 물으니 선뜻 대답이 나오지 않았다. 하지만 나는 고개를 끄덕였다. 야간 근무를 마치고 아침에 들어온 아빠도 이야기를 듣고는 어깨를 두드려줬다. 다음날엔 엄마와 함 께 남대문 시장에 가서 옷도 몇 벌 샀다. 화장품을 사주면서 엄마 는 피부 상하지 않게 조금만 바르고 다니라고 했다.

첫 출근 하는 날엔 오빠도 방에서 나와 내가 집을 나서는 걸 지켜봤다. 오빠에겐 취직에 대해선 말하지 못했다. 꼼짝 않던 오빠가 방문 앞에 서 있는 걸 보자 말하지 않은 것이 미안하고 후회됐다. 오빠는 멀찍이 서 있다간 나와 눈이 마주치자 얼른 방으로 들어갔다. 나는 그렇게 식구들의 배웅을 받으며 첫 출근을 했다. 버스에서 내려 사무실이 보이자 내가 무슨 일을 하는지도 모른다는 걸 그제야 깨달았다.

"안녕하세요? 봉다미입니다. 잘 부탁드립니다."

문 앞에서부터 보는 사람마다 인사를 하며 면접을 보던 사무실로 들어갔다. 문 앞에서 두리번거리니 부장이 마침 출근을 하는 게 보였다. 반가운 마음에 달려가 책상 앞에 섰다.

"안녕하세요? 봉다미입니다. 잘 부탁드립니다."

웃옷을 벗던 부장이 놀란 얼굴로 돌아봤다. 역시나 누구냐 넌, 하는 표정이었다. 처음엔 놀라서 그런 줄 알았는데. 시간이 지나도 여전히 생전 처음 본다는 눈빛이었다.

"저⋯⋯. 오늘 출근하라고⋯⋯."

부장은 그제야 뭔가 생각났다는 듯 약간 웃음을 띠었다. 자리에 앉은 부장은 누군가를 손짓으로 부르는 것 같았다. 곧 하얀 와이셔츠에 어설프게 넥타이를 맨 남자 하나가 다가왔다.

"애 데려가서 자리에 앉혀."

부장은 귀찮은 물건을 떠넘기듯 손가락으로 나를 가리켰다.

애라니. 엊그제만 해도 애국자 집안이라며 우대한다고 하지 않았나. 아무튼 나는 앞장서 가는 남자를 따라갔다. 남자가 데려간 곳은 내가 들어온 문 앞이었다.

"여기에 앉으면 돼요."

남자가 가리킨 책상 위엔 컴퓨터가 놓여 있었다. 옆엔 서류도 잔뜩 쌓여 있었다. 모두 수기로 작성된 것들이었다. 남자는 그것들을 컴퓨터 문서로 만들어 놓으라고 했다.

나는 그렇게 컴퓨터 앞에 쪼그리고 앉아 누군가가 손으로 휘갈겨 쓴 글씨를 읽고 해석하고 컴퓨터에 입력하며 시간을 보냈다. 하지만 기껏 작성한 문서를 가져가면 한글도 제대로 못 읽냐며 온갖 핀잔이 쏟아졌다. 처음 듣는 구박과 멸시가 서러웠지만 울 시간도 없이 서류를 작성하느라 허리 한 번 펴지 못했다. 아니 생각해 보니 쭈그려 앉았던 시간은 그리 많지 않은 것도 같았다. 앉을 만하면 커피 심부름에, 담배 심부름에, 복사 심부름에 종일 정신이 없었다. 하지만 집에 와 엄마가 뭘 했냐고 물었을 땐 딱히 할 말이 없었다. 녹초가 돼 이불 위에 널브러지며 생각했다. 어쩐지 취직이 쉽게 되더라.


## 나, 대학 갈래!

첫 회사에서 사무보조원으로 삼 년을 일하고 다시 규모가 조금 더 큰 곳으로 옮기게 됐다. 이번엔 고졸 사원 공채를 통한 당당한 입사였다. 학교를 졸업한 후 더 이상 공부 같은 건 할 일 없을 줄 알았다. 일은 고되지만 회사 생활은 나름 보람도 있었다. 일단 공부도 못하는데 학교에 간다고 나오는 것과 쥐꼬리만 한 월급이지만 돈을 벌기 위해 집을 나서는 기분은 꽤 차이가 있었다. 식구들의 대우도 그렇고, 일단 내 집 장만의 꿈이 현실이 될 수 있다는 기대를 할 수 있어 좋았다.

하지만 어느 순간 깨달았다. 그렇게 평생 벌어도 집은커녕 내 앞가림도 못할 거라는 걸. 그래서 회사에 어느 정도 적응됐을 때부터 퇴근 후 다시 컴퓨터 학원을 다니기 시작했다. 기본적 사무 업무뿐 아니라 보다 전문적인 과정을 배우기 위해서였다. 마침 전산 업무가 가능한 고졸 인력을 뽑는 회사가 있어 처음으로 입사 시험을 봤다. 그리고 당당히 합격했다. 시험에 합격해 본 건 난생처음이었다.

회사도 전보다 크고, 공채라 사람들의 대우도 다른 것 같았다. 나름 꽤 자부심도 가질 수 있었다. 역시나 커피 심부름을 도맡아 해야 했지만 월급도 전 회사보다 많고 보너스도 있었다.

나는 드디어 베란다에서 벗어나 내 방도 가질 수 있었다. 전의 집보다 그렇게 좋은 조건은 아니지만 그래도 방 세 개짜리 집으로 이사를 했다. 엄마, 아빠가 집을 봐두고 고민하기에 그동안 모았던 돈을 통 크게 집을 사는 데 보탰다. 내가 출근하기에도 좋고 규모는 작지만 아파트라 집에 욕심이 났다.

베란다에서도 벗어나고 공채로 들어간 회사에 다닐 수 있고 이제 정말 돈만 모으면 될 것 같았다. IMF를 견딘 회사도 급성장하기 시작했으니 열심히 일만 하면 머지않아 꿈을 이루리라.

그런데 이건 뭘까. IMF를 견디기 위해 몸집을 줄였던 회사는 다시 직원들이 늘어났고 내 또래의 신입 사원도 많이 들어왔다. 그들은 말 그대로 신입이었다. 경력도 내가 많고 하는 일도 내가 더 많았다. 그런데도 대졸 신입들은 나보다 더 봉급이 높았다. 문제는 거기서 끝이 아니었다. 그들은 앞으로 승진이 가능했고 직위가 높아지면 월급도 늘 것이 뻔했다. 하지만 고졸 사원들은 승진을 할 수 없었다. 시간이 지나면 월급은 늘기야 하겠지만 대졸자들이 받는 월급과는 비교가 되지 않았다. 아무리 공채라도 대졸과 고졸의 운명은 하늘과 땅 차이였다. 시간이 갈수록 그 차이는 점점 더 벌어질 것이 뻔했다. 그제야 현실을 깨달았다. 나는 평생 대졸자들에게 뒤처진 인생을 살아야 하는 것이었다. 업무 능력이나 인간성 등이 아닌 대학 졸업장 하나 때문에.

어떤 대학에 들어가느냐에 따라 만날 수 있는 남자도 인생도 달라질 거라는 독사 선생님의 말이 생각났다. 남자 직원들도 대졸 여직원들에겐 대우가 달랐다. 물론 남자 직원들은 모두 대졸자들이었다. 대학 졸업장 말고는 내세울 것 하나 없는 남자란 뜻이기도 했다. 집도 없고 앞으로도 집을 가질 수 있을 것으로도 보이지 않아 거들떠도 안 봤는데. 그래도 호감 있던 K. 밥도 몇 번 먹고 영화도 함께 봤다. 집은 없고 앞으로도 가질지 확신이 서진 않았지만 인간성에 끌려 본격적인 연애를 해볼까 마음먹던 참이었다. 하지만 언제부턴가 새로 들어온 신입 사원과 사귄다는 소문이

들렸다. 설마 그럴까. 나랑 먹은 밥이 얼마고 본 영화가 몇 편인데. 그런데도 워낙 숫기가 없고 착하기만 해 손잡을 용기도 못 내고 땀만 뻘뻘 흘리던 그가 회사에 소문이 돌 만큼 대놓고 연애질이라니. 그냥 들어온 지 얼마 안 돼 성격상 좀 잘해 준 걸 가지고 소문이 난 거겠지. 하지만 어느 날 밥을 먹고 회사 근처 공원에서 소화를 시키고 있을 때였다. 활짝 핀 조팝꽃에 감탄하며 돌아서는데 꽃 속에서 팔짱을 낀 남녀가 불쑥 튀어나왔다. 그렇게 나는 흐드러지게 핀 조팝꽃을 사이에 두고 소문의 주인공들과 딱 마주치고 말았다. 처음엔 그는 나를 알아보지 못했다. 만개한 꽃을 보며 산책 중이었으니까. 나를 먼저 알아본 건 여자 쪽이었다. 나를 보자 그녀는 쑥스러운 듯 얼굴을 붉히며 고개를 조금 숙여 보였다. 나를 본 K도 약간 당황한 듯 움찔했다. 하지만 역시나 그저 고개를 숙일 뿐이었다. 나는 얼떨결에 덩달아 인사를 했다. 그제야 상황 파악이 된 나와는 달리 그의 얼굴에선 당황한 빛이 사라져 있었다. 나를 무심히 지나쳐 곧 만개한 꽃 속으로 다시 들어가 버렸다. 갑자기 가슴에서 불덩이 같은 게 끓어올랐다. 서글프고 분하고 가서 뺨이라도 칠까 고민했지만 생각해 보니 까놓고 손도 한 번 안 잡은 사이에 그러기도 애매했다.

오랜만에 영은이를 불러내 술을 진탕 마셨다. 많이 마셨지만 정신은 멀쩡했는데. 택시에서 내리니 옛날 베란다 방이 있던 집 앞이었다. 무슨 조화인지 술만 마셨다 하면 꼭 그놈의 집으로 가는 것이다. 다시 택시를 잡아타고 겨우 집에 왔을 땐 너무 늦어 식구들이 실종 신고를 하기 직전이었다. 비번인지 아빠도 있었다. 나를 보자 아빠는 안도의 한숨을 쉬었다. 엄마와 오빠는 세상 한심하다는 듯 바라봤다. 나는 모여 있는 식구들을 향해 소리쳤다.

"나, 대학 갈래!"

내 말에 오빠는 고개를 절레절레 흔들며 방으로 들어갔다. 취했으면 들어가 자라, 아빠도 헛기침과 함께 방으로 들어갔다. 식구들이 잘 못 알아들었구나 싶어, 나는 힘껏 손을 뻗으며 한 번 더 소리쳤다.

"나 대학 갈래! 나 서울대, 아니 하버드 갈래!"

순간 등짝이 쩍 하고 울렸다. 내 등을 후려친 엄마는 나를 끌고 가 짐짝처럼 방에 쑤셔 넣었다.

"헛소리 말고, 얼른 잠이나 자!"

엄마는 얼른 문을 닫았다. 이럴 줄 알았으면 고등학교 때 아니 중학교 때부터 좀 더 열심히 공부하는 건데. 문 앞의 장국영은 여전히 환하게 웃고 있었다. 하지만 술이 취해서일까. 잘생긴 장국영 얼굴이 갑자기 독사 선생님으로 둔갑했다. 내가 그렇게 후회할 줄 알았다, 이놈아! 독사 선생님이 나를 보며 비웃고 있었다. 독사 선생님의 얼굴을 피해 나는 얼른 이불을 머리끝까지 뒤집어썼다.

# 4장
## 꿈★은 이루어진다

## 은자 이모

은자 이모를 다시 만난 건 직장인 우대 전형으로 야간 대학을 마치고 다시 대학 학력 경력 사원으로 회사를 옮기고 나라에서 등록금을 지원해 준다기에 대학원에 진학해 석사과정까지 마치고 서른이 훌쩍 넘어 폭삭 늙어버린 어느 날이었다.

"야, 너 은자 이모 알지? 병원에 좀 갔다 와!"

일요일이라 늦잠 좀 자려고 했는데 엄마는 다짜고짜 이불을 걷어 젖히며 소리쳤다. 은자 이모라니. 내게 이모가 어디 있다고. 하지만 나는 아무리 없던 이모가 생겼어도 만나러 갈 힘이 없었다. 전날 술을 마신 터라 속이 쓰리고 삭신이 쑤셔 손가락 까딱할 힘도 남아 있지 않았다.

겨우 일어나 거울을 보니 역시나 밤사이 주름도 흰머리도 는 것 같았다. 머리카락을 헤쳐 흰머리를 솎아내며 그놈의 공부는 왜 했을까, 습관처럼 또 후회했다.

하지만 내가 늙은 건 공부 때문만은 아니었다. 아직도 내 방문 앞엔 장국영이 사슴 같은 눈망울을 반짝이며 미소 짓고 있었다. 그런데 이제 그 미소를 다시는 볼 수 없었다. 사람들은 죽은 지가 언젠데 아직도냐고 했지만, 생각하니 또 눈물이 나려 했다. 그렇게 장국영이 죽은 것도 내가 폭삭 늙은 이유 중 하나였다. 만우절 거짓말처럼 가버린 내 첫사랑. 마음 같아선 당장 비행기를 타고 홍콩으로 날아가 마지막 길을 배웅하고 싶었다. 하지만 처음엔 괴질로 알려졌으나 나중엔 사스라고 이름 붙여진 병이 온 지구촌을 뒤흔들고 있어 차마 갈 수가 없었다. 아니 사스가 아니어도 나는 당장 표를 끊어 첫사랑의 장례식에 참석할 만큼의 여유나 능력이 있지 않았다. 나는 그런 내 처지가 한심스러워 몇 날 며칠을 이불을 뒤집어쓰고 울었다. 더 이상 눈물이 나오지 않을 때까지 울고 또 울었다. 이제 다시 내 일상으로 돌아가야겠다고 마음먹었을 땐 눈이 통통 부어 제대로 떠지지가 않았다. 덩달아 얼굴도 부어 며칠 동안 사람들에게 어디가 아픈 것 아니냐는 걱정을 들었다. 다행히 시간이 지나자 붓기는 가라앉았다. 얼굴과 눈의 붓기가 가라앉자 내 얼굴이 내 얼굴이 아니었다. 말리다 만 대추처럼 쪼글쪼글한 것도 모자라 질은 반죽처럼 척척 늘어지기까지 했다. 보는 사람마다 정말 무슨 일이 있는 것 아니냐며 손을 꼭 잡았다. 주름

가득한 얼굴을 보며 부었다가 가라앉아 그렇지 정말 늙은 건 아니라고 생각했다. 하지만 시간이 지나도 한번 생긴 주름은 사라지지 않았다. 늘어진 피부도 제자리로 돌아가지 않았다. 장국영이야 다시 살려낼 수도 없으니 늙은 것이 억울해 하는 김에 박사까지 해볼까 생각했다. 그러면 어디 가서 더 이상 학벌로 차별받는 일은 없을 테니까. 하지만 거울을 보면 그럴 수가 없었다. 더 이상 공부를 했다간 나름 동안인 엄마보다도 더 늙어 보일 것 같았다.

남들보다 일찍 돈을 벌려 재수를 포기하고 취업을 선택했는데 시간이 지나 보니 다른 사람보다 한참이나 뒤처져 그들 꽁무니를 숨이 차게 따라가고 있었다. 그래도 그렇게 고등학교 졸업하고 시작한 직장 생활에 안 입고 안 쓰고 적금 붓고 계도 들고 뿔뿔이 흩어져 있던 돈을 모아보니 어느 순간 1억이 넘어 있었다. 1억이라니. 전에는 1억만 있으면 못할 것이 없을 줄 알았다. 집도 사고, 땅도 사고, 부자 소리 들으며 떵떵거리고 살 줄 알았는데. 하지만 막상 1억을 모으고도 서울에 집을 살 수는 없었다. 정말 막막하기 짝이 없었다. 1억을 모으기까지는 그래도 희망이 있었다. 하지만 막상 1억을 모으고도 할 수 있는 게 없다는 걸 깨닫자 눈앞이 캄캄했다. 집을 갖기 위해선 앞으로도 안 쓰고 안 입고 몇 년을 기약 없이 달려야 할지 몰랐다. 그렇게 생각하니 온몸에 힘이 빠졌다. 더구나 이제 나이를 먹으니 회사에서도 눈치가 보이기 시작했다. 공부를 하면 안정적이고 승진도 하고 월급도 오를 줄 알았는데. 내가 학교에 다니고 승진을 할 준비를 하는 사이 경제는 나빠지고 회사는 점점 기울어 나이 많고 학벌이 쓸데없이 높은 나 같은 사원들, 특히 여자는 무슨 일만 있으면 해고 대상 1순위였다.

"너, 은자 이모 알지? 이모가 입원해 있다는 데 가서 좀 들여다봐."

엄마는 늙고 쪼글쪼글해진 딸이 가엾지도 않은지 또 등짝을 후려치며 다그쳤다. 엄마가 가려 했는데 일하는 식당에 예약 손님이 많아 휴일인데도 나가야 한다는 것이다. 대체 은자 이모가 누구길래 자꾸 만나러 가라는 걸까. 처음엔 누군지 생각이 나지 않았다. 이모라니 친척인가. 엄마의 성화에 세수를 하고 나자 비몽사몽하던 머리가 맑아졌을까. 그제야 어릴 적 봤던 은자 이모의 얼굴이 떠올랐다.

은자 이모의 집은 당시 부자들만 산다는 압구정동의 평수 넓은 아파트였다. 엄마는 이모네 집에서 잠시 도우미로 일했다. 밤늦게 돌아온 엄마는 집이 커 일이 힘들다며 늘 푸념을 했다. 집이 하도 크고 좋다고 해 하루는 엄마를 졸랐다. 나도 따라가겠다고 했다. 그렇게 좋은 집이라니 직접 보고야 말겠다며 엄마 가랑이를 붙잡고 늘어졌다. 내가 울고불고하자 엄마는 어쩔 수 없이 내 손을 잡고 버스를 탔다.

엄마 말대로 은자 이모네 집은 그때까지 내가 본 집 중 가장 좋았다. 이모는 거대한 아우라를 내뿜으며 여유 있는 웃음과 함께 넓은 소파에 앉아 있었다. 넓고 고급스러운 집안 분위기와 몸에 걸친 이름 모를 보석까지. 그녀는 그때까지 내가 본 사람 중 가장 부자처럼 보였다.

"저 복이 어디서 굴러오는 걸까."

엄마는 집에 오면 습관처럼 은자 이모를 두고 혼잣말을 했다. 은자 이모는 엄마와는 사촌지간이었다. 엄마 말로는 이모도 제대로 학교도 못 나왔고 별 볼 일 없는 집으로 시집을 갔다고 했다. 옛날엔 엄마와 별반 다르지 않았다고. 아니 엄마보다 못했으면 못했지 더한 처지가 아니었다. 시골에선 미래가 없다고 느껴 서울로 올라온 것도 엄마와 같았다. 서울에 온 지 얼마 안 돼 남편까지 죽었다고 들었는데. 엄마는 그래서 늘 마음으로나마 가엾게 생각했던 모양이었다. 동정을 받기 싫었던지 은자 이모는 어느 순간 일가친척 모두와 연락을 끊어버렸다. 그렇게 십 년을 소식도 모르고 지내던 어느 날 우연히 연락이 닿아 만난 은자 이모는 강남의 아파트를 몇 채씩 갖고 있는 부자가 돼 있었다.

남편도 없이 대체 그 많은 돈을 어떻게 모은 걸까. 알고 보니 이모는 알아주는 복부인이라고 했다. 땅과 집을 보는 눈이 남달라 남들은 거들떠도 안 보는 땅과 집을 사면 곧 그 값이 몇 배씩 뛴다는 것이다. 전설의 빨간 바지. 사람들은 이모를 그렇게 불렀다. 이모는 바지자락을 휘날리며 전국 방방곡곡 좋은 땅과 집을 휩쓸고 다녔다. 엄마가 자존심을 버리고 친척 언니 집에서 도우미로 일한 것도 곁에서 이모의 노하우를 배워보겠다는 심산이었을 것이다. 하지만 엄마는 그런 건 아무나 할 수 있는 게 아니란 걸 오래지 않아 깨달았다. 엄마는 이후 무슨 일인지 이모와 큰 말다툼 후에 곧 일을 그만뒀다.

"차라리 생판 남의집살이는 해도 이건 진짜 배알이 꼴려서 못 해먹겠다!"

엄마는 은자 이모의 집을 나오던 날 집 안에 들어서며 천장이 울리도록 소리쳤다.

다시 만난 은자 이모는 늙은 노파가 되어 요양병원에 누워 있었다. 젊은 날 강남 아파트를 몇 채씩 주무르던 여장부, 전국 방방곡곡을 누비던 전설의 빨간 바지의 풍모는 눈을 씻고 봐도 찾을 수 없었다. 아우라를 내뿜으며 보석을 휘감고 있던 모습만을 기억하던 내게 환자복을 입은 이모의 모습은 큰 충격이었다. 앙상하게 마른 몸이 돈이라고는 있어 본 적도 없이 평생 가난에 찌들어 산 사람 같았다.

남편은 일찍 죽었지만 이모에겐 아들이 둘이나 있었다. 둘 다 일찍 미국으로 유학을 보냈고 그곳에서 자리를 잡아 사업으로 성공했다고 들었다. 하지만 성공한 아들들은 너무 바빠 한국의 어머니를 돌볼 여유가 없는 걸까. 그동안의 재산도 아들들에게 많이 들어갔다고 했는데. 이모는 사기 사건에 연루돼 오랫동안 송사를 겪었다. 나이 들어선 병을 앓느라 남은 재산이라곤 이제 살던 집 하나가 전부인 모양이었다.

어릴 적 본 게 전부지만 은자 이모는 내겐 롤모델이었다. 그때까지 강남 집을 몇 채씩 갖고 있는 사람은 은자 이모가 처음이었으니까. 그런 은자 이모가 곳곳에 누런 얼룩이 있는 침대에 누워 있는 모습은 비현실적이기까지 했다.

나는 쭈뼛대며 침대 곁으로 다가갔다. 이모는 미동도 없이 누워 있었다. 자는 것도 아닌데 어떻게 저렇게 가만히 누워 있을까 신기할 정도였다. 나를 알아보기까지도 꽤 오래 걸렸다. 엄마 이름을 대고, 어렸을 때 놀러 갔었다고 해도 이모는 끝까지 너 누구냐 하는 눈빛이었다.

나는 틈틈이 은자 이모를 찾아갔다. 엄마가 등을 떠밀기도 했고 나름 측은지심도 있었다. 하지만 가장 큰 이유는 그녀가 가끔씩 던지는 말 때문이었다.

토요일 오후, 그날도 엄마의 성화에 짬을 내 병원에 들러야 했다. 막 병실에 들어서는데 마침 간호사가 와 무슨 검사를 받으러 오라고 했다. 침대에 있던 이모를 휠체어에 앉히고 검사실로 향했다. 그런데 막 문 앞에 다다랐을 때였다.

"너, 집은 샀니? 어릴 때 그랬잖아. 집주인이 꿈이라고."

나는 그만 휠체어를 끌던 손을 놓고 말았다. 갑자기 울컥 눈물이 나려 했다. 그동안 모른 척하더니. 내가 누군지 다 알고 있었구나. 그제야 어릴 적 이모네 집에 갔을 때 한 말이 기억났다. 분명 친척이고 내겐 이모라고 했는데 엄마는 물론 나까지도 하인 취급을 해 비위가 상한 나는 집을 나서기 전 말했었다.

"저는요 나중에 이 집보다 훨씬 큰 집을 살 거예요. 이 집 솔직히 별로네요."

그때 나의 당돌하다 못해 어이없는 말을 들은 이모는 여장부다운 호탕한 웃음을 한참이나 웃어젖혔다.

그런데 그때의 일을 이모가 아직도 기억하고 있었다는 건가. 까맣게 잊고 있던 말이 떠오르자 얼굴이 화끈거리고 쥐구멍이라도 있으면 기어들어 가고 싶었다. 나는 그제야 은자 이모가 오래전부터 내 인생에 영향을 끼쳤다는 것을 깨달았다. 지금의 만남이 어쩐지 운명 같았다.

"아직 못 샀나 보구나. 집이 재산인데 빨리 사지 그래?"

이모는 입꼬리를 올리며 약간 웃는 것 같았다. 순간 반갑고 뭉클한 마음이 싹 가셨다. 물론 내가 어린 마음에 멋모르고 헛소리를 한 건 사실이었다. 그래도 그렇지 철없을 때 한 얘기를 가지고 비웃기까지 할 건 뭐람. 하지만 노인이자 환자에게 화를 낼 수도 없고. 그렇다고 가만히 있자니 화가 난 티를 내는 것 같아 애써 적당한 답을 찾았다.

"누가 모르나요? 능력이 안 되니까 못 사죠."

그런데 기껏 대꾸를 하고 나니 더 이상 돌아오는 말이 없었다. 검사를 마치고 병실로 돌아와서도 이모는 벽을 바라보고 누워 내가 집에 올 때까지 입도 벙긋하지 않았다. 뜬금없이 집 이야기를 꺼내기에 혹시 예전의 기억을 되살려 부동산에 대한 노하우라도 알려 주려는 걸까. 괜히 가슴이 두근거린 걸 생각하니 어이가 없었다.

병원에 가기 싫어 이리저리 핑계를 댔지만 엄마의 성화에 나는 그 후로도 틈이 나면 이모를 보러 가야 했다. 어느 날은 늘 맥없이 있던 이모가 웬일로 신문을 보고 있었다.

"저 왔어요."

반가운 마음에 인사를 했지만 이모는 신문만 들여다볼 뿐 쳐다도 보지 않았다. 그렇게 얼마나 지났을까, 신문을 접으며 이모가 혼잣말인 듯 무심하게 말했다.

"집을 사려면 이럴 때 사야 하는데……."

부동산 기사를 보고 있었던 걸까. 지난번에 한 얘기가 있으니 나한테 하는 소리겠지 싶었다.

"저도 사고 싶지, 왜 안 사고 싶겠어요."

그런데 이모는 마치 누가 물어봤냐는 듯 슬쩍 눈을 흘기며 그대로 누워버렸다. 그래도 무슨 말을 할 거라 기다렸는데, 얼마 안 가 아예 눈을 감아버렸다. 설마 이대로 끝은 아니겠지 싶었지만 잠이 들었는지 곧 코 고는 소리가 들렸다. 갑자기 울화가 치받쳤다. 사람을 놀리는 것도 아니고.

나는 벌떡 일어나 병실을 나왔다. 다시 오나 봐라, 이를 악물었다. 엄마가 아무리 성화를 해도 다시는 가지 말아야지, 꼭꼭 다짐하고 또 다짐했다. 하지만 며칠 지나니 아무도 없는 병실을 안 가는 것도 찝찝하고 그녀의 입에서 나올 말이 궁금하기도 했다. 내게 꼭 해줄 말이 있을 것만 같았다. 더는 속지 말아야지 다짐했는데 그러면 그럴수록 궁금해 미칠 것 같았다. 다시는 안 가겠다고 몸부림치고 머리를 쥐어뜯었건만 며칠 후 나는 다시 병원을 찾아갔다.

"저, 이모. 저한테 무슨 해주실 말씀 없으세요?"

나는 최대한 나긋나긋한 목소리와 간절한 눈으로 이모를 바라봤다. 이모는 무슨 말인지 모른다는 듯 눈을 동그랗게 떴다.

"저번에요. 집에 대해서 말씀하셨잖아요?"

이모는 그제야 아, 그거, 하듯 입을 벌리며 고개를 약간 끄덕였다. 그러더니 눈으로 내 손을 가리켰다. 나는 들고 있던 봉지에서 주스 하나를 꺼내 뚜껑을 땄다. 이모는 주스를 받아 조금 마셨다. 오렌지의 신맛 때문인지 잠시 인상을 찌푸리며 진저리를 쳤다. 이모는 남은 주스 병은 침대 옆 테이블에 올려놨다.

이제 뭔가 말하겠지 생각하자 나도 모르게 꼴깍 침이 넘어갔다. 떨리는 손을 꼭 모았다. 어느 때보다 내 눈은 반짝였다. 하지만 이모는 역시나 아무 말도 하지 않았다. 그저 다시 침대에 반듯이 누워 짧게 하품을 했다. 눈을 한번 부비더니 이불을 가슴으로 끌어올렸다.

조용히 누워 있는 그녀를 보며 이제 정말 끝이다, 마음먹었다. 다시는 오나 봐라, 다시 오면 사람도 아니다, 벌떡 몸을 일으켰다. 그런데 눈을 감으려던 이모가 하품을 섞어 말했다.

"집을 돈 있어 사는 사람이 어디 있니. 이 맹추야."

나는 돌아서려던 발을 멈추고 몸을 비틀어 다시 이모를 바라봤다.

"네? 돈 없이 어떻게 집을 사요?"

하지만 은자 이모는 다시 한번 짧게 하품을 했다.

"이모? 어떻게 집을 사냐고요?"

내 간절한 물음에도 그녀는 눈을 감았다.

"잘 생각해 봐."

분명 나를 가지고 노는 게 틀림없었다. 한두 번도 아니고. 옛날에 배알이 뒤틀려 못해먹겠다던 엄마 말이 떠올랐다. 아마 옛날 버릇이 아직도 남아 있는 모양이었다. 사람을 업신여기고 무시하고. 아직도 자기를 강남 부자로 생각하나 보지. 나는 다시 한번 다짐했다. 다시 오면 내 성을 간다, 정말이지 다짐하고 또 다짐했다.

하지만 며칠이 지난 후 나는 제 발로 이모를 찾아갔다. 돈 없이 집을 사다니. 생각하지 않으려 해도 다음 말이 궁금해 미칠 것 같았다. 역시나 그녀는 속 시원한 답을 하지 않았다. 더 이상 밑도 끝도 없이 던지던 말도 들을 수 없었다. 실없는 소리를 하기엔 이모의 상태가 너무 나빴다. 그러니 가끔이라도 들여다보지 않을 수 없었다.

"너, 모은 돈은 얼마나 있니?"

말하는 것도 힘겨워 보이던 이모가 어느 날 뜬금없이 또 물었다. 고개를 드니 노리끼리한 눈과 입가엔 장난스러운 웃음이 걸려 있었다. 또 시작이군. 처음엔 이제 말장난에 휘말리지 않겠다고 다짐했다. 하지만 정신을 차려보니 나도 모르게 주절주절 말하고 있었다.

"억하고 조금 더 있는데 그걸로 서울에 집은 꿈도 못 꾸죠."

이모는 고개를 조금 끄덕이며 뭔가를 생각하는 것 같았다. 하지만 또 이불을 올리고 돌아누웠다. 얼떨결에 전 재산까지 술술 불고 나니 나 자신이 정말 한심스럽기 짝이 없었다. 아무래도 나는 사기꾼들에게 당하기 딱 좋을 인간인 것 같았다. 그런데 며칠 후 이모가 노리끼리한 눈을 한층 더 빛내며 말했다.

"너, 집 살래? 싼 매물이 있는데."

1억에 살 수 있는 집이 있다는 건가. 내가 알기론 그 돈으로 살 수 있는 집은 시골집 정도뿐인데. 아니 수도권에도 비닐하우스나 판잣집 정도는 가능할까. 그런데 그런 곳에 집을 사봤자 내게 무슨 소용인가 말이다. 내 꿈은 서울이었다. 서울의 집주인. 나는 이제 더 이상 안 속는다는 듯 관심 없는 척 딴청을 부렸다. 그랬더니 이번엔 이모가 급한 얼굴이 됐다.

"그거 논현동이야. 아파트."

1억으로 강남의 아파트를? 역시 장난이었구나. 그동안 속았다는 것이 확실해지자 병실을 박차고 뛰쳐나오고 싶었다. 내가 물론 순수한 마음으로 여태 병실을 들락거렸던 건 아니었다. 하지만 이모에 대한 측은지심은 진심이었다. 그런데 이건 정말 해도 너무했다.

"그걸 제가 어떻게 사요?"

나는 끓어오르는 화를 애써 누르며 말했다.

"지금 아니면 너 평생 못 산다."

십 년 넘게 회사에 다니고 1억밖에 못 모았는데 이모 말대로 이 대로라면 평생 내 집을 가질 수 없을지도 몰랐다.

"저는 못 사요."

앞으로 얼마나 더 모아야 집을 살 수 있을까 생각하니 온몸에 기운이 빠졌다.

"그래, 그럼 하는 수 없지."

이모는 한심하다는 듯 고개를 절레절레 흔들었다. 말하기도 아깝다는 듯 입을 꾹 다물곤 역시나 돌아누웠다. 다른 건 몰라도 돌아눕는 건 언제나 민첩했다. 나만 보면 하도 돌아누워 이력이 붙은 것 같았다.

내 꿈은 서울에 내 집을 갖는 것이었다. 하지만 지금도 살 수 없고 앞으로도 살 수 없을지 모른다는 현실을 깨닫자 모든 일에 의욕이 없어졌다. 몰랐을 땐 열심히 일하고 돈 모으면 될 줄 알았는데. 그게 이모 때문이기라도 한 듯 나는 한동안 병원에 가지 않았다.

말 안 해도 들락거리던 내가 병원에 가지 않자 엄마가 또 성화였다. 처음부터 안 갔으면 모를까 이제 와서 발을 끊는 건 도리가 아니라고 했다. 나를 기다릴 거라고도 했다. 기다리긴 내가 가면 이상한 소리나 하고 뭐 좀 말하려고 하면 돌아누워 버리는데.

엄마의 성화에도 나는 얼마 동안 병원에 가지 않았다. 그런데 어느 날 이모에게서 문자가 왔다. 주인에게 잘 말해 놨으니 가서 집을 직접 한번 보고 오라는 것이다. 문자엔 주소와 현관문 비밀번호까지 찍혀 있었다. 나는 멍하니 핸드폰을 들여다봤다. 이게 뭐지 싶었다. 정말 내가 살 만한 집이 있다는 건가. 나는 또 속는 셈 치고 주소를 찾아갔다.

이모가 알려준 주소는 진짜 논현동의 아파트였다. 지은 지도 얼마 안 되고 평수는 작지만 그래서 오히려 정감이 갔다. 알려준 비밀번호로 현관문을 열고 안으로 들어가자 마침 맞은편 베란다에 노을이 지고 있었다. 보자마자 노을과 함께 차를 마시며 하루를 마무리하는 내 모습이 떠올랐다. 이런 아파트를 가질 수 있으면 얼마나 좋을까, 생각만으로도 기분이 좋았다.

"집은 가봤어? 어때?"

며칠 후 병실에 들어서는 나를 이모는 간만에 웃음 띤 얼굴로 맞았다.

"괜찮던데요."

말은 심드렁하게 했지만 보고 온 후 나는 온통 집 생각뿐이었다. 그런 집을 꼭 사고 싶었다. 하지만 아무리 싸게 내놔도 1억으로 무슨 집을 사겠는가 말이다.

"살래?"

내가 풀 죽어 있어서인지 이모는 덩달아 심드렁하게 물었다.

"사고는 싶죠. 그런데 돈이 모자라요, 한참."

말끝에 나도 모르게 한숨이 쏟아져 나왔다. 차라리 보지나 말걸. 막상 보고 나니 슬프고 화도 났다. 아무리 생각해도 내겐 가까이 하기엔 너무 먼 집이었다.

"집주인한테 잘 말하면 싸게 준다니까."

다시 이모는 입가에 장난스러운 웃음을 지었다.

"싸게 주는 것도 정도가 있죠. 저는 못 산다니까요. 대체 얼마나 싸게 내놨는데요?"

나를 빤히 보던 이모는 손짓으로 가까이 오라고 했다. 쭈뼛쭈뼛 다가가자 손바닥을 입에 대며 더 가까이 오라고 했다. 시키는 대로 이모의 입에 얼굴을 들이댔다. 곧 귀로 입김과 함께 가는 목소리가 흘러들었다.

나는 화들짝 얼굴을 폈다. 그 정도면 시세보다 아무리 못해도 1억 이상은 싼 것 같았다. 1억이나 싸다니. 1억이면 앞으로 적어도 십 년은 더 모아야 하는 돈인데. 아니 십 년이 지나도 모을 수 있을지 모르는 돈이었다.

"에이, 누가 그렇게 싸게 주겠어요?"

나는 믿기지 않는다는 듯 뒤로 물러서며 고개를 저었다.

"누구긴 누구야, 나지?"

"네?"

"그거 내 집이야. 내가 너한테 싸게 팔겠다고."

"그럼 이모는 어쩌시려고요?"

"어쩌긴 뭘 어째. 나 곧 미국으로 갈 거야. 아들들한테."

그렇게까지 말하는 걸 보니 장난 같지는 않았다. 나는 자꾸 널 뛰는 가슴을 심호흡으로 진정시키며 곰곰 생각했다. 그러니까 내 가 보고 온 집이 은자 이모 집이었단 말인가. 그리고 이모가 내게 파격적인 가격에 팔겠다는 거고.

혹시 몰라 근처 부동산에 알아보니 이모가 제시한 금액으로 사 기란 어림도 없는 집이었다. 현재는 물론 앞으로는 더욱이나 그럴 거라고 했다. 하지만 문제는 이모가 아무리 돈을 깎아줘도 나는 당장 살 능력이 없다는 것이었다.

이모 집을 보고 온 그날부터 나는 짝사랑에 빠진 사람처럼 집 주변을 맴돌았다. 하도 돌아다녀 근처에 가게는 뭐가 있는지, 커 피 맛이 좋은 카페가 어딘지도 알 정도였다. 아마 주위에 사는 사람들도 그런 것들은 모르지 싶었다.

"너는 못 산다는 거지? 그럼 다른 사람에게 팔아도 된다 이거지?"

아쉽지만 어쩔 수 없었다. 나는 대답도 못하고 고개만 끄덕였다. 어차피 내 것이 될 수 없으면 생각에서 지우는 게 상책이었다. 하지만 이모는 그 후 자주 심부름을 보냈다. 위치도 알고 현관 비밀번호도 아는 사람이 나밖에 없다는 이유였다. 주로 집에 가서 뭔가를 찾아오라는 심부름이었다.

이모는 그날도 원피스를 찾아 가져다 달라고 했다. 가는 길에 다시 문자가 왔다. 부동산에서 집을 보러 오면 문을 열어주라는 것이다. 현관 앞에 도착하니 사람들이 문 앞에 서성이고 있었다.

"들어가 보세요."

문을 열어주자 사람들은 호기심 가득한 눈을 반짝이며 집 안으로 들어갔다. 부동산 남자는 집에 대해 설명을 늘어놓기 시작했다. 딸이 살 집을 보러 왔다는 노부인은 집이 마음에 드는 눈치였다. 주말에 딸과 함께 와 결정을 하겠다고 했지만 이미 마음을 정한 것 같았다. 집이 팔릴지도 모른다고 생각하자 마음이 급해진 나는 이모에게 달려갔다.

"이모, 집 제가 사고 싶어요. 하지만 돈이 없어요."

내 말엔 거의 반은 울음이 섞여 있었다. 말을 하고 나니 정말 눈물이 날 것 같았다.

"누가 집을 제 돈 주고 사니?"

하지만 그런 날 보면서도 이모는 역시나 덤덤했다.

"네?"

내 돈을 안 주고 집을 어떻게 산다는 걸까. 나는 정말이지 간절한 눈빛으로 이모를 바라봤다. 나는 몰라도 이모는 방법을 알고 있을 테니까. 그녀로 말할 것 같으면 전국 방방곡곡을 누비던 전설의 빨간 바지 아닌가 말이다. 하지만 이모는 세상 귀찮은 표정으로 늘 그렇듯 말없이 벽을 보고 누워버렸다. 아무리 기다려도 다음 말은 들리지 않았다.


## 구원의 문자

"나, 이사 가려고."

오랜만에 만나 이야기를 좀 하고 싶었는데 정미는 집을 보러 가야 한다며 서둘러 일어섰다.

"너 이사한 지 얼마 안 됐잖아?"

내 말에 정미는 난처한 표정이 됐다.

"알고 보니 문제가 좀 있는 집이라……."

정미에겐 늘 집이 문제였다. 지난번에도 집을 보러 다닌다고 했었다. 속도 모른 채 무슨 집을 또 보러 다니냐고 하자 정미는 쓴웃음을 웃었다.

"돈이 좀 필요해서. 줄여가려고. 동생이 좀 필요하대서."

이사를 간다기에 설마 했는데. 또 동생이 말썽인 모양이었다. 정미 동생은 늘 사고뭉치였다. 학교 때부터 주먹질로 문제를 일으키더니 성인이 된 후에도 말썽이 끊이지 않았다. 그동안 주먹질에 휘말려 들어간 합의금만 해도 수천만 원이었다. 군대에 다녀와 마음 좀 잡나 싶었는데. 여자 문제로 애를 먹이더니 변변한 직장도 없이 나이만 먹어서는 이번엔 자동차 사고까지 냈다고 했다.

"그렇지 뭐. 피붙이라 외면할 수가 없네."

언제까지 그러고 살 거냐며 화를 내자 정미는 체념한 듯 웃었다.

"너 그 집 좋아했는데……."

이사했을 때 가본 작은 아파트는 멀찍이 북한산이 보이는 전망이 좋은 집이었다. 엄마가 일찍 돌아가시고 동생을 돌보며 살아야 했던 정미는 결혼도 포기한 채 처녀 가장으로 늙어가는 중이었다. 아버지를 병원에 모시고 혼자 살 집을 마련하곤 그 집에선 왠지 행복할 것 같다며 환하게 웃었었다. 그런 집을 남동생 합의금 때문에 이사를 가야 하다니.

그런데 살과 피를 깎듯 줄여간 집이 또 무슨 문제라는 걸까.

"이사를 급하게 가야 해 촉박하게 계약을 했더니 압류당한 집이지 뭐야."

세상에. 이사 비용까지 대준다기에 서둘러 계약한 집이 압류를 당한 상태라 보증금도 못 받고 길에 나앉게 생겼다는 것이다. 집을 가지고 장난을 치다니. 천벌 받을 인간들 같으니라고. 욕이 목까지 치밀었지만 차마 입 밖으로 뱉을 수는 없었다. 갖은 풍파에도 담담하던 정미는 정말 막막하다며 결국 울음을 터트렸다.

"이사 비용까지 대준다기에 나는 멋모르고 고맙기까지 한 거 있지."

집으로 사기를 당하는 건 그저 뉴스에서 보던 일이었는데 내 주변에 당사자가 있었다니. 정미와 만나고 나자 은자 이모의 집을 더 꼭 사고 싶었다. 이 땅에서 집을 갖는 게 얼마나 힘든 일인지 다시 한번 깨달았기 때문이었다. 더구나 여자가, 그러니까 결혼 안 하고 마음까지 약한 데다 작은 호의에도 쉽게 감동하는 여자가 말이다. 그런데 내게는 기회가 온 것이다. 마음에 쏙 드는 아파트가 눈앞에 나타나는 건 이 봉다미 일생에 다시 못 올 천운일 수 있었다. 그것도 시세보다 훨씬 싼 값으로 주겠다고 하지 않는가. 게다가 친척이니 사기당할 일도 없고. 그동안 나름 열심히 남 못할 짓 안 하고 살아온 내 인생을 기특하고 측은하게 보신 하느님이 주신 선물일지 몰랐다. 그런 기회를 놓친다는 건 신의 뜻을 배반하는 일이었다.

정미와 헤어져 비장하게 집으로 향했다. 엄마 찬스를 쓸 수밖에 없었다. 물론 엄마라고 꿍쳐놓은 돈이 많이 있을 것 같지 않았다. 그래도 아주 없지는 않겠지. 엄마에게 가진 것 다 내놓으라고 할까. 정미는 동생을 위해서도 암말 않고 피 같은 돈도 선뜻 내줬는데 딸을 위해 그것도 못하냐고 하면 생각은 해보지 않을까.

막 버스에서 내렸을 때였다. 거짓말처럼 멀찍이 엄마가 보였다. 엄마에게 말해 보라는 하늘의 계시구나 싶었다. 나는 성큼성큼 걸음을 옮겼다. 멀찍이 있던 엄마가 곧 가까워졌다. 엄마가 가까워

질수록 자꾸 몸이 떨렸다. 내가 돈을 해달라고 하면 엄마의 반응이 어떨까. 엄마 성격에 헛소리 말라며 한 대 맞을 수도 있었다. 그러니 집에 들어가기 전에 말하는 게 좋을 것 같았다. 다 큰, 아니 이제 다 늙은 딸을 길거리에서 패지는 못할 테니까.

그런데 생각해 보니 좀 이상했다. 엄마는 보기와는 다르게 걸음이 무척 빨랐다. 어릴 때는 엄마와 걸음을 맞추려면 늘 뛰듯이 걸어야 했다. 그런데 내가 가까이 갈 때까지 엄마는 제자리였다. 조금 더 가까이서 보니 엄마는 길 옆 숯불갈비집을 뚫어져라 보고 있었다. 마침 커다란 유리 안에는 한 가족이 도란도란 앉아 불판에 고기를 올리고 있었다. 엄마, 아빠는 고기를 굽고 아직 유치원에 다닐 것 같은 아이들은 고기 굽는 모습을 신기한 듯 바라봤다. 불판에 올려지는 고깃살이 두툼한 게 보기에도 먹음직스러웠다.

갑자기 얼굴이 화끈거렸다. 아무리 먹고 싶어도 그렇지. 창피하게 길에 서서 저게 뭐람.

"엄마!"

내가 부르자 엄마는 어깨를 들썩이며 가슴을 움켜쥐었다.

"뭐해? 고기 먹고 싶어?"

엄마는 그제야 나를 돌아봤다.

"놀랐잖아!"

역시나 엄마는 내 등짝을 스매싱하듯 쳤다.

"아니, 아무리 먹고 싶어도 그렇지. 이렇게 가게 앞에서 턱을 받치고 있으면 어떻게 해?"

나는 손으로 맞은 등을 문지르며 말했다.

"아니, 그게 아니라⋯⋯."

엄마는 말끝을 흐리며 걷기 시작했다.

"먹고 싶으면 사줄게, 들어가자."

나는 앞서가는 엄마를 붙잡았다.

"아니라니까. 기집애가!"

엄마는 눈을 한번 흘기곤 다시 걸었다.

"그럼 뭔데? 왜 그러고 있는데?"

나는 엄마를 보면 하겠다는 말도 잊은 채 그렇게 다른 말만 하고 있었다.

"그냥 우리도 이런 가게 하나 하면 좋겠다 싶어서. 그런데 엄두가 안 나네."

엄마는 말끝에 한숨을 푹 쉬었다.

"엄마 가게 하려고?"

뜻밖의 말에 나는 뒤통수를 맞은 기분이었다.

"나도 언제까지 이 집 저 집 옮겨 다닐 수도 없고. 네 아빠도 언제 그만둘지 모르고. 장군이도 그렇고. 가게 하나 같이 하면 좋을 것 같아서⋯⋯."

그제야 알았다. 엄마가 오랫동안 아빠, 오빠와 함께 할 가게를 꿈꾸고 있었다는 걸.

"그런데 지금 같아선 할 수 있을지 모르겠네⋯⋯."

혼잣말을 하곤 엄마는 그제야 특유의 잰걸음을 걷기 시작했다.

엄마는 그 후로 숯불갈비집을 짝사랑 보듯 늘 애틋하게 바라봤다. 안 그래도 심란한 엄마에게 내 집을 사겠다며 돈 얘기를 할 수는 없었다. 숯불갈비집 앞을 서성이는 엄마를 볼 때마다 오히려 마음이 흔들렸다. 하지만 내 오랜 꿈을 이룰 기회를 포기할 수는 없었다.

그날도 퇴근 후 숯불갈비집 앞을 무거운 마음으로 지날 때였다. 주머니에 넣은 손에 핸드폰 진동이 느껴졌다. 문자였다. 발신인의 이름을 보니 김미영 팀장이라는 사람이었다. 새 팀장이 온 걸까. 무슨 일일까 싶어 핸드폰을 눈에 붙였다. 노안인지 글자가 흐릿했다. 문자 내용은 이랬다. 최저금리로 30분 이내 대출 가능. 이놈의 스팸 하며 핸드폰을 다시 주머니에 넣을 때였다. 순간 은자 이모의 말이 떠올랐다.

'누가 자기 돈 다 내고 집을 사!'

그래, 대출. 이모가 말한 게 바로 대출이었구나.

나는 얼른 눈에 보이는 택시를 잡아탔다. 은자 이모가 있는 병원 이름을 대니 기사 아저씨는 별일 없을 거라며 안쓰럽게 바라봤다. 처음엔 무슨 말인지 몰랐는데 그만큼 내가 다급해 보이는 모양이었다. 친절한 기사 아저씨 덕분에 생각보다 빠르게 병원에 도착했다. 은자 이모는 저녁을 먹고 병실 벽에 달린 텔레비전으로 연속극을 보고 있었다. 어느 때보다 이모 모습이 반가웠다.

"이모! 그 집 제가 살게요!"

이모는 숨을 헐떡이는 나를 힐끗 바라봤다. 하지만 곧 텔레비전에 다시 눈을 박았다.

"이모! 그 집!"

단단한 벽 같은 이모의 등을 보자 정작 하려던 말이 나오지 않았다.

"너 돈 없어 못 산다며?"

숨만 헐떡이는 내가 답답한 듯 그제야 이모가 물었다. 나는 겨우 숨을 고르곤 소리쳤다.

"대출이요!"

이모는 역시나 텔레비전에서 눈을 떼지 않은 채 입가에 의미를 알 수 없는 미소를 지을 뿐이었다.

"대출 알아보려고요. 대출받고. 월세도 받고……. 그러니까 당분간 팔지 말아주세요."

이모는 그제야 텔레비전에서 눈을 떼 나를 바라봤다.

"너 하는 거 봐서."

다음 날로 나는 몇 날 며칠 은행이란 은행은 다 돌아다니며 대출 상품들을 알아보기 시작했다. 조건은 은행마다 조금 차이가 있을 뿐 크지는 않았다. 내가 받을 수 있는 최대 금액은 이십오 년 상환에 2억 정도였다. 대출금에 이자까지, 막상 이십 년 넘게 갚아야 한다고 생각하니 먹은 것이 얹히는 기분이었다. 일단 당장 들어가 살아야 하는 건 아니니 월세를 놓고 허리띠를 졸라매면 대출금에 이자까지 어찌 될 것도 같았다. 은자 이모의 아파트는 다행히 논현동이라 교통이 좋았다. 부동산에 알아보니 혼자 살기 적

당한 크기라 월세로 들어오려는 사람들은 많을 거라고 했다. 내가 사정 이야기를 하며 고민하자 집값도 가지고만 있으면 오르지 떨어지지는 않을 거라고 했다. 정 힘들면 팔아도 손해는 보지 않을 거라며 부동산에서도 놓치기 아까운 조건이라고 했다.

고민 끝에 내게 가장 유리한 조건을 제시한 한 은행에서 대출을 받아 은자 이모의 아파트를 사기로 했다.

"이모! 저 대출받았어요. 저한테 파세요. 집!"

이모는 간만에 제법이네 하는 얼굴로 나를 바라봤다.

그렇게 나는 은자 이모의 아파트를 샀다. 서울, 그것도 강남에. 어릴 때부터 꿈꿨던 집주인의 꿈을 정말 이루고 만 것이었다. 내 집이 생기다니. 그동안 안 입고, 안 쓰고, 적금 붓고 곗돈도 부었다. 도망친 계주를 찾아 동네 아줌마들과 함께 전라도 섬까지 찾아가기도 했다. 겪었던 일들을 생각하자 눈물이 앞을 가리고 목이 메었다. 내 이름이 쓰여 있는 계약서에 도장을 찍고 나니 쏟아지는 눈물을 주체할 수 없었다. 펑펑 울다가 정신을 차려보니 부동산 아저씨를 끌어안고 울고 있었다.

"아저씨. 세입자 좀 빨리 구해 주세요."

눈물을 훔치며 고개를 들자 아저씨도 덩달아 눈물을 훔치며 말했다.

"걱정 마세요. 그런 작은 평수는 인기가 좋다니까요."

대출을 알아보고 계약서에 도장을 찍고 은자 이모 짐을 정리하는 걸 돕고 세입자를 구해 달라며 부동산을 전전하고 그렇게 후딱

시간이 갔다. 내게 집을 넘긴 은자 이모는 홀가분한 마음으로 차곡차곡 떠날 준비를 했다. 고농축 영양제를 맞아 컨디션을 올리고 면역력에 좋다는 음식을 구해 먹었다. 어느 날은, 갔더니 이모가 보이지 않았다. 병원에 허락을 받고 혼자 외출을 했다고 했다. 돌아온 이모는 기분이 몹시 좋아 보였다. 집을 내게 넘기고 난 후엔 생기가 돌고 기운이 나는 듯 보였다. 마치 집이 그동안의 짐이라도 됐다는 듯 더없이 홀가분한 표정이었다.

"내일 좀 들러라."

그동안 바빠 며칠 들여다보지 못했는데 어느 날 은자 이모에게서 연락이 왔다. 병실 문을 여니 이모는 창문 앞에서 햇빛을 받으며 서 있었다. 멋스러운 블라우스에 빨간색 진바지 차림이었다. 나를 본 이모는 침대 위에 놓여 있던 챙이 넓은 모자를 쓰고 허리에 손을 올렸다. 사진기 앞에 선 모델처럼 포즈도 취했다. 그야말로 전설의 빨간 바지의 귀환이었다.

나는 얼른 엄지손가락을 치켜들었다. 화장을 한 이모는 전혀 환자처럼 보이지 않았다. 그렇게 차려입으니 예전에 봤던 잘나가던 복부인의 풍모가 아직 남아 있었다. 어느 때보다 화사한 이모를 보며 웃었지만 왠지 자꾸 눈물이 나려 했다.

이모는 그렇게 환한 얼굴을 마지막으로 떠났다. 며칠 후 병실 문을 여니 이모가 보이지 않았다. 외출을 한 것 같지도 않았다. 침대도 휑하게 비어 있었다. 간호사에게 물으니 며칠 전 퇴원을 했다고 했다. 아들에게 가기 위해 출국을 할 거라면서. 내가 공항으

**166**

로 모셔다드리기로 했는데 무슨 말이냐고 하니 젊은 여자가 와서 퇴원을 도왔다고 했다. 아마 출국도 그녀와 함께 하는 것 같더라고. 하지만 아무도 퇴원을 도왔다는 젊은 여자가 누구인지는 정확히 알지 못했다. 마지막 인사도 제대로 못했는데. 뜻하지 않은 이별에 기운이 빠진 나는 집에 돌아와 엄마에게 이모가 떠났다고 힘없이 말했다.

"나한테 연락이라도 하고 가지."

인사도 못했다며 엄마는 나보다 더 서운해했다. 그리고 오랫동안 눈물을 흘렸다.

이모는 남은 절차들은 부동산에 일임했다는 편지를 남기고 떠났다. 이모가 떠나고 나는 이제 내 집이 된 아파트를 수시로 들락거렸다. 아직 집을 보러 오는 사람은 없었지만 쓸고 닦고 광내고, 빈집에서 할 수 있는 건 뭐든 다 했다. 그런데 어느 날 집에 가보니 빈집을 나처럼 쓸고 닦고 광내는 사람이 있었다. 내가 문을 열고 들어가자 내 또래의 여자가 눈을 동그랗게 뜨며 물었다.

"누구세요?"

내 집에서 나보고 누구라니.

"저 이 집 주인인데요?"

내 말에 여자는 별 이상한 여자 다 보겠다는 표정이 됐다.

"집을 잘못 찾으셨나 본데 제가 이 집 주인인데요."

나는 주위를 둘러봤다. 아무리 봐도 은자 이모 집. 아니 내 집이 분명했다. 며칠 동안 수시로 들락거려 도저히 착각할 수가 없었다. 여자가 손에 들고 있는 빗자루도 내가 사다가 놓은 것이었다. 쓰레받기와 세트로.

"그 빗자루도 제가 산 건데, 이 집 청소하느라고요."

여자는 손에 들린 빗자루를 한번 내려다보곤 뭔가 잠시 생각하는 것 같았다. 고개를 든 여자의 얼굴엔 당황한 빛이 역력했다. 여자의 얼굴을 보며 내 얼굴도 다르지 않으리라 생각했다. 당황한 여자가 창틀에 놓인 가방에서 뭔가를 꺼내 내게로 다가왔다. 얼핏 보니 도장 자국이 선명한 서류였다. 여자가 다가올수록 가슴이 벌렁거렸다. 설마 아니겠지. 정미가 사기를 당했다는 걸 알았을 때 물론 많이 안타까웠다. 하지만 애가 착하기만 했지 야무지지 못하다고 속으로 흉은 좀 봤다. 아무리 전세지만 더 좀 알아보지 그랬냐며 면전에서 나무라기도 했다. 사람을 너무 믿는다며 조금 비웃은 것도 같았다. 그래도 나는 정미와는 달랐다. 아무리 멀지만 친척인데, 설마.

'설마 아니죠? 이모! 좀 멀지만 그래도 이모잖아요, 네?'

어느새 코앞에 다가온 여자는 내 눈에 도장이 꽉꽉 찍힌 서류를 들이댔다. 더 이상 참지 못하고 가슴속에 있던 말이 튀어나왔다.

"이모! 나한테 왜 이래요?"

내 말에 여자는 한층 더 눈이 동그래졌다. 이 여자 미쳤나 봐 하는 표정이 역력했다. 나는 아랑곳없이 소리쳤다.

"나한테 이러면 안 되잖아요! 이모! 네?"

# 5장
## 내 집이 위험해

## 아빠의 새로운 일

언제부턴가 퇴근하고 집에 들어가면 화들짝 놀라곤 했다. 아빠가 있었기 때문이었다. 아빠가 저녁때 집에 있는 모습은 낯설기 짝이 없었다. 아빠도 어색한지 내가 들어가면 텔레비전을 끄고 얼른 방으로 들어가 버렸다. 어쩌다 눈이라도 마주치면 이유 없이 움찔 놀라곤 했다. 어쩐지 눈치를 보는 것도 같았다.

몇 년 전부터 습관처럼 이제 얼마 안 남았다고 하더니, 아빠는 결국 퇴직을 했다. 퇴직 후에도 작은 건물의 경비라도 하겠다며 일자리를 알아보고 다녔지만 나이 든 아빠가 들어갈 자리 같은 건 어디에도 남아 있지 않았다.

권위와는 거리가 먼 푸른 제복마저 잃은 아빠는 무기력했다. 평생 야근으로 못 잔 잠을 자려는 걸까. 집에선 겨울잠을 자는 곰처럼 잠만 잤다. 준비하지 못한 일상일 터였다. 입으로는 얼마 안 남았다며 끊임없이 되뇌었지만 아빠는 몇 년간 더 버틸 생각이었다. 엄마가 하고 싶어 하는 가게를 마련할 때까지. 가게를 차려 엄마 일을 도우며 늙어가는 건 아빠의 마지막 꿈이었다. 하지만 가게를 차릴 준비도 못한 채 아빠는 제복을 벗어야 했다. 제복을 벗은 아빠에겐 소박한 꿈도 너무 먼 일이었다.

엄마도 처음엔 아빠를 안타까워했다. 하지만 낮이고 밤이고 집에만 있는 아빠는 엄마에게도 낯설 터였다. 시간이 지나자 엄마는 답답해했다. 냄새가 난다는 둥, 화장실 좀 깨끗이 쓰라는 둥 잔소리를 끊임없이 늘어놨다. 엄마의 잔소리에도 아빠는 잘 씻지 않았다. 청소도 하지 않았다. 이불을 쓰고 누워 종일 잠만 잤다.

"일어나! 일어나, 제발!"

어느 날 엄마는 누워 있는 아빠의 몸을 흔들었다. 아빠는 엄마에게 이불을 뺏기고도 몸을 둥글게 만 채 일어날 생각을 하지 않았다. 엄마는 벌떡 일어나 소리쳤다.

"숨 막혀 죽겠어! 좀 나가라고!"

의도치 않은 말이었을까. 엄마의 입술이 파르르 떨렸다. 엄마는 당황한 것 같았다. 어쩔 줄 몰라 흔들리던 눈동자에 물기가 차올랐다. 엄마는 곧 울기 시작했다. 머지않아 통곡이 됐다. 엄마가 주저앉아 울고 있는 사이 아빠는 그제야 둥글게 말았던 몸을 풀며

느릿느릿 일어났다.

아빠는 오랜만에 집을 나섰다. 간만에 수염을 깎고 바뀐 계절에 맞는 잠바를 꺼내 입었다. 문을 나서며 아빠는 눈을 조금 찡그렸다. 오랜만에 보는 바깥 볕이 부신 모양이었다. 문밖으로 힘겹게 발을 내딛는 아빠는 학교 가기 싫은 아이 같았다. 아무도 어디를 가는지 묻지 않았다. 갈 데가 있어 나가는 게 아니라는 걸 알았으니까. 하지만 집을 나서는 아빠를 붙잡을 생각은 하지 않았다.

아빠는 늦도록 오지 않았다. 나가라고 등을 떠밀 때는 언제고 아빠가 늦게까지 돌아오지 않자 엄마는 안절부절이었다. 얼마 동안 밖에서 서성이다 들어온 엄마는 혼잣말을 중얼거렸다.

"갈 데도 없을 텐데……."

잠시 앉아 있던 엄마가 다시 나가보려 옷을 챙겨 입을 때였다. 현관문이 열리며 아빠가 들어왔다. 마루에 걸린 시계가 12시를 가리킬 때였다. 걱정스럽게 바라보는 식구들과는 달리 아빠의 얼굴엔 어느 때보다 화색이 돌았다. 기분이 무척 좋아 보였다.

"어디 갔다가 이제 와요?"

종일 마음 졸인 탓에 나도 모르게 말투가 퉁명스러웠다.

"응. 오랜만에 친구 좀 만나느라고."

엄마도 그제야 안심한 것 같았다. 하지만 아빠 얼굴을 차갑게 쏘아보고는 안방으로 쌩하니 들어가 버렸다.

"니들도 자라, 얼른."

아빠는 엄마를 따라 서둘러 방으로 들어갔다. 한바탕 큰소리가 나는 건 아닐까 조마조마했지만 안방은 그저 고요하기만 했다.

그날 이후 아빠는 날마다 외출을 하는 것 같았다. 매일 잠만 자던 아빠가 퇴근해 집에 돌아오면 텔레비전을 보거나 노트에 뭔가를 끼적이고 있었다.

어느 날이었다. 웬일인지 아빠가 나보다 더 일찍 일어나 있었다. 아침엔 늘 곰처럼 잠만 잤는데. 아빠는 어느새 세수도 하고 면도도 마쳤다. 내가 씻고 나오자 밥상까지 차려져 있었다.

"밥 먹어."

밥상에 앉자 아빠는 내 밥그릇에 손수 만든 계란 프라이를 얹어 줬다. 기름을 적게 썼는지 노른자는 뭉개지고 흰자도 너덜거렸다.

"아빠, 취직할 것 같아."

마주 앉으며 아빠가 쑥스러운 듯 웃었다.

"잘됐어요. 어디 자리가 나왔어요?"

나는 반색하며 계란이 얹힌 밥 한 숟가락을 퍼 입에 넣었다.

"아니야. 경비는 아니고 다른 일이야. 돈은 얼마 못 벌어. 여태 그랬지만."

더 묻고 싶었지만 왠지 물을 수 없었다. 아빠는 평생 푸른 제복을 입고 일을 했다. 아빠가 할 수 있는 다른 일이 뭐가 있을까. 기대에 부푼 아빠와는 달리 자꾸 뭔가 불안했다. 하지만 간만에 들뜬 아빠를 보며 나도 기대에 부푼 척 웃어 보였다.

아빠는 나보다 먼저 집을 나갔다. 식구들의 관심이 부담스러운지 언제 나갔는지 모르게 사라져 있었다. 집에 돌아온 아빠는 피곤해 보였다. 하지만 다음 날이면 뭔가 들떠 또 소리 없이 집을 나섰다.

어느 날 아빠는 자정이 다돼서야 돌아왔다. 현관문을 열고 들어선 아빠 손엔 뭔가가 주렁주렁 들려 있었다. 자석요였다. 아무도 아빠에게 그것이 무엇인지 묻지 않았다. 그저 깊은 한숨을 쏟을 뿐이었다. 엄마와 나, 오빠까지도 모두 예상했던 일이었다. 아빠가 취직했다며 집을 나설 때부터 노심초사하던 일을 실제로 맞닥뜨리자 오히려 덤덤했다. 덤덤하지 않은 건 아빠뿐이었다.

"그거 팔려고?"

엄마가 묻자 아빠의 목소리는 한껏 부풀어 올랐다.

"응. 이거 팔면 떨어지는 게 몇 프로인지 알아?"

덤덤하던 엄마의 표정이 순간 일그러졌다. 아빠의 해맑은 얼굴에 자기도 모르게 화가 치민 모양이었다.

"그래, 그거 어디다 팔 건데?"

엄마의 목소리엔 금세 날이 섰다.

"어디다 팔긴. 내가 아는 사람이 한둘인가. 내가 이래 봬도 회사 사모님들, 장관에 국회의원 지낸 사람들까지 아는 사람이 수두룩한데."

엄마는 말문이 막힌 듯 다음 말을 잇지 못했다. 고개를 절레절레 흔들며 쌩하니 방으로 들어가 버렸다.

다음 날부터 아빠는 자석요를 팔기 위해 아는 사람들을 찾아다니기 시작했다. 아빠의 인맥은 나름 강남과 서초 일대의 이른바 부자 동네에 분포돼 있었다. 강남 개발이 붐을 이룰 때부터 그곳에서 아빠는 우리나라 부자들의 보금자리를 지켜온 사람이었다. 아빠 말대로 알 만한 회사 사모님, 법조인, 교수, 장관에 국회의원까지 아는 사람들이 수두룩했다. 오랜 세월 그들은 아빠에게 친절했다. 그동안 아빠는 나름 그들의 조언을 얻기도 했고 필요한 도움을 받기도 했다. 물론 오래가진 못했지만 오빠가 그나마 몇 번인가 취직을 할 수 있었던 것도 다 그 인맥 덕분이었다. 하지만 푸른 제복을 벗은 아빠는 그들을 더 이상 만날 수 없었다. 아빠가 몇 날 며칠 들고 다니며 판 자석요는 두 개뿐이었다. 그것도 시골에 사는 친척들에게였다.

아빠는 그 후로도 건강식품이나 발 마사지기 등을 가져왔다. 그것들을 팔기 위해 오랫동안 여기저기 발품을 팔았다. 하지만 아빠는 장사는 자신에게 맞지 않는다는 걸 머지않아 깨달았을 뿐이었다. 한동안 풀 죽어 있던 아빠는 비장하게 다시 외출을 하기 시작했다. 이번엔 도배를 한다는 친구를 따라다닌다고 했다. 역시 기대에 부풀어 나가더니 곧 허리를 다쳐 병원에 들락거리며 물리치료를 받아야 했다. 푸른 제복을 벗은 아빠는 모든 게 서툴고 미숙했다.

돈을 벌겠다며 다녔지만 아빠는 오히려 그동안 엄마 몰래 모아둔 돈을 야금야금 쓰며 다니는 것 같았다. 돈이 떨어졌는지 어느 날부터는 또 꼼짝없이 집에만 틀어박혀 있었다. 마음 같아서는 용돈이라도 드리고 싶었지만 나는 십 원 한 장 쓸 여유가 없었

다. 전달에 이사를 가고 세입자가 들어오지 않아 더 어려웠다. 집
값은 떨어지고 이자는 오르고, 이놈의 집, 생각 같아선 정말 당장
팔아버릴까 하는 마음이 굴뚝같았다. 하지만 여태 고생한 게 아까
워 그렇게도 할 수 없었다. 시세보다 훨씬 싼 가격에 내 집 마련의
꿈을 이루게 해줘 고맙기 그지없던 은자 이모는 인심 좋게도 다른
사람들에겐 나보다 훨씬 싸게 집을 팔고 홀연히 떠나버렸다. 멀지
만 친척인데, 이모인데, 어떻게 나한테 가장 비싸게 팔 생각을 했
을까. 그것도 5천만 원이나. 이후 이중 계약자와 소송 끝에 내 집
을 만들기까지 과정을 생각하면 자다가도 심장이 벌렁거렸다.
　막연한 기대감이 있는 것도 사실이었다. 혹시 아는가. 언젠가 집
값이 폭등해 서울에 있는 아파트는 10억 정도는 있어야 살 수 있
을지. 아무튼 풀 죽은 아빠를 볼 때마다 새삼 돈 없는 내 처지가
많이 슬펐다.


## 털보네 과자 공장


　아빠는 일정한 시간에 나갔다가 거의 같은 시간에 들어왔다. 진
짜 취직을 한 모양이었다. 어딘지는 말하지 않았다. 물을 때마다
차차 알게 될 거라고만 했다. 처음 얼마 동안은 자석요나 건강식
품 따위를 또 주렁주렁 들고 오는 것은 아닌가. 아빠가 들어오면
늘 손부터 봤다. 하지만 아빠는 아무것도 들고 오지 않았다.


**176**

안 그래도 평소보다 늦어 불안하던 어느 날이었다. 문을 열고 들어서는 아빠 손에 뭔가가 들려 있었다. 순간 가슴이 철렁 내려앉았다. 가슴을 움켜쥐며 보니 손에 들린 건 피자 박스였다.

"여보! 장군아! 다들 나와 봐!"

아빠는 방 안에 있던 엄마와 오빠를 불러 모았다. 엄마가 먼저 나왔고 오빠는 아빠가 한 번 더 부르고 나서야 느릿느릿 방문을 열고 나왔다.

식구들이 모이자 아빠는 바닥에 앉아 피자 박스를 풀었다. 상자 안엔 커다란 콤비네이션 피자가 들어 있었다.

"나 오늘 월급 탔어!"

아빠 말이 끝나기 무섭게 오빠가 피자 한 조각을 덥석 집어 들었다.

"정말 일을 하긴 하는 거야? 대체 어디야, 다니는 데가?"

엄마는 의심 가득한 눈을 번뜩였다.

"차차 알게 된다니까. 오늘은 그냥 먹어."

아빠는 피자 한 조각을 집어 엄마 손에 쥐여줬다. 얼떨결에 피자를 받아 든 엄마는 흘러내리는 피자 끝을 얼른 입에 물었다. 피자를 넣고 우물대느라 엄마는 더 이상 말을 할 수 없었다. 아빠는 내게도 먹으라며 손짓했다. 나도 한 조각 집어 들었다. 피자는 온기가 식어 치즈가 굳어 있었다. 생각해 보니 우리 집 근처엔 피자 가게가 없었다.

"어때? 맛있냐? 뭔 피자가 그렇게 종류가 많냐. 사는 데 아주 한

참 걸렸다니까. 주문하는 데만 한 시간은 걸렸나 봐."

아빠는 정글이라도 탐험하고 온 사람처럼 피자를 사기까지 모험담을 늘어놨다.

"잘 골랐네. 맛있어요."

나는 피자를 크게 한 입 베어 물었다. 아빠는 오랜만에 소리 내 웃었다. 아빠가 그렇게 웃는 건 퇴직한 후 처음인 것 같았다.

"그런데 웬 피자유?"

휴지를 뜯어 손을 닦으며 엄마가 물었다. 먹느라 정신이 없었는데 나도 궁금했다. 첫 월급을 타 산 게 피자였다니. 젊은이들이 주로 앉아 있는 가게의 문을 열고 들어가 뭔지도 모르는 피자를 골라 주문하는 일. 아빠에겐 분명 모험이었을 터였다. 집 근처엔 피자 가게가 없으니 아빠는 월급을 타면 꼭 피자를 사겠다고 오래전부터 별렀을지도 몰랐다.

"그냥, 애들 먹이려고 샀지. 좋아할 것 같아서. 여태 제대로 먹여본 적도 없는 것 같고."

갑자기 목이 멨다. 오래전 먹었던 피자가 떠올랐다. 아빠 손에 들려 있던 수상한 먹거리. 생전 처음 피자를 먹었던 날. 그러고 보니 그 이후로 식구들이 함께 피자를 먹은 기억은 없는 것 같았다. 그제야 나는 아빠가 왜 피자를 사 들고 왔는지 알 것 같았다.

월급을 탔다며 피자까지 사왔지만 아빠는 다니는 곳이 어딘지는 말하지 않았다. 엄마와 나, 오빠까지 물을 때마다 아빠는 그저 웃기만 했다. 그런데 어느 날부터 아빠는 옛날 복개천 사람들의 근황을 자주 말하곤 했다.

"야, 너 병태 알지? 그놈이 글쎄 장가가서 쌍둥이 아빠가 됐다네. 병진이는 지방에 있는 대학 교수가 됐고. 병태 아빠는 당뇨가 있어서 그런지 바싹 늙었어. 완전히 호호 노인네라니까."

아빠는 병태네뿐이 아닌 순대 할머니, 미란이 엄마 얘기도 했다. 복개천 입구 포장마차에서 순대를 팔던 순대 할머니는 오래전에 돌아가셨고 미란 엄마는 젊은 나이에 치매가 왔다고 했다. 형석이네는 이민을 갔다가 고국이 그리워 얼마 전에 다시 돌아온 모양이었다. 옛날 생각이 났는지 말끝에 아빠는 슬쩍 눈물을 훔치기도 했다.

복개천 얘기에 엄마도 반가움에 맞장구를 쳤다.

"병진이가 교수가 됐네. 아이고 잘됐네. 잘됐어."

엄마도 옛날 생각에 소매를 들어 눈물을 훔쳤다.

"미란 엄마. 그렇게 사납고 욕심 많더니 결국 말년에 그렇게 됐네."

하지만 엄마는 그제야 뭔가 생각난 모양이었다.

"그런데 당신은 어떻게 그렇게 잘 알아?"

옛날이야기에 신이 났던 아빠가 갑자기 움찔했다.

"우연히. 그래, 우연히 털보 형님을 만났잖아."

"털보 형님?"

엄마는 누군지 한동안 생각하는 것 같았다. 곧 찌푸렸던 미간을 펴며 무릎을 쳤다.

"아, 그 과자 공장! 거기 아직도 있나? 그 아저씨 사람 참 좋은

데. 그런데 어디서 만나?"

아빠는 우연히 만났음을 몇 번이나 강조했다.

"야구장, 야구장에서 만났지. 그 형님이 원래 야구를 좋아했거든."

내가 기억하기로도 털보 아저씨는 아닌 게 아니라 야구를 참 좋아했다. 털보 아저씨야말로 청룡 팀의 열혈 팬으로 아저씨의 과자 공장엔 지금은 전설이 된 프로야구 원년 멤버들의 사인볼들이 가득했었다. 오빠를 비롯, 또래의 남자아이들은 털보네 과자 공장을 과자 때문이 아닌 야구공 때문에 늘 기웃대곤 했다. 세월이 많이 흘렀는데도 아저씨는 여전히 야구를 좋아하고 야구장을 들락거리는 모양이었다. 문제는 아빠가 야구에 관심이 없다는 것이었다.

야구장에서 털보 아저씨를 만났다니. 엄마는 팔짱을 끼고 아빠 얼굴을 의심스럽게 쏘아봤다. 처음엔 얼버무리던 아빠는 결국 이실직고 털어놓기 시작했다. 아빠가 취직한 곳이 바로 털보네 과자 공장이라는 걸.

털보네 과자 공장이 아직도 돌아가고 있었다니. 어릴 때 말고는 털보네 과자를 본 적이 없는 것 같은데 말이다. 엄마와 나는 여전히 미심쩍은 눈으로 아빠를 바라봤다. 아빠는 부스스 일어나 안방 장롱에서 커다란 봉지 하나를 꺼내 들고나왔다.

까만 비닐봉지 속에서 나온 건 털보네 공장에서 만든 과자들이었다. 과자는 좋게 말하면 복고풍이고 그냥 말하면 촌스러운 투명한 비닐 포장이 돼 있었다. 낯익은 털보 아저씨 얼굴도 박혀 있었다.

"아이고 이게 아직도 나오네……."

엄마는 과자 봉지를 요리조리 돌려봤다. 한참을 들여다보더니 하나를 뜯어 과자를 입에 넣었다. 지금은 동네 구멍가게에서도 볼 수 없이 희귀한 존재였지만 털보네 과자는 옛날엔 아이들, 그중 복개천 아이들에겐 최고의 간식거리이자 동경의 대상이었다. 문방구에서도 동네 구멍가게에서도 가장 눈에 띄는 자리를 차지하고 있었다. 들고 밖에 나가면 아이들이 부러운 눈으로 주위를 빙 둘러쌌다.

아빠 말로는 옛날보다는 못하지만 공장은 꾸준히 돌아가고 있다고 했다. 지방에 있는 마트와 문방구, 구멍가게, 전통 시장 등에 주로 납품된다고. 하지만 언제까지 공장이 돌아갈지는 장담할 수 없는 모양이었다.

공장은 규모를 줄여 털보 아저씨와 몇몇 직원들만 일을 하는 모양이었다. 젊은 직원은 없고 나이 든 어른들뿐이라고 했다. 그런 곳이라면 아빠가 취직을 쉽게 했을 거라 생각했다. 하지만 아빠는 일을 하기 위해 눈물겨운 노력을 해야 했다. 몇 날 며칠 찾아가 궂은일을 도맡아 하며 털보 아저씨와 백발이 성성한 직원들의 마음을 겨우 얻을 수 있었다. 월급도 그저 용돈 정도에 불과했는데도 말이다.

"미친……."

이야기를 들은 엄마는 뭔가 말을 하려다 그만뒀다. 대신 아빠를 향해 오랫동안 눈을 흘겼다. 엄마는 고개를 절레절레 흔들며 방으로 들어갔다. 더 이상 아무 말도 안 하는 걸 보면 그래도 집에서 북극곰처럼 잠만 자는 것보다 낫다고 생각하는 것 같았다.

커밍아웃을 한 아빠는 아침마다 당당하게 출근을 했다. 퇴근할 때도 기분이 좋아 보였다. 현관문을 들어설 때마다 아빠는 내게 과자 봉지를 건네며 말했다.

"먹어라."

아빠가 취직을 하자 근심거리 하나가 사라진 엄마는 모처럼 기분이 좋아 보였다. 하지만 바통 터치를 하듯 오빠가 또 방에 들어앉았다. 엄마는 다시 한숨을 푹푹 쉬었다.


## 오빠가 돌아왔다

얼마 전 오빠는 부산에 갔다 왔다. 하룻밤 자고 온다더니 다음 날 새벽 슬며시 현관문이 열렸다. 놀라는 나를 보곤 오빠는 더 놀란 듯 가슴을 움켜쥐었다. 내가 다가가자 나쁜 짓을 하다 들키기라도 한 듯 얼른 방으로 들어가 버렸다.

부산으로 가기 전 오빠는 아이와 시간을 보낼 생각에 들떠 있었다. 몇 날 며칠 선물을 고르고 부산의 맛집을 검색하고, 요즘 아이들이 좋아한다는 만화도 찾아봤다.

하지만 아이가 오빠와 시간을 보내길 원치 않았던 모양이었다. 아이는 오빠와 점심을 먹는 동안에도 새아빠와 카톡을 끊임없이 주고받더라고 했다. 아이에겐 새아빠가 진짜 아빠였다. 새언니가 재혼을 한 후 오빠는 아이를 데려오고 싶어 했다. 하지만 처음엔 너무 어려 엄마와 떨어져 살게 할 수 없었고 시간이 지나자 아이가 오빠를 아빠로 인정하지 않았다. 오빠는 그래도 언젠가는 아이를 데려오겠다는 희망을 갖고 있었다. 하지만 새아빠를 유난히 따르는 아이를 만나고 오면 오히려 기분이 우울해졌다.

젊은 날을 수술과 치료, 재활로 시간을 보내야 했던 오빠는 몸이 나아졌어도 사회생활에 적응하지 못했다. 가끔은 직장에 다니기도 했지만 늘 오래 못 가 그만뒀다. 변변한 직장이 없으니 여자를 만나는 것도 쉽지 않았다. 처음 간호사를 비롯해 몇 번의 만남이 있었지만 매번 실연의 아픔을 겪어야 했다. 어느 날 나타난 새언니는 오빠에겐 정말 천사 같았다. 가끔 들르는 병원에서 환자와 물리치료사로 만난 둘은 가는 비에 옷 젖듯이 정이 들었다고 했다. 다행히 당시엔 아빠의 인맥으로 오빠도 직장을 다니고 있었다. 결혼을 하겠다며 두 사람이 나란히 집 안에 들어섰을 땐 엄마는 기쁜 나머지 눈물까지 쏟았다.

오빠가 부산으로 이사를 간 건 새언니가 원해서였다. 부산 출신인 새언니는 늘 바다가 보이는 곳에서 살고 싶어 했다. 그런데 마침 부산에 더 좋은 조건을 제시하는 병원이 있는 모양이었다. 역시나 오빠는 습관처럼 회사를 그만둔 상태였고 부산엔 아는 사람도 많으니 오빠가 일자리를 얻는 것도 수월할 거라고 했다. 오빠도 새로운 곳에서 새롭게 시작해 보고 싶다고 했다. 어떻게든 잘 살아보려는 마음이 기특해 엄마는 있는 돈을 탈탈 털어 전셋집을 마련해 줬다. 내외는 정말 잘 사는 듯 보였다. 부산으로 내려간 지 얼마 안 돼 아이도 생겼다. 거리가 멀어 아이는 자주 보지 못했다. 명절 때도 오빠네는 집에 오지 않았다. 오빠도 새언니도 바쁘다고 했다. 엄마 아빠는 바쁘면 좋은 거라며 서운해하지 않았다. 재산 이라도 있으면 더 보태 줄 텐데. 물려받을 재산이 없어 내외가 사 느라 버둥거리는 것 같다며 오히려 마음 아파했다. 그저 저들끼리 잘 살면 그만이라고. 보지 못해도 무탈하게 잘 살기를 바랄 뿐이 었다.

그런데 어느 날 오빠에게서 전화가 왔다. 처음엔 덤덤히 안부를 묻던 오빠는 전화통에 대고 갑자기 울음을 터트렸다. 엄마가 겨우 달래고 나서야 오빠는 이혼을 했노라 고백했다. 이미 오래전 일이 라고 했다. 이혼이라니. 잘 사는 줄만 알았던 엄마에겐 말 그대로 청천벽력이었다. 우리는 그제야 새언니에게 다른 남자가 있었다 는 걸 알았다. 하지만 결혼 생활을 유지하길 바랐던 오빠는 모른 척했다. 혹시 자신이 능력이 없어 다른 사람을 만났을까. 오빠는 돈을 벌겠다며 주식에 손을 댔고 엄마가 해준 전세금을 날리는 것 은 물론 빚까지 져 새언니에게까지 피해가 간 모양이었다. 안 그 래도 오빠와 결혼 생활을 유지할 마음이 없었던 새언니는 곧 이혼 을 요구했다.

이혼 소식을 전한 오빠는 그 후 연락이 되지 않았다. 걱정돼 속 을 끓이던 엄마 아빠는 날 잡아 오빠를 찾아 부산으로 내려갔다. 하지만 엄마가 마련해 준 집엔 낯선 사람들이 새 주인이 돼 있었다. 새언니에게 연락해 봤지만 어디 있는지는 그녀도 모른다고 했다. 몇 날 며칠 수소문 끝에 찾아냈을 땐 오빠는 며칠을 굶은 채 여관방에 널브러져 인사불성이 돼 있었다. 앰뷸런스를 불러 병원으로 옮기고 입원을 시키고도 한참이 지난 후에야 오빠는 깨어났다.

그렇게 오빠는 다시 집으로 돌아왔다. 겨우 사 년 반. 돌아온 오빠는 그 옛날의 오빠처럼 방 안에만 틀어박혔다. 외출은 물론 식구들이 있을 땐 방 밖으로도 나오지 않았다.

여관에 널브러져 있던 오빠를 집으로 데려왔을 때부터 오빠가 회사에 다니며 남들처럼 번듯하게 살 거라 기대를 한 건 아니었다. 오빠는 한눈에도 몸과 마음이 정상이 아닌 듯 보였으니까. 엄마는 언젠가 나아질 거라 기대하는 것 같았다. 하지만 더는 못 참겠다 싶었는지 어느 날 방 안에 틀어박힌 오빠를 일으켜 세웠다.

"너, 니 자식 보기 부끄럽지도 않아? 이렇게 살면 안 돼. 아이랑 같이 살지는 못해도 만나면서는 살아야 할 거 아니야!"

엄마는 아이 이야기를 하며 눈물을 흘렸다. 엄마의 눈물 때문인지 아이 때문인지 오빠는 그제야 일어나 앉았다.

"너, 하고 싶은 게 뭐냐? 너도 나이가 있는데 언제까지 이렇게 살지는 않을 거 아니야? 뭔가 계획이 있을 거 아니냐고!"

"가게요!"

오빠가 소리쳤다. 오빠는 작더라도 자신이 직접 가게를 하고 싶다고 했다. 엄마, 아빠도 언제까지 일을 할 수는 없지 않느냐고, 가게를 차려 엄마랑 아빠랑 함께 하고 싶다고 했다. 그때까지 방 안에 틀어박혀 누워 있던 사람의 입에서 나온 말치고는 생뚱맞게도 너무나 구체적이었다.

"그런데 돈도 다 없어지고……. 엄마도 능력 없잖아요."

오빠는 말을 하곤 금세 누워버렸다.

가게를 하고 싶다니, 그래도 오빠가 생각은 있구나 싶었지만 울컥 울화통이 치받쳤다. 그러니까 오빠 말은, 자신이 직접 가게를 차리고 싶은데 아무리 버둥거려도 차릴 능력이 없고, 우리 집도 능력이 안 돼 아예 집에서 누워만 있다는 건가. 이게 대체 무슨 말도 안 되는 소리일까. 정말이지 한심하기 짝이 없었다. 오빠가 아닌 동생이었으면 두들겨 패도 한참을 팼을 것 같았다. 내가 속으로 씩씩대는 사이 오빠가 돌아누우며 말했다.

"우람이가 자기 아빠가 사장이라고 자랑을 하더라고요. 아빠가 햄버거 가게 사장이래요. 그러면서 저한테 아저씨는 뭐 하는 사람이냐고 물어요."

말끝에 결국 오빠는 울음을 터트렸다. 엄마 눈에도 눈물이 고였다. 엄마는 손등으로 눈물을 훔치며 말했다.

"너만 정신 차리면 내가 달러 빚을 얻어서라도 차려줄 거야. 그러니까……."

엄마 말이 끝나기도 전에 오빠는 이불을 박차고 일어났다.

"정말이에요?"

오빠는 흐르는 눈물을 소매로 훔치며 엄마를 바라봤다. 엄마는 단호하게 그러겠다고 했다. 하지만 오빠는 당장 무엇을 할지 자신

**186**

도 모르겠다고 했다. 무엇을 할지 창업 아이템을 찾을 때까지 기다려달라고 말하며 오빠는 해맑게 웃었다. 아이 이야기에 마음이 아팠지만 나도 모르게 한숨이 뿜어져 나왔다. 에휴, 뭘 할지도 모르고 가게를 하겠다며 큰소리쳤단 말인가. 더 듣고 있다간 기막혀 쓰러질 것 같아 서둘러 방을 나왔다. 뒤이어 나온 엄마도 한숨을 크게 쉬었다.

다른 사람이 어떻게 생각하든 오빠는 그날로 일어나 밖으로 나갔다. 그렇게라도 방 밖으로 나온 것이 다행이라 생각해 엄마 아빠는 그저 두고 볼 수밖에 없었다.

"요즘 목 좋은 데는 차리는 데 얼마나 드나?"

이후 엄마는 계산기를 두드리는 시간이 많아졌다. 드디어 때가 왔다고 생각하는 것 같았다.

정말 정신을 차린 건지 아니면 못 차린 건지. 가게를 하겠다며 큰소리친 오빠는 그날 이후 여기저기 아르바이트를 전전했다. 직종도 다양했다. 편의점부터 시작해 헬스장 등 처음엔 주로 몸으로 때우는 일이었다. 어느 때쯤부터는 요식업 중심으로 일거리를 찾았다. 하지만 그것도 한곳에서는 오래 있지 못했다. 빵집에 다니나 싶으면 분식집에서 고구마를 튀겼다. 아이스크림집에 다니나 보다 하면 포장마차에서 국수를 말고 있었다. 며칠 전부턴 다 아닌 것 같다며 또 집에서 빈둥거렸다.

"야, 너 내일 같이 가자!"

라면을 끓이려는지 냄비에 물을 붓던 오빠는 아빠를 물끄러미 바라봤다.

"쟤는 왜?"

걸레로 바닥을 훔치던 엄마도 손을 멈췄다.

"할머니 한 분이 며칠 전부터 못 나오네. 털보 형님도 요즘엔 힘이 딸려서."

그때까지도 오빠는 불도 켜지 않은 채 멍하니 서 있었다.

"놀면 뭐 해? 나랑 같이 가."

설마 오빠가 순순히 그러겠다고 할까. 그랬으면 얼마나 좋을까 생각하다간 나도 모르게 고개를 절레절레 흔들었다.

"알았어요."

오빠는 심드렁하게 말하곤 그제야 냄비에 불을 켰다. 엄마와 아빠, 나는 서로 번갈아 바라보며 눈을 맞췄다. 식구들의 의심 가득한 눈에 보란 듯 오빠는 다음 날 아빠를 따라나섰다.

"야, 넌 뭐 거기 말뚝이라도 박으려고?"

처음엔 노는 것보다 낫다며 오빠가 집을 나설 때마다 엄마는 손까지 흔들어 보였다. 하지만 약속했던 날짜가 지나도 오빠는 여전히 공장에 나갔다.

"쟤 이제 못 가게 해. 왜 자꾸 데리고 다녀."

엄마 말에 아빠는 난감한 얼굴이 됐다.

"아니야, 나도 털보 형님도 이제 됐다고 나오지 말라는데도 지가 나가는 걸 어떻게 해?"

아, 이게 대체 무슨 말일까. 우리 오빠로 말할 것 같으면 한 곳을

188

절대 오래 다니지 못하는 위인이었다. 아무리 조금만 더 나와 달라고 사정을 해도 말도 안 되는 핑계를 대며 나가지 않았다. 그런데 오빠가 할머니들이나 다니는 과자 공장에 모든 이들의 만류를 뿌리치며 기어코 나가고 있다는 건가.

"털보 형님도 오히려 아주 난감해한다니까."

겨우 돌아가고 있지만 공장은 언제 문 닫을지 모른다고 했다. 아니 공장이야 어찌 돌아간다고 해도 젊은 사람을 쓸 여건이 안 되는 모양이었다. 하지만 돈은 형편껏 줘도 되니 일하게 해달라고 오히려 오빠가 통사정을 했다는 것이다.

살다 보니 별일이 다 있었다. 아빠에 이어 오빠까지. 백수들이 한꺼번에 일을 찾아 다행이지만 엄마는 마냥 좋아할 수만은 없는 모양이었다. 두 사람이 출근하는 것을 지켜보며 엄마는 매일 아침 한숨을 푹푹 쉬었다.

그렇게 둘은 꽤 오랫동안 아침마다 신이 나서 집을 나섰다. 신이 난 건 오빠가 훨씬 더했다. 깨우지 않아도 먼저 일어나 준비를 하고 아빠를 기다렸다. 퇴근 후엔 연구한다며 슈퍼에서 이것저것 과자를 한 보따리씩 사들고 왔다.

오빠는 드디어 적성에 맞는 일을 찾은 듯이 보였다. 칠팔십 대 노인들이 대부분인 공장에서 오빠는 단연 돋보이는 직원이었다. 생산은 물론 포장과 판매에 이르기까지 이제 오빠 손을 거치지 않는 과정이 없다고 했다. 그동안 털보네 과자 공장이 꿈꿀 수도 없었던 홍보를 시작한 것도 오빠였다. 오빠는 홍보를 위해 블로그를 개설했다. 페이스북과 각종 SNS도 활용했다. 영업에도 열을 올렸다. 주로 문방구와 작은 구멍가게, 전통 시장이 전부였던 판로를 발품을 팔아 PC방, 만화방 등에 납품하는 성과를 올리기도 했다.

그렇게 해도 오빠가 받을 수 있는 수고비는 겨우 용돈 정도였다. 너무 열심이라 말릴 수도 없는 엄마는 오빠를 향해 가끔씩 한심한 듯 눈을 흘겼다. 어느 날 늦게까지 일을 하고 돌아온 오빠는 무슨 일인지 입이 귀에 걸려 있었다. 손에는 정체 모를 꾸러미가 들려 있었다.

"그건 뭐냐?"

엄마의 물음에도 오빠는 대꾸 없이 방으로 들어가 꼼짝하지 않았다. 밥 먹으라며 소리를 지르다가 지친 엄마는 내게 눈짓을 했다. 가서 끌고 나오라는 말 같았다. 귀찮았지만 뭐 하나 궁금해 살금살금 다가가 방문을 힘껏 열어젖혔다.

오빠는 거울 앞에 서 있었다. 거울 앞에서 요리조리 몸을 비틀며 자신의 모습을 비춰보는 중이었다. 들어올 때 입었던 잠바는 방바닥에 팽개쳐져 있었다. 대신 낯설지만 너무나 낯익은 잠바를 입고 있었다. 오빠가 입고 있는 건 야구 잠바였다. 그것도 청룡 잠바. 모기업이 바뀌어 더는 그라운드에서 볼 수 없지만 가끔 입고 있는 관중을 본 적이 있었다. 인터넷에서 주문하면 살 수 있는 모양이었다. 그런데 오빠가 입고 있는 건 중계방송 속 관중들이 입고 있던 것이 아니었다. 변색되고 해지고, 분명 옛날 야구장을 수없이 누비고 다녔던 그 시절 그 잠바가 틀림없었다.

"그거 뭐야? 어디서 났어?"

나는 왠지 울컥하는 마음을 누르며 물었다.

"털보 형님한테 얻었어. 돈을 많이 못 줘 미안해 어쩌냐고 했더니, 저놈이 글쎄 저걸 달라고 하더라고."

돌아보니 엄마와 아빠가 서 있었다. 모두 신기한 듯 오빠를 바라봤다.

아, 아저씨는 아직도 저걸 가지고 있었구나. 청룡 팀의 골수팬이었던 털보 아저씨는 옛날에도 야구 잠바를 종종 입고 다녔었다. 아저씨는 잠바뿐 아니라 아직도 그 시절 야구 굿즈를 많이 갖고 있는 모양이었다. 공장 2층 아저씨의 살림집은 야구 박물관을 방불케 한다고 했다.

"이거 때문에 그렇게 열심히 다닌 거냐? 내 참……."

나도 오랜만에 봐 반가웠지만 잠바를 입고 어린애처럼 들뜬 오빠가 너무 철없어 보여 한 소리 하고 말았다.

"우람이가 과자 공장을 많이 궁금해해. 한번 와보고 싶대."

방을 나오는데 들릴 듯 말 듯 한 오빠 말이 귀에 와 부딪쳤다. 문턱을 넘다 말고 나는 잠시 그대로 붙박혀 있었다. 조금 전 들었던 마음이 많이 미안했다.

공장에서 젊은 측에 속하는 아빠는 주문이 들어오면 배달을 주로 했다. 한때 택시라도 몰아볼까 따놓은 면허증이 뒤늦게 값어치를 하는 모양이었다. 아빠도 오빠도 공장에서 받을 수 있는 돈은 얼마 안 됐지만 둘 다 행복해 보여 엄마는 그저 두고 볼 수밖에 없었다.

## 불량 식품이 아니야

어느 날부터 아빠와 오빠는 종일 막노동에 시달린 사람들처럼 녹초가 돼 돌아왔다.

"아니, 일을 얼마나 했다고⋯⋯."

엄마의 눈총에도 들어서자마자 그대로 뻗어버렸다. 평생 궂은 일을 해온 엄마에게 돈도 되지 않는 과자 공장 일은 누워서 떡 먹기였다. 엄마는 늘어진 부자를 보며 그런 것도 일이냐며 핀잔을 줬다. 하지만 아빠와 오빠는 마치 나라라도 구하고 온 사람들 같았다.

"공장 일이 그렇게 힘들어요?"

내가 묻자 아빠는 말도 마라는 듯 손사래를 쳤다.

"사람들이 자꾸 몰려와서⋯⋯."

"아니 요즘 그렇게 장사가 잘돼?"

엄마가 눈을 반짝였다. 아빠는 다시 한번 손사래를 쳤다.

"아니 그게 아니라. 그놈의 선거 때문에⋯⋯."

선거라니. 아닌 게 아니라 그놈의 선거 때문에 나라가 온통 난리이기는 했다. 하지만 과자 공장과 선거가 무슨 상관일까.

"과자 공장이 아니라 둘 다 뭐 선거 운동이라도 다니는 거야?"

뭔가 떠오른 듯 엄마가 쏘아붙였다.

"아니, 그게 아니라⋯⋯."

오빠는 답답한 듯 얼굴을 찌푸렸다.

"사람들이 몰려와 공장 앞에서 데모를 한다니까. 불량 식품이라고."

"뭐? 불량 식품?"

공장이 민원의 표적이 된 건 한 대선 후보의 공약 때문이었다. 뉴스에서 본 대선 후보는 연단에 서서 자신이 대통령이 되면 반드시 사회악들을 뿌리째 뽑겠다며 목청을 높였다. 그런데 뿌리째 뽑겠다는 사회악 중의 하나가 불량 식품이었다. 선거 공약으로 불량 식품 퇴치를 외치자 사람들은 고개를 갸우뚱했다. 함께 사회악으로 지목된 것들에 비해 너무 생뚱맞았기 때문이었다. 이런 여론을 의식한 듯 공약을 한 후보에 호의를 갖고 있는 언론이 나섰다. 다음 날부터 불량 식품으로 얼마나 많은 국민들이 피해를 입는지 연이어 기사가 쏟아지기 시작했다. 그러자 많은 사람들이 불량 식품이 대체 뭔가 궁금해했다. 이번에도 언론이 재빠르게 움직였다. 불량 식품의 적절한 예를 찾아 기자들은 카메라를 들고 문방구 앞을 서성였다. 화면엔 곧 문방구에서 먹을거리를 입에 물고 나오는 어린이들의 모습이 담겼다. 천진난만하게 뛰어다니는 아이들 손에 들린 알록달록한 먹거리들은 한눈에도 너무 위험해 보였다. 그런데 문방구에서 나오는 한 아이의 손에 털보제과의 과자도 들려 있었다. 출처를 알 수 없는 다른 먹거리들과는 달리 털보 아저씨의 얼굴이 커다랗게 박힌 과자는 단숨에 사람들의 눈을 잡아끌었다. 기사를 본 많은 사람들이 털보 아저씨의 얼굴이 박힌 과자를 기억했다. 사람들은 뉴스 화면과 기사의 사진을 캡처해 여기저기 퍼 나르기 시작했다.

가까운 곳에 불량 식품을 만드는 공장이 있었다니. 우선 공장 주위 학부모 단체들이 구청 등에 민원을 넣었다. 생산 중단도 요청했다. 구청에서 사람들이 파견돼 위생 상태 등 조사가 반복해 이루어졌다. 민원을 넣어도 별 효과가 없자 각종 단체들이 공장 앞에서 시위를 벌이기 시작했다.

"그냥 아줌마들이 몰려와서……. 아주 무서워 죽겠다니까."

말하며 오빠는 가슴을 쓸어내렸다. 시위대 앞에서 벌벌 떠는 오빠의 모습이 눈앞에 보이는 듯했다.

"아니 얼마나 정성을 다해 만드는데 불량 식품이라니. 참……."

비록 문방구나 작은 구멍가게 등이 주요 판매처지만 털보제과의 과자들은 불량 식품이 아니었다. 정식 허가를 받아 식품위생법에 맞게 생산하는, 그러면서도 가격까지 착한 먹거리였다. 하지만 사람들은 아무리 사실을 말해도 믿지 않았다. 뉴스와 기사에서 털보네 과자와 함께 언급된 많은 과자들이 출처도 불분명한 곳에서 생산되는 제품들이기 때문이었다.

기사가 나온 후 단속이 심해지자 많은 문방구들이 아예 먹을거리를 취급하지 않겠다고 선언했다. 대선이 끝나 불량 식품이 사람들의 머릿속에서 희미해질 때까지 몸을 사리려는 모양이었다.

안 그래도 겨우겨우 유지해 오던 공장은 민원에 검사에 시위에 판로까지 막히자 그야말로 풍전등화였다. 이러저러한 일을 겪느라 지병이 있는 털보 아저씨 건강도 나빠진 모양이었다. 어느 날은 아저씨가 편찮으시다며 아빠와 오빠 모두 집에 들어오지 않았다. 겨우겨우 버티던 아저씨가 쓰러져 입원을 했다고 했다. 공장 일도 그렇고 간호할 사람이 필요한데 아저씨 곁엔 아빠와 오빠뿐이었다.

털보 아저씨가 자리를 비운 공장을 위해 아빠와 오빠는 이리 뛰고 저리 뛰었다. 하지만 한번 학부모 단체에 찍히자 날이 갈수록 상황은 나빠지기만 했다. 여러 악재에 털보 아저씨도 나오지 않자 그동안의 정리로 일하던 할머니들도 앓고 있던 허리와 다리 치료를 핑계로 하나둘 공장을 떠나갔다. 생산량은 절반 이상 줄었고 그나마 있는 주문의 납품 기한을 맞추는 것도 빠듯했다. 하지만 아빠와 오빠는 전쟁 중 마지막 요새에 남은 군인처럼 비장하게 공장을 지켰다. 어느 날은 어쩌나 보고 온다며 엄마가 짬을 내 공장에 다녀왔다. 돌아온 엄마는 무기력하고 끈기 없고 삶은 호박처럼 물러터진 봉 씨 부자가 그렇게 독기를 보이기는 처음이라며 어이없어했다. 진즉에 그렇게 살았으면 부자가 됐을 거라며 말끝엔 주먹으로 가슴을 쳤다.

"당신도 나와서 좀 거들어."

모처럼 아빠, 오빠가 집에 들어온 날이었다. 아빠는 말하곤 엄마 눈치를 봤다. 놀란 엄마는 눈을 동그랗게 떴다.

"일손도 모자라는데 집에서 노느니……."

말끝을 흘리며 아빠는 얼른 화장실로 들어갔다. 어디서 많이 들어본 말인데. 뭔가 뒤바뀐 느낌이었다.

엄마가 적을 두고 있던 용역 회사에도 구조 조정이 시작됐다.

청년 일자리 창출이 대선 후보들의 중요 공약이 되자 회사는 나이 많고 경력이 오래된 직원들을 이때다 하며 정리하기 시작했다. 나이 많은 엄마는 더 이상 식당도, 병원도, 학교도 나갈 수 없었다.

엄마는 평생 집안일과 바깥일을 놓지 않았다. 갑자기 할 일이 없고 시간이 많아진 엄마는 남는 시간에 무엇을 할지 몰라 괴로운 것 같았다. 묵은때를 청소한다며 집안을 한바탕 뒤집어 놓더니 어느 날부터는 종일 누워만 있었다. 푸른 제복을 벗은 후 아빠 모습 그대로였다. 다른 점은, 아빠는 몸을 한없이 웅크린 채 누워 있었다면 엄마는 양팔과 다리를 있는 대로 벌린 채 말 그대로 '대' 자로 누워 있다는 것이었다. 엄마는 방이든 마루든 그렇게 누워 있다가 내가 들어가면 부스스 일어나 텔레비전을 켰다.

아빠가 엄마에게 공장에 나갈 것을 제안한 건 대선이 끝나고 불량 식품이 사람들의 머릿속에서 잊혀질 때쯤이었다. 엄마는 처음엔 완강히 거부했다. 아무리 집에서 놀고먹어도 용돈벌이도 안 되는 공장엔 안 나가겠다며 콧방귀를 뀌었다.

"엄마, 공장에 일손이 모자라요. 엄마도 좀 나와요."

어느 날부터는 오빠까지 거들었다.

"다른 데 구할 때까지만이다."

두 부자의 성화에 엄마는 마지못해 과자 공장에 합류했다.

엄마는 나름 산전, 수전, 공중전까지 다 겪은 자타 공인 생활의 달인이었다. 성격도 삶은 호박 같은 봉씨네와는 달리 예부터 집안에서 유일하게 야무지다는 평을 들었다. 엄마가 손을 보태자 공장은 곧 안정을 찾기 시작했다. 문방구와 구멍가게, PC방과 만화방 등은 물론 개별적으로 온라인으로도 주문이 들어왔다.

공장이 다시 활기를 찾은 데는 무엇보다 오빠의 공이 컸다. 오빠는 오랫동안 PC방을 전전하며 시간을 보낸 컴퓨터 활용 능력을 최대한 발휘했다. 블로그, 페이스북에 그치지 않고 유튜브 채널을 개설해 털보네 과자가 만들어지는 과정을 상세히 올렸다. 오빠의 글과 영상은 털보네 과자가 불량 식품이 아님을 알리는 데 초점을 맞췄다. 불량 식품도 아닌데 억울한 누명을 썼다는 오빠의 하소연에 점점 사람들이 반응하기 시작했다. 개념 없는 정치인의 신중하지 못한 공약이 선량한 시민들에게 어떤 폐해를 입히는지 알았다는 댓글도 보였다. 구매 운동이 일어나기도 했다.

하지만 반대로 오빠가 올린 게시물에 불량 식품임을 주장하는 댓글도 꾸준히 달렸다. 대형 제과 업체에서 만든 과자들과 성분 비교를 하며 털보네 과자처럼 영세 업체들의 과자들은 아이들의 눈을 현혹하기 위해 자극적인 첨가물들을 많이 쓴다고 했다. 여러 가지 색소와 설탕 범벅이라 성장기의 어린아이들에겐 치명적이라는 주장과 함께 소아당뇨 등 각종 성인병에 시달리는 아이들을 다룬 기사의 링크를 달기도 했다. 민원이 자꾸 들어온다며 구청과 시청, 식약청 직원들도 여전히 수시로 들락거렸다.

"그래도 이제 이골이 나서 괜찮아. 공무원도 시위하는 아줌마들도 다 친구 같다니까."

말하는 아빠는 세상사에 통달한 도인 같았다.

## 무모한 꿈

건강이 나빠진 털보 아저씨는 결국 제주도에서 숙박업을 한다는 아들이 모셔가기로 했다. 아저씨는 공장이 계속 돌아가길 바랐다. 자신은 일을 할 수 없지만 아빠, 오빠, 이제 엄마까지 합세해 든든하다며 우리 가족에게 공장 일을 맡기기로 했다. 아빠와 오빠, 엄마까지 털보 아저씨의 믿음에 보답을 하겠다며 약속이나 한 듯 주먹을 불끈 쥐어 보였다. 하지만 아저씨 아들은 생각이 다른 모양이었다. 공장을 남에게 맡기고 내려가느니 아예 정리하자고 털보 아저씨를 졸랐다. 하지만 공장을 유지하고자 하는 아저씨의 의지가 강했다. 아저씨와 아들은 그 문제로 언성을 높이곤 하는 모양이었다.

"그럼, 공장을 유지할 사람이 있으면 내 공장을 파마."

아들과의 언쟁에 시달리던 아저씨가 한 발 물러섰다.

"아니, 이딴 공장을 누가 하려고 해요. 그리고 팔면 그만이지, 그 후에 공장을 하든 식당을 하든 아버지가 거기까지 관여할 문제는 아니죠."

하지만 아들은 조금도 물러서지 않았다.

"그래, 그럼 못 판다. 이놈아. 이 공장이 어떤 공장인데. 니 애비 얼굴 박힌 과자들이 만들어지는 공장인데 니가 한다고 하지는 못할망정 팔아치운다는 소리가 그렇게 쉽게 나오냐, 이놈아!"

두 부자의 대화를 재연하던 아빠는 메소드 연기의 대가처럼 말끝에 손으로 몇 번인가 바닥을 쳤다.

아저씨의 완강함에 아들도 결국 한 발 물러서 공장을 인수할 사람을 찾고 나섰다. 아빠, 오빠, 엄마를 비롯, 지금 일하고 있는 직원들 모두 데려간다는 조건이었다. 처음엔 그런 조건에 인수를 하겠다는 사람이 있을까 싶었다. 언젠가는 있을지 몰라도 그러려면 시간이 꽤 걸릴 것 같았다. 애정을 보이던 공장이 낯선 사람에게 넘어갈지도 모른다는 현실에 아빠, 오빠, 엄마까지 집에 오면 늘 한숨이었다. 그런데 뜻밖에도 조건을 수용하겠다는 사람이 나섰다고 했다. 처음엔 그런 조건으로 인수를 하겠다는 사람이 있겠냐던 털보 아저씨도 자기가 한 말이 있으니 어쩔 수 없이 공장을 팔기로 한 모양이었다. 공장이 유지돼 다행이라 생각하던 아빠, 오빠, 엄마는 그래도 서운한지 한동안 어깨를 늘어뜨린 채 다녔다.

"아빠, 이 아줌마예요!"

일요일인데도 출근 준비를 하던 오빠가 아빠 얼굴에 핸드폰을 들이댔다. 오빠의 핸드폰 속엔 사람들이 '불량 식품 퇴치'라는 피켓을 들고 시위를 벌이고 있었다. 한동안 털보네 과자 공장 앞에서 시위를 벌이던 사람들인 모양이었다. 눈을 찌푸리며 핸드폰을 들여다보던 아빠가 오빠를 바라봤다. 왜 보라는지 모르겠다는 눈빛이었다. 오빠는 사진을 늘려 다시 들이댔다.

"이 아줌마. 우리 공장 인수하겠다고 온 아줌마잖아요!"

아빠는 다시 눈을 찌푸리며 핸드폰을 멀찍이 떼어 한동안 들여다봤다.

"선글라스 때문에 얼굴이 잘 보이진 않지만, 맞아요. 그 아줌마."

찌푸렸던 미간을 펴며 그제야 아빠가 맞장구를 쳤다.

"그러네. 그 여자네. 그 여자!"

오빠가 내민 사진 속 여성은 '불량 식품은 물러가라'고 쓴 피켓을 들고 있었다. 팔을 힘껏 뻗은 채 있는 대로 입을 벌리고 있었다. 그런데 오빠 말이 사진 속 여성이 바로 공장을 인수하겠다고 온 사람이라는 것이다. 미심쩍어하는 털보 아저씨를 설득하기 위해 병원까지 찾아올 정도로 공장에 대한 관심이 남달랐던 여자였다. 그녀는 자신의 꿈이 과자 공장이었으며 제과점을 한 경력도 있다고 했다. 공장을 유지하는 것은 물론 앞으로 더 키워볼 생각이니 믿어달라며 아저씨를 감동시켰다고. 고민 끝에 털보 아저씨는 그녀에게 공장을 넘길 마음을 먹은 모양이었다. 이제 계약서 쓸 일만 남았는데 공장을 인수하겠다는 사람이 공장 앞에서 시위를 벌였다니. 내가 생각해도 분명 다른 꿍꿍이가 있는 것 같았다. 생김새도 왠지 복부인 느낌이 물씬 풍겼다. 과자가 아닌 공장 부지를 탐내는 투기꾼이 틀림없었다.

"이런 얍삽한 년!"

참으로 오랜만이었다. 엄마 입에서 그 말이 튀어나온 건. 충격을 받았는지 멍하게 있는 아빠에게 오빠가 소리쳤다.

"안 돼요, 아빠, 이 아줌마는!"

하지만 그제야 정신을 차린 아빠는 고개를 저었다.

"그렇다고 우리가 뭘 하겠어. 말해 봤자 털보 형님 마음만 뒤숭

숭하지."

아빠의 시무룩한 반응에 오빠는 답답한 듯 가슴을 쳤다.

"그래도 알려야죠. 아무리 그래도 그런 여자에게 파는 건 안 되는 거 아니에요. 아저씨가 왜 이렇게 힘들게 됐는데요."

오빠 말에 아빠는 다시 미간을 찌푸렸다.

"그런가. 그래도 말은 해야 되나?"

두 부자의 이야기를 듣던 엄마가 벌떡 몸을 일으켰다.

"일어나요. 갑시다. 그런 여자한테 공장을 넘겼다는 걸 뒤늦게 알면 당신 기분은 어떻겠어요? 팔든 안 팔든 나중 문제고. 이 일은 알리는 게 맞는 거 같아."

그렇게 아빠와 오빠, 일요일이라 쉬겠다던 엄마까지 털보 아저씨에게 사실을 알려야겠다며 집을 나섰다. 주먹을 꼭 쥐고 문을 나서는 세 사람은 마치 밀정을 잡으러 가는 독립투사 같았다.

불량 식품이라며 공장 앞에 와 시위를 벌이던 사람이 공장을 내놓자 인수를 하겠다고 나섰다면. 식구들 말대로 불손한 의도가 있는 게 분명했다. 곰곰 생각하니 악의적인 것 같았다. 결과야 어떻게 될지 모르지만 그제라도 오빠가 알아봐 다행이라는 생각이 들었다.

나갈 땐 의지에 불타 씩씩대며 가더니, 세 사람 모두 힘이 하나도 없이 축 늘어져 들어왔다. 역시나 털보 아저씨도 어쩔 수 없다고 한 모양이었다. 공장이 남의 손에 넘어가면 아빠, 오빠에 엄마까지 다시 백수가 될지 모른다는 불안감 때문일까. 그저 손가락으로 툭 건들기만 해도 몇 미터는 날아갈 것처럼 다들 넋이 빠진 모습이었다.

각자 흩어져 말 한마디 않던 세 사람은 밥상을 차리고 불러 모으자 겨우 방문을 열고 나왔다. 밥상머리에 둘러앉을 때까지도 흐느적흐느적 기운이 하나도 없어 보였다. 아저씨한테 대체 무슨 말을 들었기에 그럴까 싶어 참다못해 숟가락을 내려놓을 때였다. 밥을 깨작이던 오빠가 갑자기 숟가락을 팽개치며 벌떡 몸을 일으켰다.

"아빠, 우리 아저씨 말대로 해요!"

나는 오빠가 팽개친 숟가락을 피하느라 하마터면 머리를 바닥에 찧을 뻔했다. 평소라면 복 달아나게 무슨 짓이냐며 잔소리를 늘어놓았을 텐데. 엄마는 그저 넋 나간 얼굴로 오빠를 바라볼 뿐이었다. 입을 연 건 아빠였다.

"우리가 어떻게 그래?"

아빠는 경기하듯 고개를 흔들었다. 아빠 말에 오빠는 밥상머리 앞에 다시 앉았다. 분위기가 심각해 나는 오빠가 팽개친 숟가락을 집어 밥상 위로 슬쩍 올려놨다.

"우리한테는 좋은 일이잖아요!"

오빠는 거의 울먹이는 목소리였다.

"그래도 그렇지. 우리가 그만한 능력이 어디 있어?"

둘의 말을 듣던 엄마도 시무룩하게 숟가락을 놓았다. 셋은 본격적인 대화를 시작했다. 오가는 말을 들으니 무슨 일인지 그제야 짐작이 됐다. 아저씨가 공장을 우리에게 사라고 한 모양이었다.

"아빠, 공장 우리가 사요!"

오빠는 다시 한번 소리쳤다.

"미친! 말이 되는 소리를 해라!"

나는 고개를 흔들며 숟가락을 입에 넣었다. 정말 말도 안 되는 소리였다. 생각하니 어이가 없어 자꾸 푸슬푸슬 웃음이 났다. 역시나 아빠는 한 번 더 고개를 흔들었다.

"우리가 돈이 어딨어?"

내 말이. 그러니까 우리가 그만한 돈이 어디 있느냐 말이다. 아빠 말에 오빠는 힘없이 고개를 숙였다. 밥상머리 앞엔 잠시 침묵이 흘렀다. 나는 밥이나 마저 먹을 생각으로 숟가락에 밥을 퍼 입에 넣었다. 그런데 오빠가 다시 침묵을 깼다.

"이 집, 팔면 되잖아요. 거기 살림집도 있는데."

겨우 한 숟가락 넣은 밥이 그대로 튀어나왔다.

"그래도 한참 모자라지. 아무리 변두리라도 덩치가 큰데."

말끝에 아빠는 엄마 눈치를 슬쩍 봤다. 엄마는 말없이 미간을 찌푸리며 뭔가 생각하는 것 같았다.

"대출 조금 받으면…… 어떨까?"

막 다시 밥 한 숟가락을 입에 넣은 참이었는데, 엄마 말에 나는 그만 밥풀이 목에 걸려 사레가 들리고 말았다.

"아저씨가 천천히 갚아도 된다잖아요. 지금 당장은 다 못 줘도. 천천히 벌어서 갚으면 된다고."

그렇게 셋은 내가 사레가 걸려 숨이 넘어가든 말든 한동안 말도 안 되는 말을 주고받았다. 기침은 겨우 멈췄지만 나는 쓰나미처럼 밀어닥친 예상 못한 상황에 머리가 어지러울 지경이었다. 물론 나도 털보네 과자 공장이 없어진다고 생각하면 서운하긴 했다. 우리 식구들이 그렇게 애착을 가지고 열심이었던 공장이었으니까. 하지만 불량 식품은 아니라도 불량 식품으로 취급받는 과자를 만드는 곳을. 파는 곳도 마트나 슈퍼가 아닌 문방구나 리어카가 전부인 과자를 만드는 공장에 전 재산을 투자하고 가족의 미래를 걸다니.

"난 싫어!"

기침을 겨우 멈춘 나는 벌떡 일어나 소리쳤다. 공장을 인수하는 건 둘째 문제였다. 집을 팔고 이사를 가다니. 공장이 있는 동네는 회사에서 지금 집보다 배는 더 멀었다. 서울의 중간 부분에 있는 우리 집의 위치상 지금은 회사도 공장도 출퇴근이 가능했다. 하지만 정반대 끝부분에 위치한 회사와 공장은 거의 출퇴근이 불가능할 정도였다. 앞으로 몇 년은 더 대출금과 이자를 갚아야 했다. 그러니 방을 얻어 나올 수도 없었다. 아니 출퇴근 문제가 아니라도 이건 말이 안 되는 일이었다.

다행히 공장 인수는 마음대로 되지 않는 모양이었다. 털보 아저씨는 우리에게 싸게라도 넘기고 공장을 유지하고 싶어 했다. 하지만 아들 생각은 달랐다. 어차피 끊임없이 재개발 이야기가 도는 곳이었다. 당장은 아니어도 언젠가는 될 가능성이 높았다. 그러니 공장을 계속 유지하는 건 어려울 수도 있었다. 그렇다면 굳이 공장을 유지하기 위해 싸게 팔 이유가 없다는 것이다.

일이 마음대로 되지 않자 아빠, 오빠, 엄마까지 단체로 젖은 빨래처럼 늘어져 다녔다. 그래도 공장 일과 아저씨 간호는 열심이었다. 아빠, 오빠는 밤을 새워도 엄마는 꼭 집에 들어왔었는데, 며칠 전부터는 아빠, 오빠, 엄마까지 모두 공장에서 먹고 자고 했다.

휴일이라 낮잠이라도 자려 했는데 공장에서 밤을 새운 엄마가 갈아입을 옷 좀 가져다 달라고 했다. 싫다는 말이 목구멍까지 올라왔지만 피곤에 전 엄마의 목소리에 차마 입 밖으로 꺼내지 못했다. 나는 그렇게 거의 삼십 년 만에 복개천으로 가기 위해 집을 나섰다.

서울이지만 서울이라고 할 수 없는 곳이라 오랫동안 버스를 타야 했다. 버스에서 내리자 왠지 가슴이 뛰고 몸이 뻣뻣해졌다. 긴장을 풀며 주변을 둘러봤다. 변했을까. 그대로일까. 오는 내내 생각했는데. 변한 곳도 있었고 그대로인 곳도 있었다. 학교 앞을 지날 때는 왠지 울컥하기도 했다. 학교 앞 곰보 아저씨 문방구는 작은 슈퍼로 바뀌어 있었다. 언뜻 보니 주인은 젊은 부부 같았다. 진열장에 상품을 진열하는 부부를 보니 곰보 아저씨는 지금 뭘 할까 궁금했다.

얼마쯤 걸었을까. 저만치에 과자 공장 간판이 보였다. 옛날에는 훨씬 큰 것 같았는데 지금은 너무 작고 초라하기 짝이 없었다. 공장도 그랬다. 공장이라고 말하기도 민망하게 그저 조금 큰 이층집 정도였다. 저런 곳에 우리 가족의 미래를 걸겠다는 건가. 실제로 보니 마음이 더 착잡했다.

공장이 가까워지자 시끌벅적 사람들이 모여 떠드는 소리가 들렸다. 공장 마당에 자동차 한 대가 서 있는 게 보였다. 차 주인일 것 같은 여자 하나가 문 앞에서 안으로 고개를 들이밀고 있었다. 문에다 대고 뭐라고 자꾸 소리를 질러댔다. 곧 안에서 누군가가 튀어나와 여자에게 삿대질을 하기 시작했다. 흰 위생복과 위생모자 장화에 마스크로 가리고 있어 얼굴은 보이지 않았다. 하지만 누군지 알 수 있었다. 우리 엄마였다.

"우리도 여기 사장님이랑 이야기를 하는 중인데 여기 와서 이러면 어떻게요?"

엄마 말에 여자는 공장이 울리도록 콧방귀를 뀌었다.

"아버지야 병원에 누워 있고 아무 권한이 없어요. 내가 아들이랑 다 얘기를 했는데 당신들이 자꾸 버티고 있으니까 골치 아파 죽겠다잖아요. 왜 이렇게 사람들이 무데뽀야!"

주위 사람들 들으라는 듯 여자는 목소리를 한껏 높였다. 그러자 안에서 또 다른 위생복을 입은 사람들이 나왔다. 아빠와 오빠였다. 하지만 둘은 멀찍이 떨어져 지켜보기만 했다. 여자가 공장에 찾아와 이러는 걸 보면 그녀도 뜻대로 잘 안되는 모양이었다.

"아니 그거야 집주인들이랑 가서 상의를 해야지. 한참 바쁜 공장에 와서 자꾸 이러면 안 되죠?"

어느새 주위엔 구경꾼들이 많아졌다. 사람들이 모여들자 엄마는 여자를 달랬다. 하지만 여자는 보란 듯 오히려 큰소리쳤다.

**206**

"흥! 이런 불량 식품이나 만드는 공장은 빨리 없어져야 해!"

순간 멀찍이 서 있던 아빠와 오빠가 여자 곁으로 다가갔다. 엄마도 여자의 코앞에 바싹 얼굴을 들이댔다.

"이 여자가 진짜! 어딜 불량 식품이래? 당신 명예훼손으로 고소할 거야!"

마스크를 벗어 던진 채 있는 대로 눈을 찢은 엄마는 어느 때보다 사나워 보였다. 아빠, 오빠 얼굴도 엄마와 다르지 않았다. 우리 식구들이 저렇게 단체로 사나웠던 적이 있을까. 아무리 생각해도 생전 처음 보는 모습이었다. 자신이 불리하다고 느꼈는지 여자는 그제야 슬금슬금 물러나 차 문을 열었다.

"아무튼 당신들 헛물켜지 말아요!"

여자는 그렇게 소리치곤 차에 올랐다. 차는 곧 공장 앞을 벗어나 골목을 빠져나갔다.

"저 여자가 그냥! 어디서 불량 식품이래!"

엄마는 곁에 있던 사람들에게 들으라는 듯 사라지는 여자를 향해 소리쳤다. 차가 보이지 않자 모여 있던 사람들은 하나둘 흩어지기 시작했다.

"아니 무슨 난리래? 맨날 이래요 여기?"

나를 보자 엄마는 한숨부터 쉬었다. 엄마는 기운이 빠졌는지 그새 소파에 주저앉아 있었다.

작업실에선 과자가 만들어지는 모양이었다. 기계 돌아가는 소리가 들렸다. 구수하고 달콤한 냄새도 났다. 아빠, 오빠는 일을 하러 갔는지 어느 틈에 보이지 않았다. 주저앉아 있던 엄마도 다시 마스크를 쓰며 일어났다.

"너 여기서 전화 좀 받고 있어."

자기 말만 하곤 엄마는 생산실 안으로 들어가 버렸다. 엄마가 들어간 문엔 작은 유리창이 있어 안을 볼 수 있었다. 아무리 봐도 공장이라고 하기 민망할 정도로 작았다. 그래도 포장 기계에서는 오밀조밀한 과자들이 쉴 새 없이 쏟아져 나오고 있었다.

공장으로 연결되는 문 반대편에 같은 구조의 문이 하나 더 있었다. 하지만 그곳엔 유리가 달려 있지 않았다. 알 수 없는 호기심에 다가가 문을 열었다. 창고인지 식재료와 상자에 담긴 완성품들이 쌓여 있었다.

맛나깡, 별맛콩, 그리고 익숙한 과자와 사탕들. 그곳엔 어느 때부터 사라져 이제 불량 식품으로 취급받는 털보네 과자들이 산처럼 쌓여 있었다. 쌓인 과자들을 보니 왠지 서글프고 눈물이 날 것 같았다. 그런데 창고 가장 안쪽 바닥에 쌓인 과자 상자를 보곤 나는 정말 눈물을 쏟고 말았다. 초코봉. 상자에는 그렇게 적혀 있었다.


## 초코 초코 봉봉

그때 복개천 아이들은 털보네 공장의 신제품을 목이 빠져라 기다리고 있었다. 털보 아저씨는 신제품을 벌써 다 만들어 놨다고 했다. 아직 내놓지 못하는 건 이름 때문이었다. 생김새와도 어울리고 듣기만 해도 맛을 알 수 있는. 입에 착 붙고, 귀에도 쏙 들어오는 이름을 짓겠다며 다 만들어놓은 신제품 출시를 미루고 있다는 것이다.

아이들은 이제나저제나 신제품이 나오기를 기다리며 공장 앞을 서성였다. 신제품이 나오면 아저씨는 공장 앞에 과자를 가지고 나왔다. 과자 상자가 보이면 아이들은 구름처럼 몰려들었다. 아저씨는 우선 모여든 아이들을 일렬로 줄을 세웠다. 아이들은 투덜대면서도 얌전히 줄을 섰다. 아저씨는 순서대로 과자를 나눠줬다. 신제품 시식 행사는 주변 아이들이 손꼽아 기다리는 이벤트였다. 하지만 신제품 시식 이벤트는 시간과 날짜가 정해진 것이 아니었다. 준비한 양이 다 떨어지면 더는 얻을 수도 없었다. 세상 어느 누구도 맛보지 못한 과자를 처음 먹는 행운. 털보제과의 신제품 맛보기는 복개천 아이들만의 유일한 특권이었다.

매번 어울리는 과자 이름을 잘도 지어 내던 털보 아저씨가 이번엔 오랫동안 골머리를 썩는 모양이었다. 결국 아저씨는 과자 이름을 공모하겠다고 선언했다. 대상은 주변 어른들이었다. 우리 학교 선생님들을 비롯, 동사무소 직원들. 교회 목사님, 공장 주변을 자주 지나치며 털보 아저씨와 안면이 있는 어른들. 털보 아저씨는 좋은 이름을 위해 상품까지 걸었다. 아이들은 왜 대상이 어른들만이냐며 불만을 토로했다. 아저씨가 공모에 참여한 어른들에게만 베일에 싸인 과자 맛을 보게 했기 때문이었다. 과자를 알아야 이름을 지을 수 있다는 이유였다. 하지만 아이들은 오랫동안 기다려온 과자를 어른들이 먼저 맛본다는 사실에 분통을 터트렸다.

공모에 참여할 어른들은 털보 아저씨가 말한 시간에 공장에 와 몰래 과자 맛을 보곤 돌아갔다. 마침 공장 앞을 지나다가 영문도 모른 채 신제품을 맛본 우리 아빠도 얼떨결에 동참하게 됐다. 아이들이 먹을 과자니 차라리 아이들에게도 기회를 주는 게 어떻겠냐는 의견이 있었다. 하지만 상품이 걸린 문제니 아이들에겐 사행심만 불러일으킬 거라며 선생님들이 반대한 모양이었다. 아저씨도 신제품만큼은 어른도 좋아할 과자로 만들고 싶다며 어른들에게만 기회를 줬다.

학교 선생님들에 동사무소 직원들, 교회 목사님. 대학을 나왔다며 뻐기는 병태 아빠까지. 아무리 생각해도 우리 아빠가 이기는 건 힘들 것 같았다. 더구나 나는 그때 아빠의 푸른 제복의 형편없는 위상을 알아버린 후였다. 아빠에게 멋들어진 과자 이름을 기대하기란 아무래도 무리 같았다. 제발 병태 아빠만 아니길. 만약 내가 평생 먹어야 하는 과자 이름을 병태 아빠가 짓는다면. 생각만 해도 눈물이 날 것 같았다. 병태 녀석은 또 얼마나 잘난 척을 할까. 지금보다 훨씬 더 목에 힘을 주고 다닐 병태 아빠를 생각하면 잠이 다 안 오려 했다.

"아빠 꼭 일등 해요!"

나와는 달리 오빠는 아빠를 볼 때마다 주먹을 불끈 쥐어 보였다.

"허허. 그 형님은 왜 나까지 끌어들여서……."

하지만 아빠는 과자 이름을 짓는 데엔 별로 관심이나 의욕이 없어 보였다. 우리 아빠와는 달리 병태 아빠는 퇴근하면 틈틈이 마룻바닥에 배를 깔고 누워 베개처럼 커다란 사전을 책장이 닳도록 들춰댔다. 가끔은 종이에 뭔가를 끼적이기도 했다.

과자 이름 공모 결과 발표는 토요일 점심때로 정해졌다. 아이들은 학교가 끝나자마자 공장 앞으로 달려갔다. 병태도 신이 나 교문을 나섰다. 공장으로 가는 내내 가슴이 조마조마했다. 병태 아빠가 됐으면 어쩌나 다리가 후들거리고 심장이 벌렁거렸다. 공장 앞엔 아이들이 이미 빙 둘러서 있었다. 어른들도 보였다. 우리 학교 선생님도 교회 사람들도 있었다. 나는 차마 앞으로 나설 수 없었다. 멀찍이 떨어져 두 손을 모은 채 공장 문만 바라봤다.

드디어 문이 열렸다. 문 앞에 선 털보 아저씨는 모여 있는 사람들을 한 번 빙 둘러봤다. 사람들의 관심에 기분이 좋은지 아저씨는 수염을 휘날리며 환하게 웃어 보였다. 외모와는 다르게 곱고 긴 손에 종이 한 장이 들려 있었다. 알려 주지 않아도 무슨 종이인지 알 것 같았다. 저 얇은 종이 한 장이 몰고 올 파장을 생각하자 나도 모르게 꿀깍 침이 넘어갔다. 털보 아저씨도 아는 걸까. 아저씨는 뒤를 돌아 문 옆에 결과가 담긴 종이를 붙이곤 부리나케 안으로 들어가 버렸다. 곧 아이들이 우르르 문 앞으로 몰려갔다. 어른들까지 몰려가 나는 앞으로 가고 싶어도 갈 수 없었다. 아니 가까이 가고 싶지 않았다. 그저 제발 병태 아빠만 아니길 두 손 모아 기도했다.

"와! 우리 아빠다!"

웅성거리는 사람들 틈에서 목소리 하나가 튀어나왔다. 아빠라니. 선생님들이나 동사무소 직원들, 교회 목사님의 아이들이 와 있을 것 같진 않았다. 종이에 적힌 결과를 보고 아빠라고 소리칠 사람은 하나밖에 없었다. 병태였다. 나는 그만 다리에 힘이 풀려 바닥에 주저앉을 뻔했다. 눈물도 날 것 같았다. 사람들은 얼마쯤 축하의 박수를 보내다간 곧 흩어졌다. 그런데 흩어지는 사람들 사이로 병태가 보였다. 신이 나 길길이 뛸 줄 알았는데 녀석은 아무 일 없었던 듯 몇몇 아이들과 함께 장난을 치며 집 쪽으로 걸어가는 중이었다. 하지만 빈틈이 많아진 사람들 속에서 누군가 여전히 소리치고 있었다.

"우리 아빠예요! 여기 우리 아빠 이름이 있어요!"

오빠였다. 오빠가 벽에 붙은 종이를 가리키며 껑충껑충 뛰고 있었다. 나는 얼른 오빠 곁으로 달려갔다. 긴장한 탓인지 벽에 붙은 글씨가 잘 보이지 않았다. 숨을 크게 들이마신 후 종이에 바싹 눈을 붙였다. 오빠 말대로였다. 봉만식. 그곳엔 정말 아빠 이름이 적혀 있었다. 아빠가 지었다는 과자 이름도 있었다. 초코봉. 아빠가 지은 과자 이름은 바로 초코봉이었다. 정말 눈에도 쏙, 귀에도 쏙 들어오는 이름이었다. 이름만 들었는데도 먹고 싶어 입에 침이 고였다. 그런 이름을 우리 학교 선생님들도 아니고 동사무소의 공무원들도 아니고 교회 목사님도 아니고 특히 대학을 나왔다며 뻐기던 병태 아빠도 아닌 바로 우리 아빠가 지었다니. 나는 그때까지도 껑충껑충 뛰고 있는 오빠 손을 덥석 잡았다. 나도 오빠처럼 껑충껑충 뛰었다. 미닫이문 사이로 솔솔 풍기는 과자 냄새는 그날따라 너무나 고소했다. 하늘은 어느 때보다 푸르렀다. 정말이지 세상을 다 가진 기분이었다.

얼마 후 아빠는 상품으로 초코봉 한 상자를 받아왔다. 작명료치고는 형편없었지만 우리에겐 무엇보다 값진 것이었다. 과자 상자를 품에 안고 대문을 들어서는 아빠는 어떤 때보다 당당해 보였다. 오빠와 나는 환호와 함께 아빠를 맞이했다.

아빠는 커다랗게 초코봉이라고 쓰인 상자를 마당의 평상에 내려놨다. 오빠와 나, 엄마까지 평상으로 모여들었다. 병태 녀석도 어느 틈에 끼어 있었다.

아빠는 테이프를 뜯고 상자를 열었다. 상자 안엔 역시나 초코봉이라고 쓰인 과자들이 가득했다. 아빠는 우선 오빠와 내게 하나씩 나눠줬다. 눈을 반짝이는 병태에게도 쥐어줬다. 우리는 비닐로 된 포장지를 뜯어 과자가 부서지지 않게 조심조심 꺼내 손바닥에 올렸다. 손가락같이 길쭉한 과자 위에 살짝 덮인 초콜릿. 입에 넣으니 초코 맛과 과자 맛이 어우러지며 달콤하면서도 고소했다. 그러고 보니 털보네 과자 공장에서 처음 만든 초코맛 과자였다. 초코라는 특성과 길쭉한 봉 모양의 생김새가 초코봉이라는 이름과 정말 찰떡이었다.

"아니 당신이 어떻게 이런 이름을 생각했대?"

어느새 과자를 뜯어 입에 넣으며 엄마가 대견한 듯 아빠를 바라봤다.

"우리 자랑스러운 봉씨 성을 붙였지. 장군이랑 다미랑 먹을 과자니까."

아빠 말에 우리들은 일제히 웃음을 터트렸다. 아빠가 집안에서 그렇게 크게 웃은 적이 있었을까. 자랑스러운 봉씨. 하지만 발음할 때 소리와 입 모양 때문인지 늘 내 성과 이름은 아이들의 놀림거리였다. 그런데 이제 아무리 이름을 가지고 놀려도 아무렇지 않을 것 같았다.

"봉다미. 여기 니 이름 있는 거야?"

말을 하곤 병태 녀석은 괜히 입을 삐죽댔다. 봉씨 성이 붙은 과자가 몹시 부러운 모양이었다. 그럴 만도 했다. 아빠의 푸른 제복이 그때처럼 빛나는 걸 본 적이 없었으니까.

아빠와 오빠, 엄마까지 왜 과자 공장에 매달리는지 그제야 알 것 같았다. 아빠가 오빠와 나를 생각해서 지었다는 초코봉. 아직도 그것이 만들어지고 있었던 것이다.

"얍삽한 아줌마가 진짜! 어따 대고 불량 식품이래!"

난 조금 전 불량 식품이라고 말하던 여자가 떠올라 나도 모르게 소리쳤다. 다음에 또 그런 소리 하면 가만 안 둬야지. 나는 혹시 맛볼 수 있는 초코봉이 있는지 견본품을 찾아 창고 안을 뒤지기 시작했다.

214

# 6장
## 굿바이! 하우스푸어!

## 떨어진 폭탄 하나

곧 인사이동 발표가 있을 거라고 했다. 불안한 마음에 뒤척이다 새벽녘에야 잠이 들었다. 눈을 뜨니 벌써 버스를 타야 했을 시간이었다. 세수도 못하고 뛰쳐나왔지만 그렇게 또 지각이었다.

허겁지겁 문을 여니 사무실 안 공기가 싸늘하기 짝이 없었다. 왠지 다들 나를 힐끔거리는 것 같았다. 그런데 정작 눈이라도 마주치면 얼른 피해 버렸다. 세수도 못하고 왔으니 몰골이 말이 아니긴 할 것 같았다. 핸드폰에 슬쩍 비춰보니 버스에서 대충 찍어 발라 그렇게 못 봐줄 몰골은 아니었는데. 사람들 생각은 다른 걸까. 전날까지도 안타깝게 보던 사람들의 눈빛이 차갑기 그지없었다. 지각을 해서일까도 싶었지만, 내가 지각을 한두 번 한 것도 아니고. 세수도 못하고 튀어나와 일에 지장을 줄 만큼 늦은 것도 아니었다. 그런데 자리에 앉으니 정희 언니가 의자를 밀며 다가왔다.

"아라가 가게 됐대, 울산."

막 모니터를 켜려 손을 뻗던 나는 너무 놀라 하마터면 소리를 지를 뻔했다. 다행히 평소에는 굼뜨기만 하던 손이 날렵하게 입을 틀어막았다. 그사이 모니터엔 새로운 배경화면이 떠 있었다. 평소라면 어딘지 궁금했겠지만 아름다운 풍경에 감탄도 못한 채 정희 언니를 바라봤다. 내가 아니라는 기쁨도 잊을 만큼 커다란 물음표가 머리를 쳤다.

"아니, 아라가 왜요?"

나도 모르게 틀어막은 손가락 사이로 놀란 물음이 튀어나왔다.

"모르지, 나야."

뭐라도 알고 있는 것 같더니, 정희 언니는 다시 의자를 밀며 자리로 돌아갔다.

다들 뭔가 열심히 하고 있었지만 좀처럼 일이 손에 잡히지 않았다. 아라가 울산으로 발령을 받았다니. 아무리 생각해도 너무 이례적인 인사였다. 아니 도무지 이해가 안 가는 발령이었다. 아라는 입사한 지 이 년도 안 돼 신입이라 해도 과언이 아니었다. 하는 일도 울산과는 전혀 관계가 없었다. 온라인 홍보가 주 업무인 애를 물류창고엔 대체 왜 보내는 건지. 그런데도 발령을 받았다면 그건 누군가에게 초대형 미운털이 박힌 게 틀림없었다. 아니 이건 노골적으로 사표를 내라는 무언의 암시였다.

그래서일까. 사람들이 나를 보는 눈이 차가웠던 건. 그제야 이해가 됐지만 생각하니 몹시 기분이 나빴다. 더 생각하니 기가 막혔다. 아니 내가 가기로 확정됐던 것도 아니고, 내가 손을 써 아라를 대신 보낸 것도 아닌데 왜 나를 째려보고 노려보는 걸까. 하지만 내가 아닌 건 정말 다행이었다. 울산행을 면해 기분이 좋았지만 마냥 좋아할 수도 없고, 아직 뭔가 불안하다간 안심도 되고, 매 순간 널뛰는 감정에 점심시간쯤 됐을 땐 안 그래도 빈속이 울렁거리고 머리가 어지러울 지경이었다.

아라는 어떤 마음일까. 파티션에 몸을 가린 채 꼼짝 않고 있어 얼굴을 확인할 수는 없었다. 종일 말 한 마디 없는 걸 보면 어떤 표정일지 안 봐도 알 것 같긴 했다. 화장실을 간다는 핑계로 일어나 살짝 들여다보니 역시나 폭탄 맞은 얼굴이었다. 종일 우울한 아라 때문에 마음이 영 편치 않았다. 아라는 울산에 갈 수 없었다. 아라는 가족이라곤 할머니와 동생뿐이었다. 그런데 얼마 전 할머니가 돌아가셨다. 아라가 가면 고등학생인 동생이 혼자 남아야 했다.

종일 말 한 마디 않고 있던 아라는 몇몇 사람들이 외근을 나가자 우선 부장에게 사정 이야기를 했다. 부장도 아라의 사정을 모르지 않았다. 하지만 부장은 그런 일에 손을 쓸 힘이 없었다. 기껏 하는 말이 팀장에게 한번 말해 보라고 했다. 아라는 다음날부터 팀장을 만나려고 했지만 좀처럼 만날 수 없었다. 방에 있을 땐 회의가 있어 바쁘다며 만나주지 않았고 대부분은 방에 있지 않았다.

그런데 회의도 없고 외근도 없는 날인데도 팀장은 아라를 만나주지 않는 것 같았다. 방 앞에 서성이던 아라는 어깨가 축 늘어진 채 돌아왔다.

"아라야, 너 팀장님한테 뭐 잘못했니?"

오지랖 넓은 정희 언니가 의심 가득한 눈으로 물었다. 아무래도 팀장의 태도가 좀 이상했다. 전에는 하루에 한 번은 우리 부서에 들러 인사를 하고 가던 팀장이 근래에는 코빼기도 비치지 않았다. 일이 있어 우리 부서를 지나칠 때도 눈길 한 번 주지 않았다. 눈길은커녕 그저 지나갈 뿐인데도 찬바람이 쌩쌩 불었다.

"잘못은 당신이 하고 왜 나한테 이래요?"

그렇게 며칠이 지난 어느 날 점심을 먹고 탕비실로 향할 때였다. 어딘가에서 사람들이 웅성거리는 소리가 들렸다. 나는 얼른 소리가 나는 쪽으로 달려갔다. 팀장 방 앞에 우리 부서는 물론 다른 부서 사람들까지 모여 있었다. 나는 무슨 일인지 사람들 틈에 끼어 팀장 방을 들여다봤다. 유리 너머에 아라가 보였다. 아라는 독기가 가득한 얼굴로 팀장을 쏘아보고 있었다.

"조아라 씨. 뭔가 잘못 생각한 것 같은데 무고죄가 얼마나 큰지 알아요?"

팀장의 목소리가 유리문을 뚫고 나왔다. 무고죄라니. 나도 모르게 몸이 움찔했다.

"무슨 일이야?"

나는 발을 동동 구르고 있는 승연이를 붙잡았다.

"모르겠어요. 저도 무슨 일인지."

승연이는 고개를 세게 저었다. 다들 영문을 모르겠다는 얼굴이었다.

"아니 뭔 일인데 무고죄가 나오고 그래?"

"글쎄, 둘이 뭔 일 있었나?"

모두들 눈을 휘둥그렇게 뜬 채 서로를 바라봤다. 얼마 후 아라가 문을 열고 나왔다. 팀장 방 앞에 모여 있던 사람들도 곧 각자의 자리로 흩어졌다. 아라의 뒤를 따라 우리 부서 사람들도 자리로 돌아왔다. 다들 궁금해 죽겠다는 얼굴이었지만 아무도 묻지 못했다. 팀장 방에서 나온 아라는 우리가 알던 모습이 아니었다. 언제나 생글거리던 눈과 입이 웃음이라곤 모르는 것처럼 굳어 있었다. 기분이 나쁜 것도, 화가 난 것도, 슬픈 것도 같았지만 오히려 얼굴에선 감정이 느껴지지 않았다. 아라는 알 수 없는 표정으로 자리에 앉아 모니터에 눈을 박은 채 키보드를 두들기기 시작했다. 사람들도 모두 각자의 일을 시작했다. 눈은 모니터를 보는 듯했지만 서로 눈을 맞추다간 습관처럼 아라 쪽을 힐끔거렸다. 얼마 후 팀장이 방에서 나왔다. 팀장의 얼굴에선 역시나 찬바람이 쌩쌩 불었다. 사무실을 나서는 그와 얼떨결에 눈이 마주쳤다. 순간 휘몰아친 한기에 책상이 울리도록 진저리를 쳤다.

아라가 사장실에 호출을 받은 건 다음 날 오후였다. 부장에 팀장까지 꿈쩍 않자 사람들은 사장에게 직접 사정을 해볼 모양이라고 짐작했다. 그런데 갑자기 최 대리가 사색이 돼 사무실에 뛰어들었다.

"조, 조아라가 사장실에 신고를 했대!"

최 대리는 가슴을 움켜쥐곤 숨을 헐떡였다.

"알아, 그런데 그게 신고냐? 인사이동의 부당함을 항의했다고 해야지?"

정희 언니는 시큰둥하게 서류철에서 서류를 하나 뽑아 책상 위에 놓았다.

"아니, 그게 아니라 신고를 했다니까? 성추행 신고!"

갑자기 여기저기서 놀란 소리가 터져 나왔다. 나도 화들짝 고개를 들었다. 파티션 너머로 하나둘 놀란 눈들이 튀어나왔다.

"무슨 말이야? 성추행이라니? 누가? 누구를?"

정희 언니는 마치 최 대리가 큰 잘못이라도 한 듯 다그쳤다.

"조아라가. 팀장님을요"

최 대리의 말이 끝나기 무섭게 정희 언니의 비명이 터져 나왔다.

"팀장님이 아라를?"


## 새로 온 팀장


몇 달째 공석이던 팀장이 새로 온 건 지난가을이었다. 야심 차게 만든 전략개발팀에 팀원들이 구성된 지가 언젠데 정작 팀장은 공석인 채 허송세월만 보낸다 싶었다. 그런데 사장이 드디어 적임자를 찾았다며 사내 방송을 했고 며칠 안 돼 정말 새 팀장이 왔다. 새 팀장은 유학파에 외국계 회사에서 좋은 대우를 받던 사람이라고 했다. 사장이 사내 방송까지 해 어느 정도 짐작은 했지만 정작 새 팀장의 면면을 보니 절로 고개가 갸우뚱거려졌다. 대기업도 아닌 회사의 신생 부서 팀장으로 오기엔 스펙이 너무 빵빵했다. 그런 사람이 왜 우리 회사의 팀장으로 왔을까. 미심쩍어하는 마음을 알아챈 듯 부장이 나섰다. 사장이 삼고초려해 스카우트했다는 것이다.

몇 년 전부터 사장은 화장품 사업에 공을 들이고 있었다. 탈모 방지 샴푸로 시작한 회사는 헤어 용품 전문 사업으로 확장됐고 몇 년 전 화장품 수입 사업에 뛰어들었다. 하지만 헤어 제품과는 다르게 화장품은 신생 업체가 발을 들이기엔 장벽이 높았다. 모두들 헤어 제품에 집중하는 게 낫지 않겠냐고 했지만 사장은 오히려 국내엔 잘 알려지지 않은 브랜드를 수입해 명품으로 키워보겠다며 뜻을 굽히지 않았다. 언젠가는 자체 브랜드를 개발하겠다고 했다.

팀장은 디자인을 전공하고 외국 명품 회사를 두루 거친 사람이라고 했다. 사장의 계획을 실행에 옮길 적임자라는 게 임원진의 생각이었다. 사장과는 옛날부터 알고 지내던 사이인 데다 마침 향수병을 앓고 있어 팀장도 스카우트 제의를 흔쾌히 수락했다는 것이다.

외국에서 생활하다 왔기 때문일까. 새 팀장은 그동안 봤던 간부들하고는 역시 많이 달랐다. 스마트하고 젠틀한 것이 배 나온 아저씨들과는 우선 외모부터가 딴판이었다. 우리 회사에서 이런 사람을 보다니. 볼 때마다 신기하고 꿈만 같았다. 게다가 나이도 젊고 미혼이라고 했다.

당연히 여직원들은 새 팀장에게 열광했다. 지나다가 눈이라도 마주치면 소리를 지르고 얼굴을 붉히는 직원들도 있었다. 처음엔 웬 오버들일까 했다. 하지만 어느 날 팀장과 복도에서 마주쳤을 때였다.

"식사했어요?"

누군가의 말에 고개를 드니 저만치 팀장이 다가오고 있었다. 다정한 목소리에 부드러운 눈웃음. 팀장은 그렇게 바람처럼 내 곁을 스쳐 갔다. 정말 찰나 같은 순간이었다. 하지만 나는 한증막이라도 들어갔다 온 듯 온몸이 훅 달아올랐다. 그저 의례적인 인사였을 텐데, 팀장은 나를 보고 환하게 웃었다. 생각해 보니 회사 사람 어느 누구도 나를 보며 웃지 않았다. 웃기는커녕 마주치면 늘 벌레 씹은 얼굴이 됐다. 한심하기 짝이 없다는 표정이었다.

하긴 내가 생각해도 좀 한심해 보이기는 했다. 나이도 많고. 이직한 지도 꽤 됐는데 정해진 지위나 자리도 없이 이러저리 떠밀려 다니다 우리 부서까지 흘러와 또 언제 어떻게 될지 모르는 처지이니 말이다. 게다가 전에 있던 회사에서 사내 연애를 하다가 차여 떠밀려왔다는 소문까지 은연중에 퍼져 있었다. 회사 사람들 다 눈치챈 양다리도 모른 채 질질 끌려다니다 차였다나. 딱히 잘못

된 소문은 아니었다. 그래도 그렇지 잘못은 내가 한 게 아니라 양다리를 걸친 쪽이었다. 하지만 사실이 알려지자 모든 비난이 내게 쏟아지는 어이없는 일이 벌어졌다. 집을 갖고 있는 걸로 유세를 떨며 눈치 없이 마음이 떠난 남자를 붙들고 늘어졌다나 뭐라나. 이 사람 저 사람의 눈치와 보이지 않는 압력에 더 이상은 못해먹겠다 싶었다. 마음 같아선 회사고 뭐고 한바탕 뒤집어 놓을까 생각했다. 그러면 정말 회사를 그만둘 각오를 해야 했다. 하지만 나는 눈치와 보이지 않는 압력에도 반드시 회사에 다녀야 했다. 그놈의 집 때문에. 그래도 지금 회사에 자리가 나 옮길 수 있어 다행이었다. 먼젓번 회사에 같이 있던 부장이 고맙게도 나를 불러줬다. 소문도 소문이지만 회사 사정이 여의치 않아 언제 그만둬야 할지 모르는 상황이었다. 그래도 내가 인복은 있구나 싶었는데. 잘해보자며 내 손을 꼭 잡던 부장은 나만 불러놓고 미래가 안 보인다며 정작 자기는 다른 회사로 옮겨가 버렸다. 그렇게 나는 끈 떨어진 연이 되어 바람이 부는 대로 이 부서 저 부서 옮겨 다니는 신세가 된 것이다.

내게 이제 남자는 돌덩이보다 못한 존재였다. 남자들 또한 나를 그렇게 봤지만. 아무튼 자갈밭 같은 회사에서 팀장은 나를 보면 웃어주는 유일한 사람이었다. 가끔은 먼저 말도 걸었다.

"다미 님. 이름이 독특하고 예뻐요."

팀장은 나를 다미 님이라고 불렀다. 다미 님. 단지 내 이름을 불렀을 뿐인데 없던 불치병이라도 걸린 듯 가슴이 요동쳤다. 곰곰 생각하니 남자 직원들은 나를 늘 봉 선생이라고 불렀다. 선배도 아니고 선생이라니. 얼핏 존경의 뜻 같지만 그건 그저 나이가 많은 걸 비꼬는 말일 뿐이었다. 지금이야 이름에 씨 자를 붙이지만 얼마 전까지만 해도 나보다 나이가 많은 사람들은 늘 미스 봉이라고 불렀다. 그냥 미스 봉도 아닌 강한 악센트를 섞어 미쓰 뽕으로. 그렇게 부르곤 재미있다는 듯 낄낄대고는 했다. 기름기 좔좔 흐르는 입이 나를 미쓰 뽕으로 부르면 내 자신이 너무 천박하게 느껴졌다. 차라리 이름이 이상하면 개명이라도 할 텐데. 성을 갈 수도 없고. 하지만 새 팀장은 그렇게 온전히 내 이름을 불러줬다. 다미 님. 굵은 저음을 타고 이름이 불려질 때면 내 이름은 더없이 사랑스러웠고 나조차도 사랑스러운 사람이 된 것 같았다.

나이 많은 나도 그런데 어린 애들은 어떻겠는가. 여기저기서 팀장 '빠'를 자처하는 여직원들이 속출했다. 특히 막내 아라는 빠를 넘어 선생님을 짝사랑하는 여고생 같았다. 생긴 건 안 그런데 순진한 면이 있구나 생각했다. 아라는 늘 반짝이는 눈으로 팀장을 바라봤다. 자기 이상형과 닮았다나. 하긴 아라가 평소 뇌까리던 이상형에 가까운 것 같긴 했다. 아라는 외국어 잘하는 능력 있는 남자가 이상형이었다. 그리고 돈도 많은.

마침 남자 직원들이 모두 외근을 나가고 어쩐지 사무실엔 여직원들만 있던 날이었다. 점심시간이 다가오자 늘 그렇듯 정희 언니와 승연이는 뭘 먹을지 머리를 맞대고 궁리를 하고 있었다. 정희 언니가 칼국수가 먹고 싶다며 주변에 잘하는 곳이 있는지 핸드폰을 들여다보고 있을 때였다. 아라가 벌떡 일어나 문 쪽으로 달려갔다. 무슨 일인가 고개를 드니 저만치 팀장이 다가오고 있었다.

"팀장님. 저희 오늘 점심 좀 사주시면 안 돼요? 마침 남자 직원들도 없는데."

앞을 막고 설 때는 언제고. 아라는 금세 얼굴이 새빨개졌다. 아라의 말에 모두들 토끼 눈이 됐다. 식성도 다르고 불편해 여직원들은 간부들과 밥 먹는 걸 좋아하지 않았다. 막내인 아라는 특히 더 그랬다. 그런데 다른 사람도 아닌 아라가 먼저 팀장에게 밥을 사달라고 한 것이다. 만약 부장이나 다른 간부들에게 그랬다면 두고두고 원망과 구박과 비난을 받았을 게 뻔했다. 하지만 누구도 아라에게 눈총을 주지 않았다. 아니 다들 초롱초롱한 눈으로 팀장의 대답을 기다렸다.

"네. 알겠습니다. 오늘은 우리끼리만 가죠."

팀장은 손을 들어 문을 가리켰다. 여기저기서 박수가 터져 나왔다. 정희 언니, 승연이에 아라까지. 줄줄이 지갑과 핸드폰을 챙겨 자리에서 일어났다. 나도 슬쩍 엉덩이를 들었다.


## 요동치는 심장


"미친 거 아니야? 아무리 가기 싫다고 성추행이라니 너무하네."

부장은 마치 자기가 모함을 당하기라도 한 듯 얼굴까지 붉히며 씩씩댔다.

"아무리 그래도 없는 말을 하겠어요, 아라가?"

한참 뭔가를 생각하는 것 같던 정희 언니는 부장 말에 대뜸 인상을 찌푸렸다.

"성추행은 무슨. 할머니 돌아가시고 불쌍해서 다독이느라 스킨십 좀 한 걸 가지고 저러는 거 아니야? 팀장이 뭐가 아쉬워서 그런 짓을 해? 밖에 나가면 여자들이 줄을 설 텐데. 요즘은 개나 소나 다 성추행이래!"

정희 언니가 발끈하자 부장은 들으라는 듯 소리쳤다. 뭔가 할말 많은 표정이더니 부장은 말할 가치도 없다는 듯 고개를 흔들며 자리로 돌아갔다. 다른 사람들도 자리로 돌아가려 몸을 돌렸다. 마침 사무실 문이 열리며 어느 때보다 비장한 얼굴의 아라가 들어왔다. 사람들은 서둘러 자리에 앉았다. 아라도 자리에 앉아 모니터를 켰다. 얼굴엔 역시나 독기가 가득했다.

사장실에 알린 게 별로 효과가 없었을까. 며칠 후 사내 신문고에 아라의 사연이 올라왔다.

게시판에 올라온 글에 의하면 회식이 있던 날 팀장은 대리를 불러 자기 차에 아라와 다른 여직원 하나를 함께 태웠다. 다른 여직원은 아마 승연이겠지. 일은 둘 중 집이 가까운 한 사람을 먼저 내려준 뒤 벌어졌다. 뒷좌석에 나란히 앉은 팀장은 이후 취기가 오른다며 아라의 어깨에 자신의 몸을 기댔다. 정색하며 빼기도 뭐해 아라는 잠자코 있었다. 팀장은 곧 잠기와 취기를 가장하며 아라의 몸을 더듬기 시작했다. 처음엔 너무 당황해 저항을 하지 못했다. 운전석에 대리 기사가 있어 창피해 내색도 할 수 없었다. 그러다 말겠거니 조금만 참자는 마음도 있었다. 하지만 시간이 갈수록 추행은 심해졌다. 더 이상 참을 수 없었던 아라는 기사에게 차를 세워달라고 했다. 하지만 팀장의 반대로 그 후로도 한참이나 성추행을 당해야 했다는 것이다. 월요일 회사로 출근한 아라는 팀장에게 그날의 일에 대한 사과를 요구했다. 팀장은 기억에 없다며 발뺌했다. 그의 뻔뻔한 태도에 화가 난 아라는 목격자인 대리 기사 등을 찾아다녔다. 그러자 지방으로 발령을 받았다는 것이다.

"에이, 팀장님이 무슨 성추행을 해!"

"내용이 너무 구체적이잖아요. 술이 너무 취했던 것 아닐까요?"

"그날 술은 조아라가 취했지. 술김에 뭘 착각한 거 아니야?"

"그래도 뭔가 일이 있었으니까 아라가 저러는 거겠죠."

평소 팀장을 생각하면 상상하기 힘든 일이었다. 아라도 경솔한 아이가 아니었다. 그래서 사람들의 의견도 분분했다.

"너는 어떻게 생각해?"

막 물을 마시고 자리로 돌아가는데 정희 언니가 나를 보며 눈을 반짝였다. 애써 안타까운 표정을 짓고 싶은 것 같았지만 재미있어 하는 속마음이 눈빛에 드러났다.

"글쎄…… 잘 모르겠네."

나는 정희 언니를 피해 얼른 자리에 앉았다. 혹시 이상한 낌새라도 눈치챘을까, 갑자기 심장이 요동치기 시작했다. 심호흡을 하고 속으로 애국가를 4절까지 불렀는데도 오히려 더 널뛰기만 했다. 내 심장 뛰는 소리에 귀가 다 시끄러울 지경이었다.


## 핸드폰 속 사진 한 장

그날도 종일 이 사람 저 사람에게 치이느라 퇴근할 때가 되니 몸이 천근 같았다. 집까지 가기가 막막해 타지도 않을 택시 정류장을 바라보는데 무슨 일인지 아라가 발을 동동 구르고 있었다. 가까이 가서 보니 늘 생글거리던 얼굴이 사색이 돼 있었다.

"무슨 일 있니?"

다가가 팔을 잡자 아라의 몸이 힘없이 젖혀졌다. 눈은 분명 나를 보고 있는데도 아라는 누군지 모르는 것 같았다. 초점 없이 흔들리는 눈동자를 보니 정말 무슨 일이 있구나 가슴이 철렁 내려앉았다.

"아라야, 무슨 일이야?"

나는 잡은 팔을 세게 흔들었다.

"할머니…… 할머니가……."

그제야 나를 알아본 모양이었다. 눈에 반가움이 스치는 것도 잠시, 아라는 뒷말을 잇지 못하고 울먹였다.

부모님의 이혼으로 어려서부터 할머니와 각별했다는 말을 들었는데. 할머니에게 무슨 일이 있는 모양이었다. 금방이라도 터질 것 같던 울음을 애써 삭이며 아라는 다시 돌아서 다급한 손짓으로 택시를 불렀다. 나도 거들기 위해 도로 쪽으로 몸을 기울여 손을 흔들었다. 하지만 평소에는 잘도 다니던 택시가 좀처럼 눈에 띄지 않았다. 얼마쯤 지났을까. 정류장 앞에 웬 고급 차 한 대가 다가와 우리 앞에 섰다.

"무슨 일 있어요?"

차창이 내려지며 익숙한 목소리가 들려왔다. 팀장이었다. 지나다가 우리를 본 모양이었다. 팀장의 등장에도 아라는 여전히 도로를 바라보며 택시가 오는지만 신경 썼다. 아라 대신 나는 차로 다가갔다.

"아라 할머니가 위독하시대요!"

위독하다고는 안 했는데. 아차 싶었지만 아라는 여전히 도로 쪽만 보고 있었다.

"타요! 데려다줄게!"

팀장은 몸을 기울여 차창 밖의 아라를 향해 소리쳤다. 우리 앞에 낯선 차가 섰을 때 들던 알 수 없는 안도감이 이거였구나. 다행이었다. 차 문을 열고 얼른 아라를 끌어왔다. 아라는 선뜻 타지 못하고 머뭇거렸다. 나는 아라를 떠밀 듯이 차 안으로 밀어 넣었다.

"부탁드려요. 팀장님."

나는 문을 닫으며 운전석을 향해 소리쳤다. 아라에게도 눈인사를 했다. 아라 역시 고개를 숙여 보였다. 문이 닫히는 소리와 함께 차가 달리기 시작했다. 차는 곧 차선을 변경했다. 신호에 걸려 한

참을 꼼짝 못하고 있더니 겨우 숨통이 트이듯 뚫린 도로를 따라 움직이기 시작했다. 그제야 같이 갈 걸 그랬나 하는 생각이 들었지만 차는 다른 차들에 섞여 이미 보이지 않았다.

그날 아라가 팀장과 함께 병원에 도착한 후 할머니는 얼마 안 가 돌아가셨다고 했다. 평소 심장이 좋지 않았는데도 본인은 물론 아무도 알지 못한 모양이었다. 평소엔 별 무리 없이 오르던 뒷산의 돌계단을 어찌 된 일인지 오르기가 버거워 그저 나이가 들었을 뿐이라고 생각했는데. 할머니는 갑자기 가슴을 움켜쥔 채 쓰러지고 말았다. 다행히 일행이 있어 곧 병원으로 옮겨졌지만 이미 망가진 심장을 더는 뛰게 할 수 없었다. 그나마 팀장 덕에 아라가 마지막은 지킨 모양이었다.

소식을 들은 직원들은 장례식장이 있는 병원으로 몰려갔다. 하지만 아라는 손님을 맞을 정신없이 엎드려 울기만 했다.

나는 다음 날도 병원에 갔다. 전날 일이 있어 가지 못한 팀장과 부장을 승연이와 함께 모시고 갔다. 아라는 전날보다 정신이 있어 보였다. 팀장에게 따로 감사의 인사도 했다.

"회사는 걱정 말고 장례 잘 치르고 와요."

팀장은 그새 살이 빠져 가시 같은 아라의 손을 꼭 잡았다.

우리 부서의 분위기 메이커이자 누구나 사랑하는 아라가 가라앉아 있자 사무실 분위기도 전 같지 않았다. 장례를 치르고 온 후에도 아라는 한동안 무척 힘들어 보였다. 하지만 사무실 분위기를 생각해서인지 사람들 앞에선 웃으려 노력했다. 마음을 추스르는 것 같았는데, 어느 날은 느닷없이 울음을 터트렸다. 당황해 모두들 달래지도 못하고 있는데 마침 지나다 본 팀장이 아라를 데리고 가 점심을 먹이고 들어왔다. 이후 아라는 서서히 전의 밝은 얼굴로 돌아왔다.

아라는 오랜만에 회식 자리에도 함께했다. 이제야 놀 맛이 난다며 정희 언니, 승연이, 부장까지 평소보다 많이 마셨다. 뒤이어 간 단란주점에서도 서로 마이크를 놓지 않고 끊임없이 노래를 불렀다. 누가 노래라도 시킬까 봐 나는 마이크와는 최대한 멀리 떨어져 앉았다.

번갈아 노래를 부르고 또 번갈아 화장실을 오가느라 어느 순간 보니 처음과는 자리가 많이 바뀌어 있었다. 내 옆에 있던 정희 언니는 최 대리와 나란히 앉아 마이크도 없이 노래를 불렀다. 승연이는 팀장과 함께 따라온 개발팀 박과 이야기를 나누는 중이었다. 아라는 팀장과 나란히 앉아 있었다. 둘은 이야기를 많이 하는 것 같았다. 주거니 받거니 볼 때마다 술잔이 여러 번 오갔다. 할머니 생각이 났는지 아라는 때때로 눈물을 훔치기도 했다. 처음엔 다들 자제하는 것 같았지만 시간이 지나자 아라는 안중에 없이 모두들 흠뻑 취해 갔다.

깜빡 졸았을까. 흠칫 눈을 뜨곤 의자 밑으로 떨어지려는 몸을 겨우 곧추세웠다. 자다 깬 탓에 몸에 끼치는 한기를 털며 주위를 둘러봤다. 마이크도 없이 노래를 부르던 정희 언니는 부장이 내려놓은 마이크를 잡고 있었다. 옆에서 최 대리는 노래에 맞춰 연신 춤을 춰댔다.

언제 바뀌었는지 내 맞은편엔 사람 하나 간격을 두고 아라와 팀장, 부장이 나란히 앉아 있었다. 마이크를 놓지 않고 몇 곡이나 연달아 불러대던 부장은 꽤 지쳐 보였다. 그럼에도 팀장에게 연신 술을 권했다. 부장이 끼는 바람에 팀장과 아라는 더욱 붙어 앉아야 했다. 넓은 자리 놔두고 왜 좁은 자리에 끼었을까. 부장과 팀장 곁에 앉은 아라를 보니 내가 다 불편할 지경이었다. 하지만 아라는 그런 걸 생각할 여유가 없을 만큼 많이 취한 것 같았다. 처음엔 고개를 숙이고 조는 것 같더니 어느새 테이블에 엎드려 자고 있었다. 아라는 상관없이 팀장은 부장이 따라주는 술을 연방 마셔댔다.

이제 그만 가지. 술은 취했고 노래는 흥미가 없고. 잠이 쏟아져 다리 뻗고 자면 소원이 없을 것 같았다. 하지만 아무도 일어날 생각을 하지 않았다. 혼자 일어나 몰래 집으로 가버릴까 싶었지만 출근하면 쏟아질 핀잔을 생각하니 그럴 수도 없었다. 아라를 깨워 핑계 삼아 같이 나갈까, 테이블에 놓아둔 핸드폰을 들었다. 가방에 넣으려는데 졸음 때문인지 취기 때문인지 핸드폰이 손에서 미끄러져 바닥에 떨어졌다. 테이블과 의자 사이의 간격이 좁아 허리를 굽히는 것만으로는 주울 수 없었다. 어쩔 수 없이 테이블 안으로 몸을 들이밀곤 쪼그려 앉아야 했다. 그러고도 팔을 간신히 뻗은 후에야 핸드폰을 집을 수 있었다. 테이블을 빠져나와 다시 자리에 앉는데도 한참이 걸렸다. 몸을 갑자기 쪼그렸다 폈더니 심한 운동이라도 한 듯 땀이 흐르고 힘이 쭉 빠졌다. 그런데 힘이 빠진 건 그것 때문만은 아니었다. 테이블 아래서 언뜻 눈에 스친 것이 있었다. 너무 생뚱맞아 정말 본 건지 술김에 헛것을 본 건지 확신이 서지 않았다. 설마 그럴 리야. 아무래도 술을 너무 마신 모양이었다. 정신을 차리려 테이블에 놓인 컵을 들어 물을 벌컥대며 마셨다. 생각하지 않으려 머리를 몇 번인가 세게 흔들었다. 하지만 눈에 스친 건지 헛것인지 알 수 없는 장면은 떨어지지 않고 오히려 더 끈적하게 들러붙었다. 실제건 헛것이건 어느 쪽도 말이 되지 않았다. 고개를 다시 한번 가로저었다. 걱정스러운 눈으로 아라 쪽을 바라봤다. 마침 고개를 돌린 팀장과 눈이 마주쳤다. 나도 모르게 몸이 움찔했다. 팀장도 잠시 움찔하는 것 같았다. 하지만 팀장은 곧 특유의 눈웃음을 지어 보였다. 어느 때보다 여유로운 표정으로 테이블 위에 놓인 잔을 나를 향해 들어 보였다. 나도 웃으며 고개를 숙였다. 팀장은 다시 옆에 앉은 부장과 대화를 이어갔다.

진짜인지 헛것인지 모를 거치적거리는 장면 때문일까. 팀장이 아무래도 평소와는 달리 보였다. 내려앉는 눈꺼풀에 힘을 줘 수시로 팀장과 아라를 흘끗댔다. 팀장은 곁에 있는 부장과 얘기를 하며 술잔을 주고받았다. 아라는 여전히 엎드려 자고 있었다. 그런데 뭔가 이상했다. 테이블 위로 양손이 보이는 부장과는 달리 팀장은 술잔을 든 한쪽 손만 보였다. 나머지 한쪽 손은 테이블 아래로 내리고 있었다. 아무리 생각해도 부자연스럽고 어색해 보였다.

나는 핸드폰을 꺼내 테이블 밑으로 밀어 넣었다. 카메라를 켜 닥치는 대로 눌러댔다. 테이블 밑에서 플래시가 팡팡 터지는 게

234

느껴졌다. 내가 대체 무슨 짓을 하는지 몰랐지만 졸려서인지 취해서인지 나는 어느 때보다 열심히 보이지도 않는 사진을 마구 찍어댔다.

"언니, 아라를 좀 깨워서 보내야 하지 않을까. 쟤 너무 많이 마신 것 같아요."

화장실에 다녀오는지 자리로 가다 말고 다가온 승연이가 내 귀에 대고 속삭였다. 나는 얼른 핸드폰을 테이블 밑에서 꺼내 가방 속에 넣었다. 승연이도 아라를 깨울 기회를 보고 있었던 모양이었다.

"아무래도 할머니 돌아가시고 마음을 못 추스르더니 오늘 좀 과했나 봐요. 저 아라 깨워서 먼저 들어갈게요."

나는 승연이가 지나갈 수 있도록 몸을 비틀어 공간을 내줬다. 승연이는 좁은 틈을 비집고 들어가 겨우 아라에게 다가갔다. 아라는 그제야 기지개를 켜며 부스스 몸을 일으켰다.

"우리도 이만 가지요, 뭐."

승연이가 아라를 깨워 먼저 가겠다고 인사를 하자 팀장이 말했다. 어느새 노래를 부르던 팀들도 자리에 앉아 늘어져 있었다.

놀 만큼 놀았는지 모두들 앞에 있는 잔을 비우곤 몸을 일으켰다. 승연이는 아라를 부축해 먼저 나갔다. 나는 문 앞에서 일행들과 헤어진 후 다시 안으로 들어왔다. 화장실이 급했다. 볼일을 보고 나오니 아무도 보이지 않았다. 다들 용케 차를 잘 잡은 모양이었다.

집에 오니 몸이 천근이었다. 자려고 누웠는데 아라 생각이 났다.

회식이 있을 땐 늘 끝까지 남아 뒷정리를 하고 가던 아이였는데 그렇게 취한 모습은 처음이었다. 승연이랑 함께 가는 걸 봤는데도 어쩐지 걱정이 됐다. 문자라도 보낼까 싶어 가방 속에 넣어둔 핸드폰을 꺼냈다.

우선 아라에게 잘 들어갔는지 문자를 보냈다. 하지만 답장은 오지 않았다. 들어가자마자 뻗어버린 걸까. 나는 승연이에게 잘 들어갔는지 아라는 어떻게 됐는지 물었다. 승연이에게서는 곧 답장이 왔다. 자신은 잘 들어왔고 아라도 잘 들어갔을 테니 걱정 말라고 했다. 문자 끝엔 곰 한 마리가 불을 끄고 잠자리에 드는 이모티콘이 달려 있었다. 나는 그제야 불을 끄고 이불 속으로 들어가 잠자리에 들었다.

감기는 눈을 뜨고 머리맡의 핸드폰을 다시 들었다. 문득 아까 찍은 사진이 궁금했다. 예상대로 플래시가 터졌어도 무엇을 찍었는지 알아보기가 힘들었다. 오히려 다행이었다. 짧은 순간 참 많이도 찍었다 생각하며 손가락으로 사진을 넘기던 나는 그만 몸을 벌떡 일으켰다. 불을 켜고 손으로 눈을 비비곤 핸드폰을 쏘듯이 들여다봤다. 사진에 희미하게 손이 보였다. 낯익은 오메가 시계를 찬 손이었다. 그 손이 줄무늬 스커트 속에 닿아 있었다. 다음 사진엔 스커트가 아닌 허벅지에 얹혀 있었다. 나도 모르게 핸드폰을 팽개치듯 던지고 말았다. 불을 끄고 누워 이불을 머리까지 뒤집어썼다. 졸리고 피곤한데도 잠은 오지 않았다. 더럽고 불결한 것이 스멀스멀 온몸에 기어다니는 것 같았다. 잊고 있었는데, 술을 펑

계로 당연한 듯 어깨로 올라오던 손들이 물속에 떨어진 기름처럼 동동 떠올랐다. 회식 자리라는 분위기를 들먹이며 감수하길 강요하던 등과 가슴에 스치던 손들이 뱀처럼 기어 나와 자꾸 들러붙었다. 오래전 기억 속에서 두더지처럼 불쑥불쑥 튀어나오는 것들로 인해 나는 그 밤 오지 않는 잠과 밤새 씨름을 해야 했다. 그러다가 새벽녘에야 겨우 잠이 들었다. 악몽에 시달리다 눈을 뜨니 점심때가 다 돼 있었다. 그래도 주말이라 다행이었다.

"아니 뽕 선생! 경력이 얼만데 일을 이따위로 처리해?"

월요일 아침부터 부장은 또 나만 갖고 야단이었다. 지난주에 제주에 보낸 물품 목록 중에 전산상 누락된 것들이 발견되었다고 했다. 제주는 항공편으로 보내야 해 시간이 걸렸다. 부장은 정말 큰일이라며 얼굴이 벌게질 때까지 나를 세워놓고 야단을 쳤다.

"후배들 앞에서 창피하지도 않아?"

내가 실수를 한 건 맞다. 그래도 꼭 그렇게 말을 해야 할까. 물론 창피하다. 창피하다 못해 죽고 싶다. 어릴 땐 이렇게 창피하면 눈물이라도 흘릴 수 있었다. 그러면 자신들이 너무했나 싶어 오히려 미안해하기도 했으니까. 하지만 이젠 울지도 못한다. 울면 그 나이에 운다고 또 야단일 테니까.

"들어가!"

숙인 고개를 바닥까지 숙여 인사했다. 역시나 숙인 고개를 방향만 틀어 내 자리로 돌아왔다. 고개를 숙였는데도 사람들의 시선이 온몸에 느껴졌다. 한심하고 가엾고 추한 인생아, 너 왜 사니, 하는 속엣말이 들리는 것 같았다. 이제 이런 창피도 이골이 났지만 들을 때마다 때려치우고 싶었다. 하지만 그럴 수가 없다. 그놈의 집 때문에.

"자, 다들 점심 맛있게 드세요."

오전 내내 고개도 못 들고 있어 시간 가는 줄 몰랐는데 점심시간인가 보았다. 고개를 드니 약속이 있는지 평소보다 더 말끔하게 차려입은 팀장이 방에서 나와 문 쪽으로 다가오고 있었다.

숙이고 있느라 뻣뻣해진 고개 때문에 피하지도 못하고 팀장과 눈이 딱 마주쳤다. 팀장은 특유의 눈웃음을 지어 보였다. 순간 핸드폰에 있는 사진이 떠올랐다. 온몸에 훅 소름이 끼쳤다.

"언니, 점심 맛있게 드세요."

남자친구가 온 걸까. 승연이는 부리나케 사무실을 나섰다. 뒤이어 다른 사람들도 모두 사무실을 빠져나갔다.

아침부터 망신을 당하고 나니 입맛도 없었다. 가방에 넣어둔 에너지바로 점심을 때울까 탕비실로 커피를 타러 갔다. 그런데 사람들이 다 빠져나간 사무실에 아라가 멍하니 앉아 있었다.

"아라야, 점심 안 먹어?"

분명히 나를 본 것 같은데. 아라는 보지도 못하고 듣지도 못한 것처럼 반응이 없었다. 아라를 보니 마음이 복잡했다. 뭔가 말을 해야 할까 싶었지만 괜한 일에 휘말리고 싶지 않았다. 나는 쓸데없이 오지랖을 떨 수 있는 처지가 아니었다. 그냥 나오려다가 다시 돌아봤다. 아라는 눈에 초점 없이 넋 나간 사람 같았다.

238

"아라야……."

아라는 그제야 몸을 움찔하더니 나를 돌아봤다.

"밥 안 먹어?"

아라는 생각난 듯 핸드폰을 들여다보며 시간을 확인했다.

"좀 생각이 별로 없어서…… 언니 먼저 다녀오세요."

아라는 건성으로 말하곤 다시 생각에 잠겼다. 같이 먹자고 할까 하다가 도망치듯 사무실을 나왔다. 핸드폰의 사진이 마음에 걸렸다. 말을 할 수도 모른 척하기도 께름칙했다. 하지만 내 코가 석 자였다. 내가 수십 년의 사회생활로 터득한 건 남의 일엔 절대 나서지 말아야 한다는 것이었다.

아라를 피해 나오긴 했는데, 딱히 갈 곳이 없었다. 시간도 얼마 없어 멀리 가기도 뭐했다. 나는 테이크아웃 커피 전문점에서 커피를 사 들고 근처 공원으로 갔다. 다행히 공원은 한산했다. 사람이 없는 벤치에 앉아 에너지바를 뜯었다. 간만에 날씨가 좋았다. 아무리 천 원짜리 커피지만 믹스와는 다른 원두 향이 기분을 좋게 했다. 아침부터 욕먹고 창피하고 아라 때문에 께름칙한 마음이 한결 나아지는 것 같았다.

아라는 그 후로도 늘 멍하니 앉아 있었다. 아라를 볼 때마다 가시방석에 앉은 기분이었다. 차라리 사진이 끝까지 엉망으로 나왔으면 좋았을걸. 평소 내 얼굴은 거지같이 찍히더니. 별로 성능도 안 좋은 핸드폰은 왜 쓸데없이 능력을 발휘해 누가 봐도 팀장 손이 아라의 치마 속을 더듬는 중이라는 걸 알 수 있게 찍은 걸까.

"오랜만에 다 같이 저녁이나 먹죠?"

며칠 동안 야근이 이어졌다. 간만에 일찍 끝나는가 싶었는데. 팀장은 그동안 고생했다며 개발팀과 함께 저녁을 사겠다고 했다. 다른 직원들은 박수를 쳤다. 하지만 순간 나도 모르게 손을 들었다.

"저는……."

그런데 손을 들고 보니 아라도 손을 들고 있었다. 사람들의 눈이 아라와 나를 번갈아 바라봤다.

"한 사람도 빠지지 마세요."

팀장은 나와 아라를 보며 웃었다. 다른 사람들도 함께 가자며 부추기는 바람에 차마 고집을 피울 수가 없었다.

사람들은 팀장이 예약해 놓은 고깃집으로 우르르 몰려갔다. 각자 자리를 잡고 앉자 반찬이 세팅됐다. 몰래 빠져나갔는지 아라는 보이지 않았다. 다행이다 싶었다. 하지만 고기가 불판에 올려지기 시작했을 때였다. 최 대리와 함께 아라가 쭈뼛대며 들어섰다. 도망가려다가 눈에 띈 모양이었다. 최 대리는 신발을 벗고 승연이와 개발팀의 여진이 사이에 앉았다. 또래라서인지 그들은 회식 자리에선 늘 뭉쳐 앉았다.

최 대리가 자리에 앉자 아라는 내키지 않는 얼굴로 신발을 벗었다. 누군가 말했다.

"팀장님 옆에 자리가 비었네. 막내는 그리로 가!"

막 고기를 불판에 올리던 나는 나도 모르게 들고 있던 집게를 치켜들었다.

"안 돼요!"

불판에 구워지는 고기를 들여다보던 사람들의 눈이 일제히 내게로 날아왔다. 다들 눈을 휘둥그렇게 뜨고 있었다.

"아라야, 여기 내 옆에 앉아."

나는 엉덩이를 빼 아라가 앉을 수 있는 자리를 만들었다. 아라가 쭈뼛쭈뼛 내 옆으로 다가왔다.

"아라랑 얘기할 게 있어서요. 좀 물어볼 게 있어서……. 신경 쓰지 말고 드세요들."

나는 고개를 숙여 불판에 올린 고기를 뒤집었다. 사람들은 그제야 내게서 눈을 뗐다. 슬쩍 보니 팀장은 부장과 함께 얘기를 나누는 중이었다.

"언니 저한테 무슨 할 말이……."

자리에 앉자 아라는 미심쩍은 눈으로 나를 바라봤다.

"응…… 그새 잊어버렸네. 하하. 이따가 생각나면 말할게."

나는 얼른 익은 고기 한 조각을 집어 아라의 접시에 놓았다. 이후에도 나는 고기가 구워지는 족족 아라의 접시에 올렸다. 아라는 부담스러운지 됐다며 나중엔 짜증을 냈다. 내가 생각해도 내 행동이 이상한 것 같았다. 바보같이. 하지만 그러지 않으려고 하면 할수록 자꾸 어색하고 이상해졌다.

## 가시방석 같은 하루하루

"조아라가 맨날 점심 사주세요! 팀장님 회식해요! 할 때부터 내가 알아봤다."

컵을 기울여 커피를 탈탈 털어 마신 부장이 인상을 찌푸렸다. 종이컵을 힘을 줘 구기던 부장은 자기 말에 동의를 구하듯 최 대리를 바라봤다.

"그래도 뭐가 있으니 그러는 거겠죠."

최 대리가 뭐라고 할 새도 없이 평소엔 묵비권을 행사하던 정희 언니가 쏘아붙였다. 정희 언니가 나서지 않았다면 부장은 최 대리와 또 한바탕 아라의 험담을 늘어놓을 것이 뻔했다.

사람들의 의견은 둘로 갈렸다. 그래도 뭐가 있으니 아라가 그러는 거겠지 하는 쪽과 팀장이 모함을 받고 있다는 쪽. 나도 그날 테이블 속에 기어들어 가지 않았다면 아라가 오버하는 거라고 생각하는 쪽이었을지도 몰랐다. 하지만 내 핸드폰엔 팀장의 손이 아라의 치마 속을 더듬는 순간이 고스란히 담겨 있었다.

그렇다고 선뜻 아라 편을 들 수는 없었다. 솔직히 핸드폰 속 사진이 성추행 증거로 인정받을 수 있을지 확신이 서지 않았다. 하지만 모른 척하자니 양심의 삼지창이 자꾸 온몸을 찔러댔다. 아라를 마주 볼 수도 없었다. 마주치기는커녕 멀리서라도 보이면 얼굴이 붉어지고 심장이 벌렁거렸다. 어지럽기까지 했다. 소화도 안 돼 끼니를 몇 번 걸렀더니 살이 빠지고 그새 얼굴에 주름도 늘었다. 이러다간 내가 병이라도 날 것 같았다.

아라는 아직까지는 사무실로 출근을 했다. 점심때는 승연이하고만 밥을 먹었다. 늘 함께 먹던 여직원들은 이리저리 핑계를 대며 아라를 피했다. 아라가 원한 것 같았지만 승연이도 얼마 후 따로 나갔다.

마주치지 않으려 조심했건만. 점심을 먹고 들어오니 아라가 사무실에 혼자 있었다. 다들 대체 어딜 간 걸까. 화장실에라도 갔다가 사람들이 오면 들어올 생각으로 조심조심 발을 옮기는데 인기척을 느낀 아라가 고개를 들었다.

"밥 먹었어?"

나는 얼른 문 쪽으로 몸을 틀었다.

"언니, 저랑 얘기 좀 해요."

이놈의 몸뚱이. 빨리 나가야 하는데 아라가 어느 틈에 내 앞을 막아섰다.

"그날 언니 나한테 왜 별일 없었냐고 물어봤어요?"

나를 보는 그 애의 눈빛이 매서웠다.

"응? 언제? 내가 뭘 물어?"

나는 무슨 소린지 모르겠다는 듯 눈을 동그랗게 떴다.

"언니 그랬잖아요. 나만 보면 별일 없지? 물었어요. 한동안."

내가 그랬었나. 내가 왜 그랬을까.

"응, 그야 그냥 잘 지내냐고 물은 거지. 너 할머니 떠나시고 힘들어했잖아."

나는 화장실이 급하다는 듯 얼른 사무실을 빠져나왔다.

"언니. 저 좀 도와주세요. 언니 뭔가 알고 있는 거죠?"

아라는 화장실까지 졸졸 따라왔다.

"얘는 내가 알긴 뭘 알아."

말하곤 아차 싶었다. 생각해 보니 뭔가 알고 있다고 고백하는 말 같았다. 아라를 뒤로한 채 화장실로 들어가 문을 잠갔다. 잠시 후 체념한 듯 아라가 화장실을 나가는 발소리가 들렸다. 변기에 털썩 주저앉자 깊은 한숨이 빠져나왔다.

정말이지 하루하루가 가시방석이었다. 핸드폰을 손에 쥘 때마다 심장이 벌렁거렸다. 눈 딱 감고 지워버릴까 하다가도 왠지 그러면 안 될 것 같았다. 핸드폰의 사진이 아라에게 조금은 힘이 될 수 있지 않을까. 하지만 그러면 회사에서 나도 미운털이 박힐 게 뻔했다. 아라가 아니면 내가 지방으로 가야 할지도 몰랐다. 아니 아예 잘릴지도.


## 울고 싶어라


게시판에 공고가 붙었다. 조아라 사원을 퇴사 조치하겠다는 내용이었다. 회사의 이미지 손상과 합당한 사유 없는 인사 거부가 퇴사 조치의 이유였다. 로비에 들어서며 사람들은 게시판을 보곤 인상을 찌푸렸다. 내 인상도 다르지 않을 거라 생각하며 엘리베이

터에 올랐다.

문을 여니 사무실 안은 평소와 다르게 쥐 죽은 듯했다. 다들 고개를 숙이고 서류를 뒤적이거나 모니터를 들여다보고 있었다. 출근하자마자 이렇게 열심인 적이 있었나. 하지만 무의식적으로 아라의 자리를 본 순간 나도 고개를 숙였다. 아라와 눈이라도 마주칠까 얼른 자리에 앉아 컴퓨터를 켜고 모니터에 눈을 박았다. 늘 루틴처럼 하던 화장실을 들르는 것도, 탕비실로 가 모카골드를 타 마시는 일도 하지 못했다.

무엇을 하는지 아라도 자리에 앉아 모니터를 보며 자판을 누르고 있었다. 시간이 되자 나와 정희 언니, 최 대리와 승연이가 자리에서 일어났다. 백화점에 판촉 행사가 있는 날이었다. 근처에서 점심을 먹고 준비한 후 오후에 행사를 마치면 사무실엔 다음 날이나 들어와야 했다. 사무실엔 아라와 부장 그리고 개발팀 사람들과 팀장만 남을 텐데. 사무실을 나서려니 발걸음이 천근 같았다. 하지만 다들 오히려 잘됐다는 표정이었다. 아라와 함께 어색하게 사무실에 있느니 외근을 하는 게 낫다고 생각하는 것 같았다. 걱정은 됐지만 아라에게는 한 마디 못한 채 준비를 마친 후 사무실을 나왔다.

"에휴, 오늘 참 발길이 떨어지질 않네."

정희 언니 말에 승연이는 울음을 터트렸다. 하지만 누구 하나 면박을 주진 않았다. 달래지도 않았다.

다음 날 출근을 하니 아라의 책상이 깨끗하게 정리돼 있었다. 컴퓨터도 치워진 채 커다란 상자 하나만 덩그러니 놓여 있었다. 아라는 자리에 앉아 자신의 물건이 담긴 상자를 뚫어져라 바라봤다.

점심시간이 되자 정희 언니가 함께 가자며 아라를 데리고 나갔다. 나와 승연이도 따라갔다. 정희 언니는 평소 잘 다니던 단골집에서 곰탕을 시켜줬다. 양념장을 넣어주며 아라에게 많이 먹으라고 했다. 점심을 먹는 내내 평소와 다르지 않은 이야기가 오갔다. 전날 본 드라마 이야기. 요즘 뜬다는 핫플 이야기. 아라는 곰탕에 밥을 말아 먹다간 오가는 대화에 가끔씩 웃기도 했다. 하지만 식사를 마치고 카페에 들어가자 정희 언니가 입을 열었다.

"아라야, 힘들겠지만 회사 측 결정을 따라줘야 할 것 같아. 지금 문제가 너무 커졌어. 너는 아직 어리니까 다른 데 옮기기 수월할 거야. 일이 만약에 더 커지면 다른 곳으로 가기도 어려울 테니까 우리 여기서 정리하자."

정희 언니 말에 놀란 나와 승연이가 눈을 동그랗게 떴다. 승연이의 눈엔 어떻게 그런 말을 할 수 있냐는 원망이 담겨 있었다. 내 눈도 다르지 않을 것 같았다.

"까놓고 니 말이 사실이라고 치자. 솔직히 나는 여태 회사 생활하면서 그런 일 한두 번 안 겪은 줄 아니? 나 내 남편 돈 많이 벌어서 먹고살 만해. 그래도 내가 왜 이놈의 지긋지긋한 회사 못 그만두는데. 온갖 더러운 일 참고 견딘 세월이 억울해서 그런 거야. 내가 너처럼 일일이 다 문제 삼고 했어봐. 나 여태 회사 못 다녔다. 니들은 어려서 잘 모르겠지만 아마 다미는 알걸?"

정희 언니는 말끝에 울음을 섞었다.

"나도 참 중간에서 입장이 곤란하다, 야!"

어쩐지 정희 언니가 점심을 산다 했다. 부장이 아라를 설득하라고 한 걸까. 늘 이랬다. 서로 눈감고 모른 체하고 무시하고. 그 업보를 어린 아라가 받고 있는 건 아닐까. 하지만 업보를 끊기란 쉽지 않았다. 다들 회사에 다녀야 하니까. 정희 언니는 겪은 세월이 억울해서. 나는 내 집을 지키기 위해.

아라는 정희 언니 말에도 커피만 마실 뿐 아무 말도 하지 않았다. 원망의 눈빛도 보이지 않았다. 눈물을 흘리거나 슬픈 표정도 짓지 않았다. 담담한 얼굴로 커피만 마셨다.

다음 날 사무실 문을 여니 아라가 자신의 자리 앞에 서 있었다. 가까이 간 나는 그만 눈을 꾹 감고 말았다. 아라의 자리에 책상이 사라져 있었다. 내가 다가가자 아라는 나를 지나쳐 밖으로 나갔다. 정희 언니가 내게 그냥 앉으라며 눈짓을 했다. 하긴 할 말도 딱히 없었다. 그저 회사와 사람들과 나 자신에 대한 화가 주체할 수 없이 치밀 뿐이었다. 내가 입 밖으로 내뱉지도 못할 화를 씩씩대며 삭이고 있는 사이 아라가 돌아왔다. 어디서 구했는지 의자 하나를 끌고 들어와선 책상이 빠져 휑한 자리에 놓았다.

"조아라 씨, 이렇게까지 해야겠어?"

마침 출근하던 부장이 의자를 가져온 아라를 보곤 소리쳤다.

"문제가 더 커져 외부에라도 알려지면 다른 데 취업하기도 쉽지 않고 본인만 손해라는 걸 왜 몰라. 아직 어려서 그런 거야, 뭐야?"

하지만 아라는 부장의 말에도 별 반응이 없었다. 부장이 책상에 들고 있던 가방을 던지듯 내려놓자 울음을 터트린 건 승연이였다. 정희 언니는 그럴 줄 알았다는 듯 고개를 절레절레 흔들었다. 심기가 불편한 부장 때문에 최 대리는 혹시 자기에게 불똥이 튈까 안절부절이었다.

오전 내내 의자에 멍하니 앉아 있던 아라는 점심시간이 되자 가방을 들고 밖으로 나갔다. 그날은 뿔뿔이 각자 나가서 따로 시간을 보냈다. 점심시간이 지났는데도 아라는 들어오지 않았다. 하지만 누구도 아라를 찾지 않았다. 사람들도 아라 얘기는 입도 뻥긋하지 않았다. 그날 이후 아라는 출근을 하지 않았다. 승연이 말로는 전화도 받지 않는다고 했다.

다행히 울산 발령 문제는 잠잠했다. 사무실도 겉으로는 어느 때보다 평온했다. 팀장은 언제나처럼 친절했지만 여직원들에게는 거리를 두는 느낌이었다. 선의로 베푼 친절로 상처를 크게 입었다는 듯 늘 슬픈 얼굴로 다녔다.

"팀장님이 저러니까, 사무실 분위기 무지 썰렁하네."

"그러게, 옛날이 좋았는데. 조아라 괜히 일을 벌여서."

부장과 최 대리 그리고 가끔씩 들르는 개발팀 남자 직원들은 모일 때마다 실없는 소리를 했다.

"원래 조아라가 팀장님을 좋아하지 않았어?"

그러다간 가끔씩 그런 말이 오가기도 했다.

"내 말이. 설사 조아라 말이 진짜라고 해도 여자애가 작정하고

꼬리치는 데야 남자가 어쩌겠어요."

그러다간 또 누군가가 은근히 끼어들며 거들었다.

"조아라가 괜히 팀장이랑 어떻게 해보려다가 잘 안되니까 저러는 거 아니야. 걔 꿈이 돈 많은 남자 만나 결혼하기 아니었어?"

시간이 지나자 그런 말을 해도 눈치를 주는 사람도 없었다. 다들 무관심하거나 동의한다는 듯 고개를 끄덕였다.

"팀장님도 안됐네요. 요즘 얼굴이 반쪽이 되셨어."

더 시간이 지나자 그렇게 팀장이 피해자가 돼가고 있었다. 대놓고 아라를 비난하는 사람들도 있었다.

회사의 어수선한 분위기에 녹초가 돼 집에 들어가면 집도 역시 편하지만은 않았다. 식구들은 털보네 과자 공장이 선글라스 여인에게 넘어갈까 늘 전전긍긍이었다. 공장을 사겠다며 있지도 않은 돈을 어떻게든 끌어모으려 안간힘을 썼다.

"언니!"

그런데 버스에서 내려 골목으로 막 들어설 때였다. 누군가 부르는 소리에 돌아보니 아라였다. 안 그래도 며칠 전부터 끊임없이 한번 만나자고 했다. 하지만 계속되는 야근을 핑계 대며 차일피일 미루고 있었다. 아라를 만나는 게 내키지 않았다. 더 이상 안 되겠다 생각했는지 아라가 집 근처에 와 있었다. 나를 본 그 애는 깊은 한숨부터 뿜었다. 오랜만에 보니 할머니 보내고 반쪽이 됐던 얼굴이 반의반 쪽이 돼 있었다. 순간 울컥 눈물이 나려 했다.

"여기는 무슨 일이니?"

나는 마치 아무것도 모른다는 듯 시치미를 떼며 물었다.

"언니랑 얘기 좀 하고 싶어서……."

아라는 씁쓸하게 조금 웃었다. 웃음 끝에 잠시 눈을 돌려 허공을 봤다.

"응, 미안. 일이 좀 바빴어."

이럴 줄 알았으면 그냥 만날 걸 그랬나, 후회가 밀려들었다.

"언니, 저 법으로 하려고 준비 중이에요."

평소엔 철없는 막내라고만 생각했는데 아라는 그사이 많이 달라져 있었다.

"법? 괜찮을까? 오히려 너만 상처받을지도 모르는데."

나는 사무실 분위기를 생각하며 걱정스럽게 말했다. 이제 아라 편인 사람은 거의 없었다. 회사 분위기가 어수선해지자 모든 게 아라 탓인 듯 대놓고 불만을 드러내기도 했다. 아라도 알고 있어야 할 것 같아 나는 대충 돌아가는 분위기를 설명했다. 얘기를 듣던 아라는 눈물을 참으려 입술을 물었다. 하지만 얼굴엔 굳은 의지가 보였다. 내 몸이 괜히 움찔했다.

"그동안 좀 알아보니 전에 있던 회사에서도 피해자가 있는 모양이더라고요."

"전에도? 팀장님, 외국에 있다가 온 거 아니었어?"

"한국 지사에도 있었대요. 그런데 그때도 문제가 좀……."

"전에도 그랬구나?"

아뿔싸. 이렇게 말하는 게 아니었는데. 이건 내가 팀장의 성추행을 확신한다는 뜻 같았다. 나서지 않을 거면 철저히 모른 척해야 했다. 순간 내 입을 쥐어뜯고 싶었다. 그나저나 전에 다니던 회사에서도 피해자가 있었다니. 상습범이었나. 하긴 그런 스펙으로 우리 회사에 온 걸 보면 처음부터 뭔가 있구나 의심했어야 했다.

"언니."

아라가 갑자기 내 손을 꼭 잡았다.

"저 좀 도와주시면 안 될까요. 싸워야겠는데 아직은 좀 막막해요. 혹시 뭐라도 아시는 게 있으면……"

나는 얼른 잡힌 손을 빼곤 한 발짝 물러났다.

"난 아무것도 모른다니까. 아무것도 못 봤어."

아라의 손을 뿌리치는 내 자신이 놀랍고 무서웠다. 당황한 탓에 나는 그렇게 말하고 말았다. 이런 바보. 아주 대놓고 봤다고 하지. 지나가던 사람이 들어도 뭔가를 알고 있다고 느낄 것 같았다. 아라도 느꼈을까. 나를 보는 눈에 알 수 없는 빛이 반짝였다. 하지만 나는 아라를 도울 수 없었다. 회사에 다녀야 하니까. 그래야 내 집을 지킬 수 있으니까. 다른 사람은 몰라도 집은 내겐 전부였다. 꿈이었고 인생이었다. 그러니 울산으로 발령을 받아서도 안 됐다. 아무리 사람들이 비난해도 절대 팀장의 눈 밖에 날 일을 해선 안 되는 걸 나보고 어쩌라고.

"언니, 한 번만 더 생각해 주세요. 도와주세요."

아라는 다시 한번 내 손을 잡으려 했다. 나는 얼른 손을 뺐다.

"니가 자꾸 이러면 내가 너무 곤란해져, 아라야."

결국 나는 그렇게 모진 말까지 해버렸다. 아라는 숨을 한 번 크게 쉬었다. 잠시 나를 바라보더니 체념한 듯 입가에 웃음을 띠었다.

"알겠어요. 언니. 죄송해요. 그리고 감사했어요. 그동안."

아라는 말끝에 애써 환하게 웃어 보였다. 그 애의 웃음이 너무 슬펐다. 눈물이 날 것 같아 얼른 고개를 돌렸다.

그 애와 헤어져 돌아서는데 마음이 너무 착잡했다. 그동안 나는 내가 꽤 착한 사람이라고 생각했다. 아무리 무능하고 볼품없는 인간이지만 인간성 하나는 꽤 괜찮다고 자부했는데, 아니었다. 괜찮기는커녕 사악하고 형편없는 인간이었다. 슬프고 화나고 처참하고. 내 밑바닥을 봐버린 것 같아 기분이 너무 더러웠다.

그런데 이건 뭘까. 언제부터인지 검은 그림자가 따라오는 게 느껴졌다. 내가 걸음을 빨리하면 그림자도 빨라졌다. 내가 걸음을 늦추면 그림자도 늦추는 것 같았다. 갑자기 다리가 후들거렸다. 아라에게 모질게 하고 돌아섰을 때 언젠가 벌 받을 거라고 짐작은 했다. 그래도 이렇게 빨리일 줄이야. 안 그래도 요즘 작은 기척에도 경기하듯 놀라기 일쑤였다. 역시나 온몸이 다 울리도록 심장이 널뛰기 시작했다. 빨리 뛰어야 할 것 같은데 덩달아 다리도 요동쳤다. 빨리 뛰기는커녕 제대로 걷기도 힘들었다. 후들거리는 다리를 끌고 어찌어찌 오다 보니 집으로 들어가는 공동 현관문이 열려 있었다. 저 안으로만 들어가면 안심이다 싶었다. 이를 악물었다. 있는 힘을 다해 뛰어야 했다. 주먹을 꼭 쥐고 비장하게 한쪽 발을 들었다. 그런데 이미 늦은 걸까. 그림자가 등 뒤로 바싹 붙는가 싶더니 커다란 검은 손이 어깨를 덥석 잡았다. 나는 그만 악, 소리와 함께 그대로 주저앉았다.

"아이 깜짝이야! 야, 너 왜 그래?"

나는 주저앉아 머리를 숙인 채 손을 들었다. 잘못했노라 싹싹 빌 생각이었다. 잘못했으니 용서해 달라고. 그런데 내 비명 소리에 그림자가 오히려 놀란 소리를 했다. 감았던 눈을 뜨고 천천히 고개를 들었다. 눈이 휘둥그레진 아빠가 가로등 불빛 아래 서 있었다.

"아이! 놀랐잖아!"

나는 그만 울음을 터트렸다.

"아니 지 아빠도 못 알아보고 난리냐 넌. 집 앞에다가 이렇게 환한데 누가 너를 어쩐다고?"

아빠는 놀란 것이 가시지 않는 듯 오히려 가슴을 쓸어내렸다. 나는 일어나 흐르는 눈물을 손으로 쓱쓱 닦았다. 왠지 분한 마음에 괜히 아빠를 쏘아봤다. 하지만 아빠는 웃으며 걷기 시작했다. 나도 걸었다.

"누구냐? 아까 그 사람?"

아라와 함께 있는 걸 본 모양이었다.

"그냥…… 회사 같이 다니는 애."

나는 걸음을 빨리하며 별일 아니라는 듯 얼버무렸다.

"뭘 도와달라던데."

나는 그만 걸음을 멈추고 말았다. 내 밑바닥을 아빠도 봤을까. 다시 눈물이 나려 했다.

"아니야. 신경 쓰지 마요."

아빠는 한동안 내 뒤를 말없이 따라왔다.

"다미야. 도와달라는 사람 있으면 돕고 그래. 공장은 잘될 것 같아. 털보 형님이 아주 완강해서 아들도 어쩔 수 없다 생각하는 것 같더라고. 대출도 좀 받고 모자라는 돈은 다달이 갚는 식으로 해보려고."

"괜찮겠어요? 그 공장에 우리 전 재산을 투자해도?"

나는 정말 걱정이 돼 물었다.

"만약 공장이 어떻게 돼도 말이야. 딱 까놓고 망하더라도 구멍가게라도 하면 되지 뭐. 대한민국에서 상가 딸린 집 하나 있으면 못할 게 없지 않겠냐. 그러니까 인간 된 도리 하고 살아도 된다, 이제."

아빠는 기어코 과자 공장을 할 생각인가 보았다. 집을 팔고 대출을 받고 우리 가족의 모든 걸 걸고. 그렇게 어느 순간 과자 공장은 나를 제외한 식구들 모두에게 꿈이 되어 있었다.

"아빠만 믿어. 굶기지 않는다. 무슨 일 있어도."

아빤 대체 뭘 알고 그러는 걸까. 그런데 새삼 놀라웠다. 말하는 아빠가 더없이 믿음직스러웠다. 그러고 보니 푸른 제복의 실체를 알아버린 순간부터 아빠보다는 늘 엄마를 의지하며 살았던 것 같다. 누구보다 성실하고 자상한 아빠였는데. 갑자기 아빠에게 너무너무 미안했다.

"어떻게 둘이 같이 들어와. 잘됐네. 얼른 씻고 와서 밥 먹어."

현관문을 여니 된장찌개 냄새가 집안에 가득했다. 입맛이 별로 없었는데 갑자기 허기가 졌다. 손만 씻고 밥상 앞에 앉았다. 아빠도 밥상에 앉자마자 찌개부터 떴다. 나는 허겁지겁 밥을 먹었다.

"어? 저거 병진이 아니야?"

숟가락을 들다 말고 엄마가 놀라며 텔레비전을 가리켰다.

"어! 그러게. 정말 병진이 같네."

아빠도 밥숟가락을 놓곤 텔레비전 앞으로 바싹 다가갔다. 나도 그제야 텔레비전으로 눈을 돌렸다. 텔레비전에선 각 분야의 전문가들이 출연해 토론이 한창 진행 중이었다. 사회에서 차별받고 있는 여성 직장인들의 현실에 관한 주제였다.

"교수가 됐다더니 정말이네. 나이는 좀 들었어도 옛날 얼굴이 있네 있어."

그랬다. 병진 언니는 나이는 들었어도 한눈에 알아볼 수 있을 만큼 옛 모습 그대로였다. 옛날에 보이던 얼굴의 그늘이 진중함으로 바뀌어 있을 뿐이었다. 병진 언니는 여성학 전문가로 나와 있었다. 언니는 아직도 여성들이 얼마나 불이익을 겪고 있는지 직접 조사한 데이터를 들어 설명했다. 오랫동안 여성들이 겪은 직장 내 차별을 시대에 따라 조목조목 예를 들기도 했다. 언니는 차별을 극복하기 위해선 남성들의 변화도 필요하지만 여성들 자신이 우선 적극적으로 극복하려는 노력이 필요하다고 했다. 해결 방법 중 하나로 여성들의 연대를 제시하기도 했다.

"아이고 참 똑똑도 해라. 말도 어쩜 저렇게 잘하냐. 병진이 잘된 것 보니까 내가 눈물이 다 난다."

말하며 엄마는 진짜 소매를 들어 눈물을 훔쳤다. 아빠도 밥 먹는 것도 잊은 채 오랫동안 텔레비전에 눈을 박고 있었다. 병진 언니가 화면에 클로즈업될 때마다 더없이 대견하고 흐뭇하게 바라봤다.

"야, 너는 왜 울어?"

눈물을 훔치느라 고개를 돌린 엄마가 나를 보며 놀란 눈을 했다.

"울어?"

아빠도 텔레비전에서 눈을 떼 나를 바라봤다.

병진 언니는 여전히 멋진 모습으로 남성 패널들을 상대하고 있었다. 군 복무 등은 물론 직장에서도 여성들보다 힘든 일을 해야 하는 남성이 승진 등에서 인센티브를 받는 건 당연하다는 주장에도 논리적으로 반박했다. 남성 패널은 여성들이 자신의 능력 부족의 결과를 성적 불이익으로 치부한다는 뜻으로 말했다가 병진 언니의 논리적인 반박에 번번이 말문이 막혔다.

"기집애야! 너 왜 우냐니까?"

나는 아예 숟가락도 팽개치곤 그만 엉엉 울고 말았다. 하지만 딱히 할 말이 없었다. 내가 왜 우는지는 나도 몰랐기 때문이었다.

"병진 언니가 너무 반가워서."

정말이었다. 나는 언니가 너무 반가웠다. 그렇게 당당하고 멋진 언니를 볼 수 있어 너무도 기뻤다. 언니가 하는 말 하나하나가 너무 가슴에 와닿았다. 그렇다고 이렇게 울기까지 해야 할까 싶었다. 하지만 눈물을 주체할 수 없었다. 엄마의 타박에도 아빠의 눈층에도 밀려드는 허기에 머리가 어지러울 지경이었지만 그래도 멈추지 않는 눈물을 난들 어쩌겠는가 말이다.


## 다 함께, 해피 투게더!

기분도 그렇고 해 오랜만에 점심시간 회사 근처에서 희연이를 만났다. 내 기분은 아랑곳없이 밥을 먹는 내내 희연은 여행 이야기를 늘어놓았다. 터키만 간 줄 알았는데 계획을 바꿔 그리스와 이집트까지 다녀왔다고 했다. 하긴 여행 이야기가 듣고 싶어 보자고 한 참이었다. 지중해의 에메랄드빛 바다 이야기를 듣고 있으니 기분이 좀 나아지는 것도 같았다.

희연이는 죽기 전에 세계 일주를 하는 게 꿈이었다. 여행하는 삶을 살겠다며 어렵게 들어가 잘 다니던 회사도 그만뒀다. 여행을 가지 않을 땐 마트, 식당에 학원 강사까지 닥치는 대로 일을 했다. 그렇게 돈을 모으는 대로 여행을 다녔다. 아니 돈은 여행을 위해 버는 것 같았다. 아이들까지 데리고 다니려면 경비가 만만치 않을 텐데도 일 년에 한두 번은 꼭 장기간의 여행을 하고 돌아왔다.

"어차피 돈 모아도 집 사기는 글렀어. 야, 일 년에 남편 월급 다 모아도 할머니나 돼야 집을 살 텐데 그렇게 살아서 뭐 하니?"

그렇게 여행 다니면 집은 언제 장만하느냐는 나를 희연은 오히려 한심하게 바라봤다.

"그놈의 집이 뭐라고 그 나이에 해외여행 한 번도 못 가고. 너도 참 답답하다."

희연은 말하곤 조금 미안한 얼굴이 됐다. 속마음을 자기도 모르게 말해 버린 모양이었다. 하지만 곧 표정이 밝아지며 가방에서 상자 하나를 꺼내 테이블 위에 올려놨다.

"이거, 네 거야."

포장지를 벗기고 상자의 뚜껑을 여니 완충제 속에 하얀 신상 조각이 들어 있었다. 한눈에 봐도 그리스에서 산 것임을 알 수 있었다.

"다음엔 어디 가?"

나는 신상을 손으로 만지작거리며 물었다. 손가락에 굴곡이 느껴질 만큼 작지만 정교한 조각이었다.

"겨울에 핀란드를 가볼까 해. 애들한테 크리스마스를 한번 제대로 느끼게 해주려고."

산타 마을에 갈 계획이라는 희연은 벌써 기대에 부풀어 있었다. 크리스마스를 핀란드에서 보내다니. 너무 꿈같은 얘기라 부러운 마음도 들지 않았다. 내겐 그저 딴 세상 얘기였다.

"우리 은서, 이번에 영어 말하기 대회에서 일등 했잖아. 애들이 여행을 많이 해서 역시 달라. 외국어를 받아들이는 것도 빠르고. 생각이 글로벌하다고 할까. 집에 투자하지 않고 애들이랑 여행한 게 내가 생각해도 잘한 일 같아."

처음 집을 샀을 때는 다들 대단하다며 나를 부러워했다. 특별히 내세울 것 없는 내 인생에서 집은 내 자부심이자 유일한 자랑거리였다. 생각만 해도 힘이 절로 솟는 절대반지 같은 것이었는데. 하지만 언젠가부터 집을 지키느라 전전긍긍하는 나는 비웃음거리가 된 것 같았다. 희연이와 헤어져 회사로 돌아오며 생각했다. 정말 이렇게 사는 게 맞는 걸까.

시간이 조금 있어 회사 앞 벤치에 앉아 핸드폰의 사진첩을 들여다봤다. 내 아파트의 전경이 담긴 사진을 보자 기분이 한층 좋아졌다. 내친김에 희연의 블로그에 들어가 봤다. 새 사진을 올리지 않았을까 싶었다. 터키, 그리스, 이집트 사진은 아직 없었다. 대신 지난 여행 사진을 둘러봤다. 베를린 필의 정기 연주회, 런던의 뮤지컬 공연. 파리의 에펠탑.

몇 년 전 다녀온 루브르 박물관의 사진들도 찾아봤다. 멀리서 찍어 잘은 보이지 않지만 「모나리자」 등 많은 화가들의 유명한 그림들이 손가락을 움직일 때마다 나타났다. 그중 내가 가장 좋아하는 그림은 「민중을 이끄는 자유의 여신」이라는 그림이었다. 「모나리자」를 비롯 다른 그림들은 몰래 찍은 것처럼 흔들리고 희미한데 그 그림은 마치 화보처럼 또렷하게 찍혀 있었다. 한쪽 손을 들고 나를 따르라 하는 포즈. 다른 그림들의 여자들은 일을 하거나 피아노를 치거나 아니면 그저 얌전히 앉아 있는데 그 그림의 여성은 전쟁터의 선봉에 서서 사람들을 이끌고 있었다. 내가 본 그림 속 여자들 중 가장 멋있는 것 같았다. 볼 때마다 왠지 그림 속 포즈를 따라 해보고 싶었다. 다른 그림은 몰라도 그 그림은 언젠가 꼭 내 눈으로 직접 보고 싶었다. 그런 날이 올지 모르겠지만.

희연의 블로그에 들어갔다 나오면 마치 해외여행을 한 기분이었다. 하지만 이제 사무실로 들어가야 할 시간이었다. 아니 어쩌다 보니 점심시간이 한참이나 지나 있었다. 짧은 여행을 마무리하고 숨 막히는 일터를 향해 나는 서둘러 발을 옮겼다.

무슨 일일까. 정문 앞에 사람들이 모여 있었다. 심각한 표정으로 다들 같은 곳을 바라봤다. 나는 그만 걸음을 멈추고 말았다. 사람들 틈에 아라가 서 있었다.

"저거, 조아라 아니야?"

귀 익은 목소리에 돌아보니 곁에 최 대리도 있었다. 점심을 먹고 들어오는 길인지 들어갔다가 다시 나온 건지 알 수 없었다.

"우와! 쟤 진짜 일 크게 만드네."

돌아보니 개발팀 사람들도 보였다. 뒤이어 정희 언니와 다른 여직원들도 우르르 몰려나왔다. 아라를 본 승연이는 또 울음부터 터트렸다. 사람들이 모여들자 아라는 들고 있던 피켓을 높이 치켜들었다. 피켓을 본 우리 부서 사람들은 모두 발을 동동 굴렀다.

그런데 그때였다. 반대편에서 팀장이 다가오는 게 보였다. 다른 임원들과 점심을 먹고 오는 모양이었다. 사장과 상무 모습도 보였다. 얼마쯤 떨어져 부장의 모습도 보였다. 팀장이 다가오자 곁에 있던 정희 언니가 최 대리를 보며 말했다.

"가서 말려야 하지 않겠어?"

정희 언니 말에 최 대리와 개발팀 김 과장이 눈짓을 주고받았다. 둘은 서둘러 아라 쪽으로 다가갔다. 정희 언니와 승연이도 뒤를 따랐다. 다가간 사람들은 아라를 타이르는 것 같았다. 아라는 잠시 이야기를 듣고 있었다. 그때였다. 반대편에 있던 팀장과 임원들을 본 모양이었다. 아라는 곧 몸을 돌려 소리치기 시작했다.

"성추행범 정우제는 즉각 사죄하라. 사측은 부당 해고 철회하라. 철회하라!"

팀장은 물론 사장과 다른 임원들 모두 인상을 찌푸렸다. 그런데 아라 곁에 있던 정희 언니와 사람들이 뭘 봤는지 화들짝 놀라며 몇 걸음 뒤로 물러섰다. 눈을 돌리자 검은 잠바 차림의 남자들이 우르르 몰려오는 게 보였다. 경비업체 직원들이었다.

하지만 남자들이 몰려오는 것을 보자 아라는 오히려 더 목소리를 높였다. 다가온 남자 하나가 아라의 팔을 잡았다. 다른 남자는 피켓을 빼앗았다. 또 다른 남자는 아라의 팔을 잡아끌었다. 아라는 끌려가지 않으려 몸부림쳤다. 하지만 힘에 이기지 못하고 얼마쯤 끌려갔다. 놀라고 무서워 임원들이 있는 쪽을 바라봤다. 제발 말려주길 바라는 마음이었지만 팀장은 피해자의 얼굴로 슬픈 표정을 짓고 있었다. 남자들에게 끌려가던 아라가 간신히 몸을 빼고 팀장 쪽으로 몇 걸음 발을 옮겼다. 하지만 이내 다시 붙잡혔다. 끌려가지 않으려 몸부림치는 아라와 남자들의 실랑이가 이어졌다. 그 바람에 아라의 블라우스가 찢겨 속옷이 드러났다. 보고 있던 사람들 틈에서 비명이 터져 나왔다. 하지만 아무도 아라에게 다가갈 엄두는 내지 못했다. 아라는 다시 몸부림쳤다. 곧 다른 쪽 소매가 찢겨졌다.

"그 손 놔요!"

그런데 그때였다. 사람들 틈에서 목소리 하나가 튀어나왔다. 놀라서인지 어이없어서인지 순간 아라를 끌고 가던 사람들이 움직임을 멈췄다. 긴박하고 절박한 상황을 멈추기엔 애처로울 정도로 떨리고 가는 목소리. 상황을 제압하기엔 너무 생뚱맞은 톤의 목소리였다. 대체 누구일까. 사람들은 주위를 두리번거렸다. 사람들의 눈이 점점 한곳으로 모아졌다. 왠지 사람들이 나를 보는 것 같았다. 어쩐지 익숙하다 싶었는데. 목소리의 주인공이 바로 나인 모양이었다.

당장이라도 사무실로 들어가 자리에 앉고 싶었다. 하지만 어느 틈에 나는 주차 방지턱에 올라가 핸드폰을 높이 치켜들고 있었다. 그런 나를 다들 쟤 왜 저래, 하는 눈빛으로 바라봤다. 우리 부서 사람들은 미친 거 아니야, 하는 표정이었다.

"이 핸드폰에 증거가 있어요! 정우제 팀장님이 조아라 사원을 성추행하는 증거!"

말하면서도 이게 아닌데 싶기는 했다. 핸드폰 속 사진이 정말 증거가 될 수 있을까. 하지만 아라를 구해야겠다는 생각뿐이었다. 사람들의 관심이 내게로 쏠린 탓에 아라를 끌고 가던 남자들도 손을 멈추고 있었다.

처음엔 놀란 눈치였지만 사장과 팀장, 부장까지 나를 보는 눈에 점점 화가 차오르고 있었다. 임원들 사이에 끼어 어느 때보다 작아 보이는 부장은 울그락불그락 폭발 직전이었다.

부장의 삿대질에 내 집이 떠올랐다. 팀장의 쏘는 눈빛을 보자 내 집이 사막 한가운데 위태롭게 서 있는 게 보였다. 사장의 손가락질에 돌아보니 내 집을 향해 초특급 태풍이 날아오고 있었다. 초특급 태풍을 막을 수 있는 건 지금이라도 팔을 내리고 사장 앞에 가 무릎을 꿇는 방법뿐이었다. 팀장에게 잘못했다 울며불며 용서를 구하는 것이 최선이었다. 부장의 바짓가랑이를 잡고 늘어져 볼까 마음이 흔들렸다.

그런데 그때였다. 어디선가 빛을 뿜으며 내 집을 향해 날아오는 것이 있었다. 바로 초코봉이었다. 어디선가 홀연히 날아온 초코봉은 위태롭게 서 있는 내 집의 축대와 대들보와 서까래와 지붕을 든든히 떠받쳤다. 사장이 아무리 장풍을 날려도, 팀장이 아무리 입바람을 불어제쳐도, 부장이 온몸으로 흔들어대도. 초코봉은 몰아치는 태풍 속에서 굳건히 내 집을 지켜냈다. 아니 그건 내 집이 아니었다. 엄마, 아빠, 오빠도 함께 사는 우리 집이었다. 초코봉이 든든히 받치고 있는 집에서 식구들이 어서 오라며 내게 손을 흔들고 있었다.

"집은 사람이 사는 곳이다. 사람 도리 못하고 살면 집은 집이 아니야. 짐승이 사는 우리지."

갑자기 아빠 말이 떠올랐다. 그놈의 초코봉이 뭐라고. 아빠는 기어코 전 재산을 과자 공장을 인수하는 데 쓸 모양이었다. 그러면 어차피 이사를 가야 하고 방을 얻어야 하니 집을 지키기도 어려울지 몰랐다. 그렇게 생각하니 오히려 홀가분했다. 집만 아니면 희연이처럼 세계 일주는 아니라도 동남아 여행쯤은 갈 수 있을지 몰랐다. 점심시간 사람들과 함께 맛집을 돌며 식도락을 즐길 수 있을지도. 가끔은 작지만 부모님께 용돈도 드리며 효도를 할 수 있을지도 말이다. 전에는 집만 있으면 뭐든지 할 수 있을 것 같았는데. 이제 집만 아니면 뭐든지 할 수 있을 것 같았다. 그제야 알았다. 어느 순간 내 집은 집이 아닌 짐이 되어 있었다는 걸. 집은 힘을 주는 절대반지가 아닌 인간답게 살기 위한 곳이라는 걸. 짐이 돼버린 집을 내려놓으면 아빠 말대로 인간 도리 하며 정말 인간답게 살 수 있을까.

"제가 정우제 팀장님이 조아라 씨를 성추행하는 걸 목격했고 핸드폰으로 사진도 찍었습니다."

순간 눈앞에서 플래시가 팡팡 터졌다. 그새 기자들이라도 몰려온 걸까. 내 생전 처음이었다. 이렇게 사람들의 주목을 받는 건. 이럴 줄 알았으면 거울이라도 보고 오는 건데. 머리는 제대로 빗기는 한 걸까. 이왕 받는 플래시 세례, 멋진 포즈라도 취해 볼까. 나는 허리를 꼿꼿이 펴고 손에 든 핸드폰을 더 높게 치켜들었다. 고개도 최대한 빳빳이 세웠다. 아, 이 포즈. 드디어 따라 해보는구나. 생각하니 갑자기 가슴이 벅차올랐다.

내려다보니 아라는 나를 정말 여신처럼 보고 있었다. 나를 무시하고 면박 주고 봉 선생이라고 놀리던 많은 남자 직원들과 최 대리 정희 언니도 다들 나를 우러러보고 있었다. 나는 손을 더 높이 치켜들었다. 이러다가 정말 내일 아침 신문과 각종 포털 사이트에

대문짝만하게 나오는 거 아닐까. 기사 제목은 '민중을 이끄는 여신 탈모 방지 샴푸 회사에 나타나다.'

　나는 아직도 불안한 눈빛의 아라를 향해 안심하라는 듯 활짝 웃어 보였다. 다행히 경비업체 직원들은 아라에게서 멀찍이 떨어져 있었다. 대신 그들은 방향을 틀어 내게로 달려왔다. 검은 잠바들이 가까워질 때마다 사람들의 아우성이 쏟아졌다. 나를 향한 박수와 응원의 소리도 들렸다. 정말이지 뿌듯하고 가슴 벅차기 짝이 없었다. 그런데 왜 자꾸 눈물이 나지. 나는 사람들의 박수와 함성과 응원 속에서 잠깐 뒤를 돌아 슬쩍 눈물을 훔쳤다. 그 순간에도 플래시가 끊임없이 팡팡 터지고 있었다. 플래시 속에서 생각했다. 이번 휴가 땐 정말 루브르 박물관에 가볼까. 아니 그것까진 아니라도 우선 홍콩에 가기로 마음먹었다. 내 첫사랑 장국영의 숨결이 아직도 남아 있을 곳. 장국영이 잘 다니던 단골집엔 아직도 그가 앉았던 자리가 보존돼 있다고 들었는데. 그렇게 생각하니 갑자기 나도 모르게 노래가 흥얼거려졌다. 그런데 앞부분이 뭐였더라. 아무튼 나는 가사가 생각나건 말건 한동안 노래를 흥얼거렸다.

　"라라라라라, 쏘 해피 투게더! ……다 함께 쏘, 해피 투게더!"

에필로그

주머니에 넣어둔 핸드폰이 떨리는 게 느껴졌다. 오래전 가입해 놓은 팬카페에 새로운 공지가 뜬 걸 알리는 울림이었다. 장국영 20주기를 맞아 추모회에 참석할 인원을 모집 중이라는 내용이었다. 추모회가 열리는 보복산은 물론 침사추이, 구룡호텔, 단골집들까지 장국영과 관련된 코스를 돌아볼 계획이라고 했다. 다시 한번 홍콩이나 갈 걸 그랬나 마음이 흔들렸다. 하지만 이미 서른 시간이 넘게 비행기를 타고 아르헨티나에 도착한 후였다. 손에 쥔 핸드폰을 주머니에 넣고 장갑을 손목까지 바싹 끌어올렸다. 다른 것은 생각할 여유가 없었다. 그저 이번 여행을 무사히 마칠 수 있길 바랄 뿐이었다. 맞춘 것은 아니지만 20주기라니 내 여행도 의미가 큰 것 같았다.

갖은 고생 끝에 비글 해협 투어를 위해 보트에 오르자 여기저기서 익숙한 한국말이 들렸다. 단체 관광객인 모양이었다. 빈약한 영어와 번역기의 도움과 손짓, 발짓으로 온 참이라 반가워 눈물이라도 날 것 같았다. 영어는 물론 중국어도 많이 들렸다. 한국어로도 중국어로도 장국영의 이름이 들리는 걸 보면 나와 같은 목표로 보트에 오른 사람들이 많은 모양이었다.

영화 〈해피 투게더〉, 장국영과 더불어 양조위까지 리즈 시절의 모습을 볼 수 있는 영화이다. 물론 둘 다 매끈하게 꽃미모를 뿜내는 영화는 아니지만. 영화에서 장국영이 가고 싶어 했으나 끝내 못 간 곳이 있다. 세상 끝 등대.

언제부턴가 그곳에 가고 싶었다. 하지만 비행기 한 번 못 타본 내가 가기엔 너무 먼 곳이었다. 물어보니 여행 고수 희연이도 가보지 못했다고 했다. 회사를 그만두고 시간이 많아지면 해외여행부터 가리라 마음먹었는데, 막상 시간이 있어도 여행을 다니기는 쉽지 않았다. 첫 해외여행인데 가까운 데는 성에 안 찼고, 먼 데는 엄두가 나지 않았다. 패키지는 내키지 않고 자유 여행은 용기가 나지 않았다. 아니 오랫동안 집과 회사를 오가는 삶을 산 탓에 해외여행이 아니라 집을 떠나는 것 자체가 두려운 건지도 몰랐다. 그렇게 한두 해 하염없이 세월이 흘러버렸다.

하지만 더 이상 미룰 수 없었다. 그래서 우선 국내 여행부터 시작하기로 했다. 여행 고수 희연이의 조언 때문이었다. 선뜻 나서지 못하는 내게 여기저기 다니다 보면 여행에 대한 노하우도 생기고 정말 가고 싶은 곳도 생길 거라고 했다. 목표는 해외여행이니 돈은 최대한 아끼고 싶었다. 역시 희연이의 조언으로 여행 카페에 가입해 단체 여행부터 시작했다. 이후 캠핑족과 차박족에 끼어 불편한 잠자리에 대한 적응력을 높였다. 몇 번 하다 보니 용기가 나 무전여행에 나선 젊은 배낭족들과 함께 침낭에서 자기도 했다.

그런데 어느 날 눈을 뜨니 목이 안 돌아가고 허리도 펴지지 않았다. 침낭을 겨우 빠져나와 스트레칭을 해봤지만 팔다리도 움직일 수 없었다. 근처 병원에서 진통제를 맞자 팔과 다리는 겨우 움직일 수 있었다. 하지만 함께하던 젊은 배낭족들이 새로운 행선지를 향해 떠날 때 나는 결국 목과 허리를 부여잡은 채 서울행 버스를 타야 했다.

"그래서 여행도 젊었을 때 해야 한다니까요."

목과 허리에 침을 놓던 한의사는 한심해 죽겠다는 표정으로 자신은 잠자리가 불편한 여행은 절대 가지 않는다고 했다. 잠자리를 아끼는 사람들을 이해하지 못하겠다며 꽂은 침이 울리도록 혀까지 끌끌 찼다. 그래, 너 잘났다, 자리를 박차고 뛰쳐나오고 싶었지만 이미 목과 허리에 고슴도치처럼 줄줄이 침을 꽂은 상태였다.

그런데 집에 돌아와서도, 아니 며칠이 지나도 여행도 젊었을 때 해야 한다는 의사의 말이 꽂았던 침보다 단단히 박혀 떨어지지 않았다. 그렇게 얼마 동안 열병을 앓듯 끙끙대다간 목과 허리 통증이 가라앉을 때쯤 드디어 마음을 먹었다. 아르헨티나에 가기로. 내가 가고 싶은 곳 중 가장 멀고 가장 가기 힘든 곳이었다. 하루라도 젊을 때 가야 했다.

장국영 어쩌고 해 홍콩쯤으로 알았던 엄마는 내 행선지가 비행기를 서른 시간 넘게 타야 하는 곳이라는 걸 알곤 전화통에 대고 또 한바탕 잔소리를 퍼부었다. 나이를 어디로 먹었기에 아직도 철이 그렇게 없냐는 둥. 이번엔 또 어디를 다쳐서 오려고 하냐는 둥. 듣다 보니 다치라고 고사라도 지내는가 싶어 험한 말이 목까지 올라왔다. 하지만 막 첫 해외여행을 나선 참이었다. 안 그래도 무섭고 불안한데 경건한 마음과 기도하는 자세로 여행에 임해야 했다. 나는 엄마의 쏟아지는 잔소리가 끝날 때까지 기다렸다가 몸조심하겠다며 고분고분 전화를 끊었다.

첫 해외여행인데 너무 과욕을 부린 걸까. 내 여행 계획을 들은 사람들은 모두 고개를 절레절레 흔들었다. 정 가고 싶으면 패키지로 가라고 했다. 무수한 조언에도 나는 혼자만의 여행을 택했다. 무식했기에 용감할 수 있었다. 공항에서부터 후회가 밀려들었지만 오기도 더 생겼다. 못 미더워하는 모든 이들에게 보란 듯 보람찬 여행을 마치고 돌아오리라. 하지만 아르헨티나도 먼데 등대가 있는 곳은 더 멀었다. 아무리 세상 끝 등대라 해도 정말 이렇게 먼 곳이 있을 수 있다니. 비행기를 갈아타고 버스를 타고 배까지. 인간이 탈 수 있는 건 다 탄 것 같았다. 보트에 올랐을 땐 너무 힘들고 지쳐 서 있기도 힘이 들었다.

"저거다!"

얼마의 시간이 흘렀을까. 한국말로 누군가 소리쳤다. 사람들이 가리키는 곳을 따라가자 드디어 등대가 보였다. 영화에 나왔던 바로 그 세상 끝 등대였다.

여기저기서 감탄사가 터져 나왔다. 모두들 사진을 찍느라 정신이 없었다. 참으로 감동적인 순간이었다. 비행기 한 번 못 타봤던 내가 지구의 반대편, 말 그대로 세상 끝에 와 있다니. 환승 구역을 잘못 찾아 남극으로 갈 뻔도 하고, 숙소를 찾아다니다 강도를 만날 뻔도 하고, 오는 동안에 겪었던 일들을 떠올리자 감동이 아니라 극락에 온 듯한 기분이 들어야 했다. 하지만 내 입에선 감탄사가 터지지 않았다. 사진을 찍지도 못했다. 다리에 힘이 풀려 그저 멍하니 멀리 있는 등대를 하염없이 바라볼 뿐이었다.

등대를 보고 있자니 오는 동안 봤던 것들이 머릿속에 하나둘 스쳐 갔다. 이과수 폭포와 거대한 빙하, 가마우지, 바다사자, 펭귄 등. 늘 화면 속에서나 봤던 거대한 자연을 실제로 보는 감격은 말로 표현할 수 없었다. 볼 때마다 감탄사가 절로 나왔다. 사진도 무수히 찍었다. 감동으로 눈물이 나려 했지만 눈물만큼은 꾹꾹 눌러 참았다. 나는 그것들을 보는 게 목표가 아니었다. 조금만 더 가면 더 큰 감동이 기다리고 있을 터였다. 등대 코스를 마지막에 넣은 것도 그 때문이었다. 눈물은 더 큰 감동을 위해 아껴두고 싶었다.

멍하니 등대를 보던 눈에서 눈물이 흘렀다. 이과수 폭포를 보고도, 손에 잡힐 듯한 빙하와 신기한 동물들을 보고도 참았던 눈물이 그만 봇물처럼 터져버렸다. 하지만 그건 감동의 눈물이 아니었다. 외딴섬에 쓸쓸히 서 있는 등대. 보는 순간 몸의 한 부분이 뭉

텅 빠져나간 느낌이었다. 그 사이로 찬바람이 세차게 휘몰아쳤다. 이과수 폭포가 목표였으면 어땠을까. 거대한 빙하를 보는 게 목표였다면. 신기한 동물들을 만나는 게 꿈이었다면. 그러면 더 큰 감동을 안고 여행을 마무리할 수 있지 않았을까. 하지만 등대를 마주한 느낌은 너무 실망스럽고 허무했다. 저 작은 등대를 보기 위해 이렇게 먼 곳까지 오다니. 외딴섬에 홀로 쓸쓸히 서 있는 등대. 작고, 초라하고, 볼품없고. 마치 가진 것 없이 나이만 먹은 볼 것 없는 내 모습 같았다.

"에잇, 별거 아니네."

곁에서 들리는 한국말에 얼른 눈물을 훔쳤다. 돌아보니 젊은 여자 하나가 심통 맞은 얼굴로 등대 쪽을 보며 서 있었다. 옆에 있는 여자에게 저걸 보러 여기까지 왔냐며 끊임없이 투덜거렸다. 둘은 한눈에도 모녀 사이라는 걸 알 수 있었다.

"기집애가, 진짜 너 조용히 안 해?"

곁에 있는 여자가 젊은 여자의 등을 살짝 쳤다. 많이 울었는지 여자는 눈이 벌겠다. 내 눈빛을 느꼈을까. 여자가 나를 돌아봤다. 내 눈도 여자처럼 벌겋겠지 싶었다. 여자는 나를 보고 웃었다. 울고 있었지만 행복해 보였다. 그녀도 오랫동안 장국영의 팬이었다는 걸 알 수 있었다. 하지만 등대를 앞에 둔 그녀와 나는 달랐다. 나는 실망한 얼굴이었고 여자는 행복해 보였다.

"한번 꼭 와보고 싶었는데 제가 투병을 하느라 이제 왔네요."

여자는 민망한 듯 말하며 눈물을 훔쳤다. 아닌 게 아니라 볼살이 팬 얼굴엔 병색이 남아 있었다. 하지만 눈물을 흘리는 여자의 얼굴은 반짝반짝 빛이 났다.

딸이 셀카를 찍는 사이 여자는 그동안 봤던 것들에 대해 이야기했다. 단체 관광으로 와 차이는 있었지만 내가 온 코스와 크게 다르지 않았다. 하지만 그녀는 작은 골목의 벽돌 하나까지 세세히 기억하고 있었다. 여자의 말을 들으니 나는 왜 보지 못했을까 의아하기까지 했다. 하긴 내 머릿속은 온통 등대 생각뿐이었으니 다른 건 눈에 들어오지 않은 것이 당연했다. 그런데 그렇게 고대하며 마주한 등대 앞에 서자 실망감과 함께 돌아갈 걱정부터 앞서는 것이다.

"이럴 줄 알았으면 보트 코스는 뺄 걸 그랬어."

매 순간이 감동적인 엄마와는 달리 셀카를 찍으면서도 딸은 끊임없이 투덜거렸다.

"젊은 애라 이해를 못하네요. 여기까지 왔다는 것 자체가 꿈 같은 일이거든요. 제가 아파서 마지막이라고 생각해서인지. 보이는 게 다 좋고 너무 감동이에요."

마지막이라는 말을 하면서도 여자는 밝게 웃었다.

"같이 사진 찍어요, 우리!"

혼자 왔다고 하자 여자는 함께 사진을 찍자고 했다. 여전히 불만이 가득한 딸이 등대를 배경으로 사진을 찍어줬다. 사진을 확인하고 돌아서려는데 여자는 딸까지 끌어와 셋이 같이 찍자고 했다. 여자가 손에 든 핸드폰엔 곧 작은 등대를 사이에 두고 세 얼굴이 담겼다. 꿈을 이뤄 기쁨에 넘치는 얼굴. 꿈을 마주하곤 실망한 얼굴. 그런 꿈을 꾸는 걸 이해 못하는 얼굴.

"한 번 더!"

여자가 다시 카메라를 들었다. 나는 마음을 고쳐 할 수 있는 한 크게 웃었다. 나도 여자처럼 행복해 보이고 싶었다. 같은 코스에 같은 곳을 보고도 행복하지 못하다면 나만 손해라는 생각이 들었다. 생각하니 해외여행 한 번 못해본 내가 손짓발짓으로 여기까지 온 게 너무 자랑스럽고 대견했다. 돌아갈 일이 걱정이긴 했지만 여기까지도 왔는데 집이라고 못 찾아갈까. 아니 이왕 온 김에 가까운 칠레라도 들렀다 갈까. 갑자기 근본 없는 용기가 마구마구 솟아올랐다. 우리 국영 님이 나를 여기로 부른 이유가 다 있구나. 마음만 먹으면 이제 못할 것이 없을 것 같았다. 세상 끝까지 왔으니 이제부터 다시 시작이다, 뭐.

나는 활짝 웃는 얼굴을 여자 곁에 바싹 붙였다. 마지못한 듯 딸도 웃었다. 카메라엔 이번엔 활짝 웃는 세 얼굴이 담겼다. 모두 행복한 얼굴이었다. 사진 찍기를 마친 여자가 노래를 흥얼거렸다.

"해피 투게더. 라라라라 쏘 해피 투게더"

나도 따라 흥얼거렸다. 배 안의 중국인들과 한국인들이 함께 합창을 했다. 곧 다른 나라 사람들도 따라 했다.

"쏘 해피 투게더!"

노래를 부르자 다시 눈물이 났다. 이번엔 행복과 감동의 눈물이었다.

# 작가의 말

이 작품은 나의 세 번째 장편이다. 처음 장편을 쓸 때 인간의 기본 생존과 관계있는 의, 식, 주부터 소재로 삼자 마음먹었고 옷에 대한 이야기인 『내 황홀한 옷의 기원』이 완성된 후 내 머릿속엔 온통 집에 대한 생각뿐이었다. 사람들에게 집은 어떤 의미일까. 대체 집이 뭐기에 뉴스는 부동산 이야기로 도배가 되고 집값을 못 잡으면 정권도 흔들리는 걸까. 집에 대해 어떤 이야기를 쓰지? 그런데 너무 어려웠다. 그동안 집에 대해 생각해 본 적이 없기 때문이다.

나는 한 번도 이사를 가본 적이 없다. 부모님이 서울에 올라와 첫 번째로 장만하신 집, 태어난 집에서 쭉 살고 있기 때문이다. 내가 한집에서 쭉 살고 있다고 하면 사람들은 서울 한복판에 살면서 어떻게 그럴 수 있는지 의아해하곤 한다. 그런데 특별한 이유가 있는 것은 아니다. 그저 이사를 가야 할 이유가 없었을 뿐.

우선 때마다 집값을 올려달라는 주인이 따로 있었던 것도 아니고, 맹모삼천지교를 실천해야 할 만큼 우리 형제들이 천재이거나 부모님이 남다른 교육열에 불타는 것도 아니었다. 아빠의 직장이나 가족의 취업 때문에 옮길 일도 없었고, 결혼도 안 했으며 독립할 능력도 없으니 부모님께 얹혀서 그냥 한집에서 쭉 살아온 것이다.

그렇다고 우리 집이 남들이 부러워할 만큼 좋은 집은 결코 아니다. 그럼에도 비가 새면 틀어막고, 부서지면 때우고, 몸이 커지고 짐이 많아져도 몸을 구기고, 짐을 덜며 집에 맞춰 살았지 이사를 갈 생각은 못했던 것 같다. 대체 왜 그랬을까.

아주 오래전 몸을 구기며 사는 것도 한계가 있다 싶었는지 한 번은 엄마가 부동산에 집을 내놨던 적이 있다. 부동산 경기도 안 좋았고 집이 잘 팔리는 동네도 아니어서 설마 팔리겠어 하는 마음이지 꼭 팔겠다고 생각한 건 아니었을 것이다. 역시나 오랫동안 집을 보러 오는 사람은 없었다. 그런데 집을 내놓았다는 사실조차 잊고 있던 어느 날 부동산 아저씨가 사람들을 데리고 왔다.

원래 집을 보러 오면 다 그런 걸까. 집 안에 들이닥친 사람들은 마치 맡겨놓은 물건이라도 있는 듯 집안 이곳저곳을 헤집고 다녔다. 방문도 열어보고 화장실도 들여다보고, 수도꼭지마다 돌려보며 물도 틀어봤다. 낯선 사람들에게 집을 보이는 것이 처음이라 정말이지 어색하고 불편하기 짝이 없었다. 그런데 집을 헤집고 다니는 것도 모자라 햇빛이 잘 드네 안 드네 베란다가 좁네 물이 잘 안 나오네 보는 곳마다 트집까지 잡아대는 것이다. 아니 우리 집이 어디가 어때서. 물론 나도 집에 늘 불만이긴 했다. 겨울엔 춥고 여름엔 덥고 그런데 흉을 봐도 내가 보면 봤지 남들이 우리 집을 가지고 이러쿵저러쿵하는 꼴을 보자니 속이 부글부글 끓어올랐다. 마치 나와 우리 가족을 욕하는 것 같았다.

그런데 그런 마음이 든 건 나뿐이 아닌 모양이었다. 엄마는 다음 날로 당장 부동산에 달려가 집을 내놓은 걸 취소해 버렸다. 그때 알았다. 우리는 평생 이 집에서 벗어나지 못할 거라는 걸. 그렇게 우리 가족과 집은 '물아일체(物我一體)', 아니 '주아일체(宙我一體)'였다.

그런 내겐 부동산 가격이 어떻고 다주택 보유가 어떻고 하는 뉴스가 들릴 때마다 딴 세상 이야기 같다. 내겐 집은 금전적으로 가치를 매길 수 있는 것이 아닌 그저 한 몸, 한 식구 같은 삶의 공간이기 때문이다.

이 작품의 봉다미는 나와는 달리 어려서부터 셋방살이 설움으로 집에 한이 맺힌 인물이다. 그녀와 내가 다르다는 사실을 알면 독자들은 실망할 수도 있을 것 같다. 사람들은 소설 속 인물에서 작가의 모습을 찾는 것 같으니까. 하지만 그럼에도 봉다미와 나는 많이 닮았다. 우리 부모님도 시골에서 올라와 셋방살이 끝에 어렵게 집을 장만하셨다. 내가 우리 집에 대한 애정이 남다른 건 아마도 그런 이유가 아닐까 싶다. 봉다미와 닮은 점은 이 밖에도 많다. 나이도 많은데 이룬 것도 별로 없고, 주변 사람들에게 믿음을 주는 인물도 아니며, 딱히 정의롭지는 않지만 남 못할 짓은 하지 못하는 소심한 인간. 그런데 어디 나쁠까. 많은 사람들이 봉다미의 모습에서 한두 가지는 닮은 점을 찾을 수 있지 않을까.

물론 셋방살이를 했지만 내가 태어나기 전에 집을 장만하셨으니 따지고 보면 몇 년 안 되는 것 같은데 엄마는 반세기도 더 지난 셋방살이 때의 서러움을 아직도 가끔 되뇌신다. 그렇게 내 집 없이 사는 것은 서러운 일인가 보다. 그 옛날 셋방살이를 하던 엄마에겐 아마도 집은 꿈이지 않았을까. 그리고 아무리 낡고 허름해도 부모님이 처음으로 장만한 지금의 집을 떠나지 못하는 것도 집과 꿈은 같은 의미이기 때문이 아닐까 싶다.

봉다미가 집을 위해 전전긍긍하는 모습도 결국 꿈을 이루고 지키기 위한 모습이다. 그런데 어느 날 문득 의아한 생각이 들었다. 꿈은 누구에게나 소중하고 누구나 꿈을 이루기 위해 노력하는데 소중한 꿈을 꾸며 사는 사람들의 세상은 왜 꿈처럼 아름답지 않을까.

이 작품에서 꿈을 이루고 지키기 위해 애쓰던 봉다미는 기로에 서게 된다. 꿈과 양심 사이에서 갈등을 하는 것이다. 봉다미뿐 아닌 누구나 살면서 한 번쯤은 이런 갈등에 빠질 때가 있을 것이다. 그러면 꿈을 지키는 게 맞을까. 양심을 지키는 게 맞을까.

요즘 힘 있고 돈 많은 사람들을 보면 성공을 위해 양심은 신경 쓰지 않는 것 같다. 갑질을 일삼는 회사의 오너들, 편법을 동원해 재산을 증식한 부자들, 온갖 의혹에도 아랑곳 않는 고위공직자들, 그럼에도 성공하려면 어쩔 수 없다는 변명이나 그들을 옹호하는 말을 듣곤 한다. 그럴 때마다 힘이 빠지고 자괴감이 느껴진다. 봉다미처럼 대부분의 소시민들은 자신의 꿈을 위해 인생을 걸며 노력하지만 그렇다고 양심까지 버리진 못할 것이다. 만약 모든 사람들이 자신의 것을 지키기 위해 이기적이 된다면 이 세상은 정말 살고 싶지 않은 곳이 되지 않을까. 그리고 보면 세상을 살만한 곳으로 만드는 건 힘 있는 사람들이 아닌 소시민들이다. 진짜 성공한 사람들은 양심을 선택하는 행동과 용기를 비웃을지도 모르겠다. 이 작품은 봉다미 같은 특별하지 않지만 세상을 살아갈 수 있게 만드는 사람들에게 보내는 내 나름의 응원이다.

아주 오랫동안 산 집인데. 이 겨울이 지나면 나는 어쩔 수 없이 집을 떠나야 한다. 아직 살 집을 정하지도 못했고 그래서 불안하고 막막하고 겁도 난다. 마치 또 다른 성장통을 겪는 기분이다. 아니 나는 늘 그래왔다. 딱히 자란다는 느낌은 안 드는데도 나이와 상관없이 무슨 일을 할 때마다 매번 성장통을 겪는다.

새로운 작품을 선보이는 것도 내겐 성장통을 겪는 것과 같다. 그래서 지금 많이 떨리고 긴장도 되고 걱정도 된다. 작가에게 자신의 작품 속 캐릭터는 모두 애정이 가겠지만 봉다미는 특히 애정이 가고 응원하고 싶은 인물이다. 비록 소설 속 인물이지만 봉다미와 그녀의 가족들이 앞으로도 행복했으면 좋겠다. 이 글을 읽는 분들도 나와 같은 마음이었으면 좋겠다. 봉다미와 그녀의 가족들이 독자들에게 응원을 받는다면 작가로서 조금은 성장할 수 있지 않을까 싶다.

느리지만 내가 조금이나마 성장할 수 있는 것은 많은 분들의 도

움 덕분이다. 매번 성장통을 겪는 철없는 딸과 동생을 지켜봐주고 응원해 주는 가족과 새 작품이 나올 때마다 구입 인증 문자를 보내주는 친구들에게 감사의 말을 전한다. 특히 이번 작품을 쓰는 데 영감과 도움을 준 오랜 친구 박순정에게 많이 고맙다고 말하고 싶다. 그녀가 대출을 받아 집을 사지 않았다면 봉다미는 탄생하지 못했을 것이다.

이 작품을 2023년 출판문화진흥원 우수콘텐츠로 선정해 주신 심사위원과 봉다미의 삶을 번듯한 책으로 만들어주신 알렙 출판사에도 감사드린다. 많은 분들의 은혜에 보답하기 위해서라도 앞으로 좋은 작품을 쓰기 위해 더욱 노력하리라는 것을 약속드린다.

집에 대한 이야기를 정든 집을 떠나기 전 쓸 수 있어 다행이다. 태어나고 걸음마를 하고 학교에 가고 오랜 꿈이던 작가가 되고 책을 내고, 내 모든 것을 지켜본 나의 집. 그리고 나의 동네. 이 작품은 많은 추억이 깃든 집이 내게 준 선물이자, 내가 추억을 안겨준 집에게 보내는 감사의 마음이다. 내 정든 집아, 그동안 고마웠고, 함께여서 행복했어!

부디 이 작품을 쓸 때의 감사하고 따뜻했던 마음이 읽는 분들에게도 닿았으면 좋겠다.

2023년 11월
정든 집에서 마지막 가을을 보내며
백지영

# 하우스푸어 탈출기

1판 1쇄 발행 2023년 11월 30일

지은이 | 백지영
펴낸이 | 조영남
펴낸곳 | 알렙

출판등록 | 2009년 11월 19일 제313-2010-132호
주소 | 경기도 고양시 일산서구 중앙로 1455 대우시티프라자 715호
전자우편 | alephbook@naver.com
전화 | 031-913-2018
팩스 | 031-913-2019

ISBN 979-11-89333-69-0 03810

이 도서는 한국출판문화산업진흥원의 '2023년 우수출판콘텐츠 제작 지원' 사업 선정작입니다.